さまよえる脳髄

逢坂　剛

さまよえる脳髄

1

光がまぶしい。

ビルの壁一面にはめ込まれたガラスが、太陽をまともに反射している。ここはホテルの五階だっただろうか。ルーフ・バルコニーを利用した、屋外のカフェテラス。今日みたいに暖かく、天気のいい日はいつも満員だ。

若草色のブラウスに、水色のスカートをはいたウェイトレスが入れ代わり立ち代わり、まるで浅瀬を泳ぐ鮎《あゆ》のように、テーブルの間をきびきびと動き回っている。しかしだれもこちらに目を向けない。

壁面から少し離れたテーブルにすわったところだが、ウェイトレスが気づいてくれるまでにたっぷり一分かかった。それも手を上げて合図したあげくのことだ。

ようやくやって来た。

「いらっしゃいませ」

優雅な身のこなしで、テーブルに水を置く。

「コーヒーだ。急いでな」

ウェイトレスは、びっくりしたように背筋を伸ばし、唇を嚙《か》み締めた。

何を驚いているのだ。ちょっとぶっきらぼうだったかもしれないが、そんなに目を丸くするほどのことではない。こっちはさっきからいらいらして待っていたのだ。ここに一日中すわっているとでも思ったのか。

「かしこまりました」

固い声で言い、しずしずと引き下がる。

気取ったウェイトレスだ。一流ホテルという触れ込みだから、しつけは行き届いているのだろう。しかし一皮むけば、そこらを遊び回っている小娘と変わりはない。あの取りすましたけつっぺたを、後ろから思い切り蹴飛《けと》ばしてやったら、どんなにすっとするだろうか。いや、待て。こんなところで、よけいな騒ぎを起こすわけにはいかない。

テーブルをいくつか隔てた向こうに、例の女がすわっているのが見える。淡いピンクのツーピースに、切れ込みの深い大きな白襟《しろえり》のブラウス。もう三十をいくつも過ぎているだろうに、もう少し年相応の服を着るべきではないか。それとも、ふだん色気のない白衣を着ているせいで、私服のときはつい若作りをしたくなるのだろうか。

コーヒーが来た。

「お待たせしました」

声がうわずっている。ちらりとこちらをうかがった目に、怖いものでも見るような光がある。安心するがいい。取って食おうとは言わない。

「さっきほどは待たなかったよ」

にやっと笑って見せると、ウェイトレスは喉仏《のどぼとけ》をひくひくさせた。こわばった微笑を浮かべ、逃げるように離れて行く。

体の奥に鈍痛がある。

右腕が重い。左手で砂糖を入れ、ミルクを注《つ》ぎ足す。うまいコーヒーだ。それだけは認める。もっとも一杯で八百円も取るのだから、うまくて当たり前だ。これでまずかったら、テーブルをひっくり返して、バルコニーから投げ捨ててやる。

例の女もコーヒーを飲んでいる。右手を宙に浮かせ、カップを口元に運ぶ。あれが優雅なしぐさだとでも思っているのだろうか。冗談ではない。そもそも優雅さなどとは無縁の女なのだ。

いずれあの女を始末しなければならない。それがいつになるか、だれも知らないし、知らせる必要もない。あの女が死ぬとき、それを知っているのは殺す人間と、殺される人間の二人きりなのだ。とにかく今のところは、ぴったりくっついて機会をうかがうしかない。焦《あせ》りは禁物だ。どうせこの手から逃げることはできない。ゆっくり料理してやる。邪魔がはいらないように、ときと場所を選んでやるのだ。

おっと、現れたぞ。カフェテラスの入り口に、男の姿が見える。背の高い、いかつい顔の男だ。こっちの方へやって来る。

やむをえない。

この場は一時退散することにしよう。

2

滝本貞明はキューの先にチョークをこすりつけ、玉突き台の上にかがみ込んだ。背はさほど高くないが、横幅がある。台はほとんど体の陰に隠れてしまった。

警視庁防犯部保安二課の主任警部補海藤兼作《かいどうけんさく》は、壁際《かべぎわ》のテーブルでジンジャーエールを飲んでいた。

滝本の背中を見ながら、隣にいる麻薬取締官の木村宏に話しかける。

「こんな店があるとは知らなかったよ」

プール・バーには、玉のぶつかる乾いた音を包むように、聞きなれぬ音楽が流れていた。

木村は角刈りの頭を親指の爪《つめ》で掻《か》いた。

「時代が変わったんだよ。おれたちが玉を突いていたころとは違うのさ」

海藤は小さく唸《うな》り、ジンジャーエールを飲んだ。滝本が台の周りをゆっくりと移動し、またキューを構える。派手なダブルのスーツが、胸元ではち切れそうだった。

木村が言った。

「あいつ、なかなかいい腕してるな。四つ玉なら一本は突くだろう」

海藤はたばこに火をつけた。

「ビリヤードのことはよく分からん。なにしろボウリングより小さい玉で遊んだことがないんだから」

「パチンコもしたことないのか」

「パチンコ玉を靴下に詰めて、ちんぴらを殴りつけたことはあるよ」

木村はくすくすと笑ったが、すぐに真顔にもどった。入り口の方に小さく顎《あご》をしゃくる。

「来たぞ」

海藤が目を向けると、サングラスをかけた長身の男がはいって来るのが見えた。ツィードのだぶだぶのスーツを着て、白いスカーフを首に巻いている。かねて二人が目をつけていた、ロック・バンドのリーダー浜野環樹《たまき》だった。

海藤はたばこを一口吸って揉《も》み消した。

「よし、今日こそとっつかまえてやる」

木村が人差し指を立てて言った。

「滝本はおれに任せてくれ。あんたは浜野を押さえるんだ」

海藤はあまり大きくない木村の体をちらりと見た。

「滝本は手《て》強《ごわ》いぞ。かっとなると手がつけられないという噂《うわさ》だ。油断するなよ」

木村は唇を引き締めただけで、何も言わなかった。

十数台並んだ玉突き台の間を縫って、浜野がぶらぶらと滝本の方へ近づいて行く。ときどき手を上げて、顔見知りに挨拶《あいさつ》する。

海藤と木村はさりげなく立ち上がった。壁のボックスからキューを抜き取り、いちばん近い玉突き台に向かう。

そこで四つ玉を突いていた三人の若者が、いかにも邪魔だという顔つきで二人を見た。木村はそれにかまわず、チョークを取ってキューに塗りつけた。

海藤は黙ってそれを見ていた。

「ちょっと、邪魔しないでくださいよ」

若者の一人が抗議した。

「一緒にプレーしようじゃないか。ほんとの玉突きがどんなものか、教えてやるよ」

木村はそう言って上体をそらし、台の上に散らばった玉を見渡した。隅《すみ》の白い玉のそばへ行き、無造作にキューを構える。

軽く突いた。玉は台上をすばらしいスピードで横切り、もう一つの白玉に命中した。同時に打った玉は斜めに方向を変え、一度縁にぶつかって反対側に転がった。二つ並んだ赤玉を立て続けにクリアする。

若者たちは声もなくそれを見つめた。

海藤は目の隅で浜野の動きを追った。浜野が壁際のテーブルにつく。滝本のプレーしている台から、五メートルほど離れた席だった。

木村はまるでそれが唯一の目的のように、熱心に玉を突いた。玉は台上を目まぐるしく駆け巡り、軽やかな音が周囲にこだまする。若者たちは文句を言うのをやめ、木村の妙技に見とれていた。

滝本が玉突き台から体を起こした。

海藤は顔だけ木村の方に向けながら、全神経を滝本に集中した。

滝本はたばこをくわえ、キューを持ったまま台を離れた。浜野のすわっているテーブルに向かう。海藤は体をずらし、二人の動きが木村に見えるようにした。木村は真剣に玉を突き続けたが、もとより二人を視野に収めていることは間違いない。

滝本は浜野の横の壁にキューを立てかけ、椅子《いす》に腰を下ろした。浜野がライターを取り出し、滝本のたばこに火をつける。滝本は頭を二度上下させ、何かつぶやいた。

若者たちが嘆声を漏らした。

木村が狙《ねら》った玉をはずしたのだった。木村は首を振り、台の角を回って海藤のそばへ来た。

浜野がポケットからハードケースの外国たばこを出し、テーブルに置いた。手を伸ばして滝本のキューを取る。

滝本の手が上着のポケットにはいった。何か取り出してテーブルに置く。ピンク色をした、角砂糖の包みのようなものだった。それは玉突き台の縁に載っている、チョークの包みのように見えた。

それがただのチョークでないことは、長年の勘ですぐに分かった。

海藤は木村を見た。

木村はうなずき、短く言った。

「行くぞ」

二人はキューを投げ捨て、滝本たちのテーブルに向かって突進した。

「滝本、浜野。覚醒剤《かくせいざい》取締法違反の現行犯で逮捕する」

木村がわざと大声で怒鳴る。

不意をつかれた滝本は、いきなりテーブルをひっくり返した。木村はたじろがなかった。テーブルを蹴《け》りのけ、一直線に滝本に飛びかかる。

海藤はとっさに身をかがめ、フロアに落ちたチョークを拾い上げた。それをポケットに落とし込むと、キューを捨てて逃げようとする浜野をつかまえ、強烈な足払いをかけた。浜野は腰からフロアに転がった。

海藤はその上にのしかかり、腕を背中にねじり上げた。容赦なく両手錠をかませる。体を起こし、木村の様子を見た。

椅子ごと壁に押しつけられていた滝本が、凄《すご》い勢いで木村の胸を突きもどした。木村は後ろへ吹っ飛ばされたが、すぐに体勢を立て直し、もう一度飛びかかろうとした。

滝本は浜野が捨てたキューを拾い上げた。柄《え》を両手で握り締め、思い切り木村のみぞおちを突く。それがもろに決まった。木村は声を上げ、体を折ってフロアに崩れ落ちた。あたりを転げ回って苦しがる。口から何か吐きもどした。

海藤は木村の体を飛び越え、逃げようとする滝本の肩をつかんだ。滝本は振り向きざま、握り直したキューの柄を海藤の頭に叩《たた》きつけてきた。

すかさず左腕を上げ、肘《ひじ》でキューを受けとめた。腕がじんとしびれる。右手で力任せに滝本の腹を殴りつけたが、拳《こぶし》はまるで厚い板壁にぶつかったように跳ね返された。

滝本は海藤にキューを投げつけ、玉突き台の間を出口の方へ逃れようとした。

ときならぬ騒ぎに、プール・バーはしんと静まり返った。いつの間にか、レコードの音楽もとだえている。逃げる滝本の靴音が、妙に大きくフロアにこだました。その体格と形相に恐れをなして、だれも滝本を止めようとしない。

フロアの中ほどで、客がさっと両脇《わき》に道をあけた。その間を駆け抜けようとして、滝本は足を滑らせ、つんのめった。台の縁にしがみつき、かろうじて倒れるのを免《まぬが》れる。

それを見て海藤は跳躍した。一七八センチ、七五キロの体が、滝本の幅広い背中をまともに押しつぶす。

しかし滝本はびくともしなかった。海藤を背中に載せたまま、台の上にはい上がろうとする。まるで岩に飛び乗ったような感触だった。海藤は滝本の襟首をつかみ、渾身《こんしん》の力で引きもどした。

滝本は唸り声を上げ、体をよじった。海藤は襟首を放し、滝本を仰向きにして喉元をつかんだ。滝本も下から海藤の喉に手を伸ばす。二人は台の上で首を絞め合った。

海藤が両腕に体重を乗せて絞め続けると、滝本は喉を鳴らして舌を吐き出した。充血した白目が反転しそうになる。右手が台の上に落ちた。その手に赤い玉が触れる。

滝本はそれをむずとつかんだ。

海藤ははっとして首を縮めた。次の瞬間赤い玉が、凄《すさ》まじい勢いで頭頂部に叩きつけられた。

滝本の力は並のものではない。

頭蓋骨《ずがいこつ》の砕けるいやな音がして、海藤はそのまま暗黒の世界へ落ち込んで行った。

3

三塁後方にふらふらと打球が上がった。

スタンドがどっとわいた。しかし歓声はたちまち潮のように引き、逆に無気味な静寂が球場内を包んだ。

三塁手の高井が、体を斜めにして球を追う。雨上がりのグラウンドに足を取られながら、懸命にバックする。

投手の追分《おいわけ》はマウンドに膝《ひざ》を折り、祈るように打球の行方を目で追った。いつの間にかレフト・スタンドの上空に、くっきりと虹《にじ》が出ている。打球はその虹と交差しながら、弧を描いてレフト線に落ちかかった。そこを目がけて、高井が必死に背走する。

次の瞬間、スタンドがどよめいた。高井が足を滑らせ、バランスを崩したのだった。腰がくだけ、のめるように肩からグラウンドに突っ込む。どよめきが悲鳴に変わった。

チェリーズのエース追分知之《ともゆき》は、この日一回裏から八回裏まで、後攻めのレンジャースに対してただの一人も走者を許していない。つまり現時点で完全試合が進行中だった。スコアは一対〇でチェリーズがリードしている。七回表に追分が自ら、センター前へタイムリーを放ってもぎ取った、貴重な一点だった。

八回裏の途中でときならぬ豪雨があり、四十分ほど試合が中断したが、追分は調子を崩すことなく投げ続けた。九回裏も先頭打者を三球三振に切って取った。完全試合成立へあと二人というところまでこぎつけたのだ。正念場を迎えて、東京球場は期待と不安の入りまじった、奇妙な興奮に包まれていた。

レンジャースの二十六人めの打者は、左の代打竹村だった。竹村はツー・エンド・ツーからファウルで九球粘ったが、十球めを打ちそこない、ポップ・フライを上げてしまった。竹村は悔しまぎれにバットを地面に投げつけ、のろのろと一塁へ向かったのだが、すぐに打球がむずかしい方角に上がったことに気づいた。三塁手の高井が危なっかしい足取りで背走するのを見てとると、一転して全力疾走に切り替えた。

したがって高井が転倒したとき、完全試合の夢は一瞬にしてついえ去ったように見えた。

そのとき横合いから、打球の真下へ飛燕《ひえん》のように滑り込んだ者がいる。

遊撃手の磯貝《いそがい》だった。

磯貝はまだ入団二年めだが、守備範囲の広いことでは大学時代から定評があり、初年度で早くもレギュラーの座についた。その磯貝が、いつの間にかするすると高井の後ろに回り込み、打球に向かって頭からダイビングしたのだ。

腹這《はらば》いになった磯貝の体が、水を含んだ土の上を滑走した。間一髪、打球とグラブが地上すれすれで交差する。

超ファインプレーだ——と見えたのも束《つか》の間《ま》、ボールはグラブの指先をはじいて、無情にもファウル・ライン上にはずんだ。スタンドからまたも悲鳴に似た歓声がわき起こる。

跳ね起きた高井が、泥を蹴散《けち》らしてボールを追った。ようやく追いつき、振り向いたときには、打った竹村はすでにセカンドに達していた。

高井は三塁をカバーした磯貝に返球した。

磯貝はいかにも無念そうに、両手でボールをこね回した。完全試合を無にした責任を、一人で背負うような落胆ぶりだった。

一方追分はマウンドに膝をついたまま、身じろぎもしなかった。ただ呆然《ぼうぜん》と打球のはずんだあたりを見つめている。

土壇場で完全試合が破れ、スタンドは緊張の糸がぷつりと切れたようだった。落ち着きのないざわめきが球場内をおおう。

その空気を断ち切るように、チェリーズのダグアウトから監督の木元が飛び出した。タイムを要求する。主審に向かって左投げの仕種《しぐさ》をし、投手の交代を告げた。まったく躊躇《ちゅうちょ》のない指示だった。このような事態に備えて、七回から左腕の坪内に肩を温めさせていたのだ。

木元の采配《さいはい》は一見非情のように見えたが、勝負に勝つためにはやむをえない措置だった。一点差で走者が一人塁上にいるとき、もしホームランが出れば逆転サヨナラ負けを喫することになる。追分は十中八九手中にした完全試合を失い、ショックに打ちのめされている。追分の性格からして、続投させることは無理だと木元は判断した。完全試合は破れても、勝負を落とすわけにはいかない。

野手はだれもマウンドに行こうとしなかった。それは追分の心中を察して、ということではなかった。陰気で口数の少ない追分は、ふだんからチーム・メートになじまず、一人だけ浮き上がった存在になっている。それがこういう場面で浮き彫りにされたのだった。

木元監督もマウンドに行かず、ラインの外で三塁コーチと立ち話をしている。追分の頭が冷えるまで、時間を稼《かせ》ごうとしているようだった。

左腕のストッパー坪内が、マスコット・ガールの運転するリリーフ・カーに乗ってブルペンからやって来た。芝生の切れ目でグラウンドに下り、マウンドへ向かう。

木元はコーチの肩を叩《たた》き、自分もマウンドに足を向けた。

異変はそのとき起こった。

しゃがみ込んだままだった追分が、突然立ち上がった。グラブを投げ捨てると、坪内に向かって猛烈な勢いで突進する。坪内は驚き、歩調を緩めた。追分が自分の方へ突っ込んで来るのを見て、反射的に体をよける。

木元が追分の名を呼んだ。追分は止まらなかった。坪内には目もくれず、そばを走り抜ける。さらに高井と磯貝の間を突っ切り、ブルペンの方へ駆けて行く。選手も観客も一様にぽかんとして、追分が走るのを見守った。

追分の行く手に、白いリリーフ・カーがある。それはブルペンに向かって、のんびりと走っていた。

追分はリリーフ・カーに追いつくなり、野獣のようにマスコット・ガールの背中に襲いかかった。甲高い悲鳴がグラウンドの静寂をつんざく。

追分はマスコット・ガールを引きずり下ろした。主を失ったリリーフ・カーが、あらぬ方向に走り出す。マスコット・ガールを芝生の上にねじ伏せると、追分は馬乗りになった。帽子を飛ばし、細い首に右手をかけて絞め上げる。ミニスカートからこぼれた太股《ふともも》が、ばたばたと苦しげに土の上をのたうった。

最初に我に返ったのは三塁手の高井だった。高井は追分が、マスコット・ガールの首を絞め始めると同時に、駆け出していた。何が起こったのか分からないが、とにかく止めなければいけない。その意識だけで体が動いた。

それにつられて、遊撃手の磯貝もあとに続いた。三塁側のダグアウトからも、何人か選手が飛び出す。

高井が追分の肩に飛びつき、マスコット・ガールから引き離そうとした。しかし追分はびくともしなかった。もともと体が大きく、力も強い。マスコット・ガールは早くも体を痙攣《けいれん》させていた。

「追分さん、やめてください」

高井が叫んだが、追分は耳を貸そうとしなかった。左手でマスコット・ガールの右腕を押さえつけ、右手の太い指をしっかりと首に食い込ませている。

追いついた磯貝が、追分の右腕をつかんだ。全身の力を込めて、女の首からもぎ離そうとする。追分は唸《うな》り声を上げ、左手を横へ回して磯貝のユニホームの襟《えり》をつかんだ。力任せに前方へ投げ飛ばす。小柄な磯貝は、一溜《ひとた》まりもなくグラウンドに転がった。

そこへ他の選手たちが押し寄せ、てんでに追分に飛びついた。追分は容易に腕を緩めようとせず、マスコット・ガールから引き離すのになにがしかの時間がかかった。

球場内の診療室で、問題のマスコット・ガールを診た医師は、あと三十秒よけいに首を絞められていたら命はなかった、と断言した。

追分知之は、知らせを聞いて駆けつけた富坂上署員に、暴行傷害の現行犯で逮捕された。

4

今西涼子はホテル・ブルボンにはいった。

目隠しされたフロントに、部屋の番号を告げる。

黒の布バッグを揺すり上げ、小さなエレベーターで三階へ上がった。狭い廊下にドアがいくつか並んでいる。ミニチュアのマンションのようだ。

三〇二号室をノックする。

ドアがあき、日焼けした中年の男が顔をのぞかせた。

涼子は営業笑いをして言った。

「お待たせ」

初めての客だが、少しでもいい印象を与えれば、また指名してくれるかもしれない。指名客を持つと持たないとでは、どだい稼ぎが違う。一千万円ためて、フランスへヘア・デザインの勉強に行くのが、涼子の夢だった。

男は黄色いバスローブを着ていた。髪の生え具合や肌の張りから、四十代前半と読む。ちょっといやな感じがした。この年ごろは体力に衰えがきているくせに、いちばんセックスにしつこいからだ。

　涼子はドアに鍵《かぎ》をかけ、スリッパにはきかえた。男の後ろから中扉をはいる。そこは円形の小さなホールになっていて、中央に応援セットが置いてある。これまで何度か利用したことのある部屋だった。一方の壁にレーザー・ディスクのカラオケ・セット。フロントに電話すれば、ビデオも見られる。右手に浴室のドア、左手にベッド・ルームのドア。

　涼子はバッグをソファの一つに置き、ワン・レングスの髪を掻《か》き上げた。

　最近はこの種の設備に凝ったラブ・ホテルがふえた。これまで相手をした客の中にも、制限時間の大半を歌ってつぶす男が何人かいた。デート・クラブから女を呼んで、一緒にカラオケを歌って過ごす。セックスはほんの付け足しで、極端な場合ベッドインもせず、話と歌だけで終わりというケースもある。金さえ払ってくれれば別に文句はないが、いったい世の中の男は何を考えているのかと首を捻《ひね》りたくなる。

　男はソファにすわり、涼子を見上げた。

「歌は好きか」

「ええ、大好きよ。あなたは」

　男はかすかに唇を歪《ゆが》めた。

「今の歌は好きじゃない。古いのがいい。十年か十五年ぐらい前のが」

「そうね。あたしもそうだわ」

　適当に調子を合わせる。歌う時間が長ければ、寝る時間が短くてすむ。その方が楽だった。いっそ延長ということになれば、それだけお金がよけいにはいる。どちらにしても悪くない。

「何か一曲歌ったら」

　男はそう言って、タイトルの一覧表をテーブルの上に投げた。涼子はそれを手に取り、曲を選ぶふりをした。歌うのは苦手中の苦手だが、時間稼ぎのためなら浪花節《なにわぶし》でも唸《うな》ってしまう。どんな歌でもよかった。どうせテレビの画面に歌詞が出るのだ。適当に節をつければ歌になるだろう。

「じゃ、これにする。《長崎は今日も雨だった》、いいでしょ」

「長崎か」

男はちょっと失望の色を浮かべたが、すぐに立ってパネルのボタンを操作した。

前奏が流れ始める。涼子はマイクを取り上げた。調子はずれな声で歌い出す。

男は露骨に眉《まゆ》をしかめた。

かまうものか、と思う。こっちは別に歌を売りに来たわけではない。

涼子は歌い終わり、マイクを置いた。

「ね、今度はあなたの番よ。何歌うの」

男は額の汗をふいた。涼子は少し気分を害した。いくら歌が下手だったからといって、脂《あぶら》汗《あせ》をかくことはないではないか。

男はそらで覚えているのか、一覧表も見ずにパネルの数字ボタンを押した。おもむろに向き直り、マイクを取り上げる。

まったく聞き覚えのない曲だった。画面に《愛の写し絵》とタイトルが出たが、これにも心当たりがない。しかし男がじっとこちらを見ているので、仕方なくリズムに合わせて首を振った。いかにもよく知っているという顔をする。

男が歌い始めた。

涼子は驚いて目を上げた。それは素人《しろうと》離れした歌い方だった。いくら歌が苦手でも、うまいへたぐらいは分かる。これは本物だ、と思った。歌自体も前に聞いたことがあるような気がした。

一番が終わるのを待って、涼子は思わず拍手した。お世辞ではなく、ほとんど本気だった。

「うまいわねえ、驚いたわ」

男は初めて表情を緩め、軽く頭を下げた。バスローブだけのだらしない格好だが、まるで舞台にいるような雰囲気を漂わせている。

そういえば歌だけでなく、男の顔にもうっすらと記憶があった。もしかするとプロの歌手ではないだろうか。昔テレビか何かで見たことがあるかもしれない。

男が歌い終わると、涼子はもう一度盛大に拍手した。そのときには、男が本物の歌手であることを確信していた。

「ね、ね、あなたプロの歌手でしょう。あたし今の歌、子供のときに聞いたような気がするわ」

男は照れたように笑った。

「まいったね、子供のときとは。でも覚えていてくれて、うれしいよ。確かに今のはぼくの歌だ」

「やっぱり。ね、名前教えて。ううん、絶対ひとに言わないから」

男はソファにすわり、ラッキー・ストライクに火をつけた。

さりげない口調で言う。

「北浦伍郎。知らないだろう」

知らなかった。顔と歌にはかすかな記憶があるが、さすがに名前までは思い出せなかった。

「キタウラ。そうそう、そうだわ。キタウラ・ゴローよね。思い出した。へえ、あなたがキタウラさんだったの」

しらじらしくしゃべりまくる。

どうせ売れなくなった、昔のアイドル歌手の生き残りだろう。適当に話を合わせておけば、チップをはずんでくれるかもしれない。

北浦伍郎はたばこを消し、新しい曲をセットした。また涼子の知らない歌だった。これもたぶんかつての自分のヒット曲なのだろう。案の定北浦は、画面も見ずにみごとに歌ってのけた。確かにうまい。

北浦はそのあと立て続けに何曲か歌った。合間にたばこを吸うだけで、指一本涼子に触れようとしない。ありがたい客だった。歌が終わるたびに拍手するだけで、ほかに体を動かす必要がない。

あっという間に一時間が過ぎた。

ふと思い出したように、北浦がマイクを口から離した。

「そういえば、電話で頼んだもの、持ってきたかね」

涼子はちらりとバッグを見た。急に職業意識がもどる。

「ええ、持って来たわ。ちょっとあたしにはきついけど。サイズがそんなにないから」

北浦は目を輝かせ、喉《のど》を動かした。

「歌は終わりだ。風呂《ふろ》にはいってくれ。出て来るときに着るんだぞ」

やれやれ。どうやらおつとめが必要になったようだ。早いところすませてしまおう。

涼子はバッグを持ち、バスルームへ行った。

ざっとシャワーを浴びたあと、用意して来た婦人警官の制服を取り出す。もちろん本物ではない。

どんな客の注文にも応じられるように、デート・クラブの事務所にはいろいろなものが用意されている。セーラー服を含む種々の制服類。SM用の鞭《むち》やロープ、ろうそくなど。電話で特別に注文を受け、必要なものを持ってホテルへ出向くのだ。涼子の場合、過激なSM以外はだいたい注文に応じることにしている。料金も何割かアップするし、悪くない取引だった。

涼子は婦警の制服に身を固めた。髪を後ろに丸め込み、制帽もきちんとかぶる。

婦警らしいきびきびした足取りで、ホールへもどった。拍子抜けがする。北浦の姿が見えなかった。

ベッド・ルームのドアがわずかに開いている。涼子は足音を忍ばせてそこへ行った。

「戸締まりが悪いですぞ」

ふざけながらドアを押しあける。

北浦が壁に背をこすりつけるようにして、ベッドの向こう側に立っていた。

涼子は眉をひそめた。

「どうしたのよ」

北浦は目を大きく見開き、まじまじと涼子を見つめた。こめかみが汗で濡《ぬ》れ、口が半開きになっている。

「体の具合でも悪いの」

北浦は両手を後ろに回していた。肩で息をしながら言う。

「いや、なんでもないんだ」

涼子は作り笑いをして、制服のスカートの裾《すそ》を放恣《ほうし》にたくし上げた。白い太股《ふともも》とピンクの膝小僧《ひざこぞう》がのぞいた。足を開いて裾が落ちないようにする。

北浦はごくりと唾《つば》を飲んだ。

涼子は制帽を脱ぎ捨てた。頭を振って髪を自由にする。北浦がまた喉を鳴らした。涼子は制服の胸元を両手でつかみ、ゆっくりと押し広げた。北浦の視線が乳房に吸いつけられる。目の玉がこぼれ落ちそうだった。

涼子はもう少しで吹き出しそうになった。この程度のことで興奮するなら、いくらでもサービスしてやる。婦警のどこに興味があるのか知らないが、望みどおりに振舞ってやるつもりだった。

涼子はそのままの姿勢で、ベッドに斜めに倒れ込んだ。倒れる寸前に体を回し、仰向けになる。頭の上に北浦が立っていた。涼子は右手を伸ばし、バスローブの前を探った。

ぎくりとしたように北浦が身を引いた。

「どうしたのよ。婦警さんが怖いの。こっちへいらっしゃいよ、やさしくしたげるから」

涼子は猫なで声で言った。

北浦の股間《こかん》は意外にも、まったく手応《てごた》えがなかった。たぶん気持ちがたかぶりすぎて、下腹部まで神経が行き届かないのだろう。この手の趣味の持ち主には、けっこうそういう男が多い。

北浦が顔をのぞき込んできた。涼子も北浦の顔を見返した。目が異常に光っている。熱病にでもかかったようだ。吹き出した汗が、涼子の額にしたたり落ちる。思わずぞっとしたが、どうにかがまんした。

涼子は唇をとがらせ、人差し指を北浦に振り立てて言った。

「さあ、いらっしゃいったら。来ないと強姦《ごうかん》未遂罪で逮捕しちゃうわよ」

それを聞いたとたんに、北浦は歯をむき出した。頬《ほお》の筋肉が細かく震える。涼子はびっくりして首をもたげた。どうしたというのだろう。

北浦の肩が動いた。後ろに隠れていた手が、ゆっくりと涼子の頭上に回されて来る。

その手に、大きな裁ちばさみが握られていた。

涼子は死ぬほど驚き、あわてて跳ね起きようとした。北浦の左手が首筋にかかる。顎《あご》をぐいとしゃくられ、そのまま動きが取れなくなった。無理に動けば、裁ちばさみを喉に突き立てられるような気がした。恐怖が身を貫く。

「やめてよ。何する気よ」

歯の間から、かろうじて声を絞り出す。

「おとなしくするんだ。婦警だからっていばるんじゃない」

北浦の声は、歌っているときとは打って変わって、子供のように甲高かった。

「あたしは婦警じゃないわよ、知ってるくせに。あんたが制服を持って来いって言うから、持ってきたんじゃない。乱暴しないでよ」

一息にまくしたてる。黙っていると何をされるか分からない不安があった。

「おれには分かってるんだ。おまえは意地悪な婦警なんだ」

唇の端からよだれが垂れ、涼子の耳を濡らした。おぞましさに身を震わせる。

北浦が目の前に裁ちばさみを突き出した。

「やめて。何すんのよ」

「じっとしてるんだ。動くとどうなるか分からんぞ」

裁ちばさみが下りて来る。胸元に冷たい金属が触れ、涼子は体を硬直させた。助けを呼ぼうとしたが、喉が詰まって声が出ない。

次の瞬間、じょきりと乾いた音がした。突然胸元が緩くなる。もう一度、じょきり。

涼子は息をついた。

それははさみが制服を裁ち切る音だった。北浦は制服にはさみを入れているのだ。そうと分かって少しほっとした。この男は別に人を傷つけるつもりはなく、制服を切り刻もうとしているだけなのだ。刺激さえしなければ、危険はないと思う。いや、そうであってほしい。

刃先がしだいに下がる。制服の下には何も着ていない。涼子は開いた刃先が下腹部に達する気配を感じて、本能的に足を閉じた。そのとき、スカートの一番上を裁った刃が、涼子の張りつめた太股の上部をわずかに傷つけた。

鋭い痛みが皮膚を突き刺した。涼子は身をよじり、悲鳴を上げた。その悲鳴は狭いベッド・ルームの中で、意外に大きく反響した。北浦は狼狽《ろうばい》してはさみを涼子の腹に押しつけた。

「静かにするんだ」

冷たい刃が肌に食い込み、涼子は新たな恐怖を感じてもう一度叫び声を上げた。

「黙れ、黙るんだ」

北浦は哀願するように言い、裁ちばさみを目の前へ引き上げた。鋭く光る巨大な刃を見て、涼子は完全に自制心を失った。口をあけられるだけあけ、声を限りに助けを求める。

今西涼子が短い人生の最後に見たのは、裁ちばさみが天井から喉元めがけて、勢いよく振り下ろされる光景だった。

5

南川藍子《みなみかわらんこ》はバーベルを置き、体を伸ばした。

タオルで汗をふきながら、ふと視線を感じて首を巡らす。

少し離れたところで、がっしりした体格の男がベンチ・プレスをしながら、じっと藍子を見ていた。三十代の半ばか、藍子とほぼ同じくらいの年格好で、鼻と口がいかにもごつい感じの男だった。

藍子はこのアスレチック・クラブで、最近その男を二度ほど見かけたことを思い出した。二度ともトレーニングの合間に、藍子を盗み見していたのだ。

藍子は顔をそむけ、サーキット・トレーニングのブロックに移動した。

しばらくそこで体を動かしていると、また視線を感じた。藍子は人の視線に敏感だった。例の男が、マットレスの上で腹筋運動をしながら、それとなく藍子の動きを目で追っている。

どうやら気のせいではないようだ。

憂鬱《ゆううつ》な気分になる。せっかくのトレーニングの時間を、よけいなことで邪魔されたくない。そのためにいつも一人で、比較的すいている月曜日の夜に通っているのだ。来週から日を変える必要があるかもしれない。

そのとき小さい悲鳴が上がり、鈍い音があたりに鳴り響いた。

振り向くと、中学生くらいの少女が床に倒れている。腕をぴくぴくさせていたが、すぐに動かなくなった。天井から垂れた綱が、体の上で不規則な円を描いているのが見える。綱にぶら下がってブロックを移動する、ターザン・スタイルのトレーニングをしていて、手を滑らせたらしい。

藍子は急いでそばへ駆け寄ろうとした。

それより早く、少女のわきに膝《ひざ》をついて、抱き起こそうとした者がいる。あのがっしりした体格の男だった。

とっさに藍子は声をかけた。

「さわらないで」

男は少女に触れた手を引っ込め、驚いたように藍子を見上げた。たちまちトレーニング・ウェアの人垣《ひとがき》ができる。だれかがインストラクターを呼ぶように言った。

藍子はひざまずき、意識を失っている少女のまぶたをひっくり返した。瞳孔《どうこう》の様子を見る。つぎに首の後ろに腕を差し入れ、軽く持ちあげて気道を確保した。口に耳をつけて呼吸を調べる。さらに手首を取って脈拍を計る。

その間も藍子は、例の男が無遠慮な目で自分を見ているのを意識した。まったくぶしつけな男だ。

体を起こし、周囲の人垣を見上げる。

「大丈夫、単なる脳震盪《のうしんとう》です。ご家族のかたはいらっしゃいませんか」

だれも返事をしなかった。少女は一人で来たらしい。

そうこうするうちに、少女は息を吹き返した。藍子は吐き気がないことを確かめ、しばらく横になったままでいるように言った。たいしたことがないと分かって、自然に人垣が崩れる。

そこへやっとインストラクターが二人、担架をかついで駆けつけて来た。藍子は少女に、万が一吐き気がしたら、すぐに病院へ行くようにと念を押した。少女は恥ずかしそうに担架に乗り、インストラクターの手でクラブ内の診療所へ運ばれて行った。

騒ぎが収まると、藍子は急に疲れを覚えた。軽く一泳ぎして上がろうと思い、プールへ向かった。入り口でトレーニング・ウェアを脱ぎ捨て、水着になる。

プールはあまり混んでいなかった。縦泳ぎ禁止の表示も出ていない。五分間のインターバルで、二百五十メートルを四本やることにする。

夜だというのに小学生が数人、水の中でゴムボールを投げてはしゃいでいる。コースにまぎれ込んで来なければいいが。

軽く準備体操をして水にはいる。五分ほど体をなじませたあと、五十メートルのプールを縦に泳ぎ始めた。

一本めを終わらせ、壁の時計でラップを見る。いつもよりいくらか遅めだった。水から上がってデッキ・チェアに横たわり、赤外線を浴びる。

五分後に二本めを始めた。少しピッチを上げて泳ぐ。

二百メートル泳ぎ、最後のターンをしようと顔を上げたとき、突然目の前の水が割れて人の体がせり上がってきた。藍子はあわてて泳ぐのをやめ、腕を引きつけた。急には止まることができず、上体がぶつかってしまう。

相手が言った。

「失礼」

その顔を見て藍子は驚き、うんざりした。それは例のぶしつけな男だった。

男は髪を掻《か》きあげ、顔をこすった。

「やあ、その節はどうも」

前にどこかで会ったことがあるのかと、一瞬うろたえた。しかしすぐに、さっきのことを冗談で言ったのだと悟る。思わず笑ってしまった。

男もにっと笑った。大きな白い歯が、口一杯に広がる。笑うと目尻《めじり》に筋が二本現れ、愛嬌《あいきょう》のある顔になった。

「どうしてさっき、さわったらいかんと言ったんですか。ぼくがあの子にいたずらするとでも思ったんですか」

苦笑する。

「頭を打ったと思われる場合は、できるだけ動かさない方がいいんです。少なくとも危険がないとはっきりするまでは」

「なるほど。この間からのこと、気を悪くしないでほしいんですがね」

藍子は瞬《まばた》きした。

「何のことですか」

「あなたをじろじろ見たことですよ」

藍子は目を伏せ、水を掻いた。

「あら、気がつかなかったわ」

わけもなく顔に血が上る。こんなに率直に謝られるとは、夢にも思っていなかった。

「ぼくは正直なだけが取《と》り柄《え》の男でね。気に入ったタイプの女性に出会うと、じっと見たり話しかけたりせずにはいられないんです」

「一日に何人ぐらい話しかけるの」

男は天井の方を向き、野放図に笑い出した。

そのとき横の方から、小さなゴムボールが飛んで来た。

「危ないわ」

男に注意する。

男は笑うのをやめた。ボールが飛んで来るのに気づく。男の目がかっと見開かれた。頬《ほお》が不自然なほど、急激にこわばる。藍子はぽかんとして男を見ていた。

男は喉《のど》を小さく鳴らし、とっさに両腕を上げて頭を抱え込んだ。その手に軽くゴムボールが弾む。男は震え出し、プールのへりにしがみついた。肩が上下に激しく揺れる。必死になってプールサイドへよじ上ろうとする。

藍子はあっけにとられていたが、ほうっておくわけにもいかず、先に水から上がって男に手を貸した。男はやっとのことではい上がり、タイルの上にうつぶせになった。排水溝の格《こう》子《し》に顔をつけ、胃の中のものを吐きもどす。苦しそうな息遣いだった。

しかたなく背中をさすってやる。妙な男と関わり合ったことに、軽い後悔の念を覚えた。どうしてこんなことになってしまったのだろう。

やがて男は肘《ひじ》をついて体を起こした。はうようにして、デッキ・チェアに向かう。あまり気が進まなかったが、藍子は男が横になるまでそばについていた。

「すまんです、面倒をかけちゃって」

低い声で男が言う。

「いいんです。大丈夫ですか」

早くこの場を立ち去りたいという気持ちと闘いながら、藍子は辛抱強く応じた。どんなときにも職業意識が抜けないのは、ある意味では不幸なことだった。

「たかがゴムボール一つで、ずいぶん大騒ぎをすると思ったでしょう」

「さあ。それは人さまざまですから」

男は目をぱちぱちとさせ、藍子を見た。まだ顔色が悪いが、気持ちはだいぶ落ち着いたようだ。

「不思議な人ですね、あなたは。今までこういう場面にぶつかると、みんな気味悪がって逃げ出したのに」

「わたしは好奇心が強いのかも」

男は小さく笑ったが、ふと首をもたげた。

「あなたはお医者さんですか」

「ええ」

男はうなずいた。

「やはりね。さっき女の子を扱ったときの様子で、そうじゃないかと思った」

ゆっくりと体を起こし、横向きにすわり直す。両手を広げて目の前にかざした。かすかに指が震えている。

なんの前触れもなく言った。

「ボールがだめなんですよ、ぼくは。ボールを見ると落ち着かなくなるんです。とくに自分に向かって飛んで来たりするとね。前は野球が好きでよく見にいったけど、今はテレビで見るのもいやなほどだ」

「何か原因があるんですか」

男は目を伏せた。

「ご専門は何科ですか」

藍子はちょっとためらったが、結局答えた。

「精神神経科です」

男はうつむき、顔をおおった。

そのとき藍子は、男の濡《ぬ》れた頭髪を通して、頭頂部に醜い傷痕《きずあと》があるのを見た。うまく修復してあるが、相当ひどく陥没した形跡が見られる。

「ぼくは精神科にかかるつもりはない」

くぐもった声で言う。

「わたしもまだ診るとは言ってません」

男は顔を上げた。

「失敬、そういう意味で言ったんじゃないんです。医者に頼ろうという気持ちがあるうちは、病気は治らないと思うものだから」

「あなたはとても自信家で、今まで人に頼ったことがないんじゃありませんか」

「そうかもしれない。ぼくは警視庁防犯総務課の海藤といいます。海藤兼作。海の藤に兼ねる、作る。よろしく」

いきなり自己紹介をされて戸惑う。警察官とは予想もしていなかった。ほっとする反面、かすかな警戒心がわく。

相手が返事を待っているようなので、しぶしぶ口を開いた。

「南川藍子。帝国医科大学付属病院、精神神経科の主任をしています」

「らんこは、乱れる子じゃないでしょうね」

「藍色《あいいろ》の藍と書きます」

「いい名前だ。なんだか急に診察を受けてみたくなった」

　藍子は立ち上がった。

「女医と仲よくしようと思ったら、もう少し気のきいた言葉を探さなきゃだめ。もう行かなくては」

　海藤も立ち上がった。小柄な藍子は、海藤のそばに立つと、自分が子供のように思えた。

　海藤は無造作に藍子の手を握った。

「ありがとう。おかげでだいぶ楽になったような気がする。さっきへどを吐いたら、すっかり腹が減ってしまった。一緒に食事でもどうですか」

6

　作業机は厚い木でできていた。

　ささくれやでこぼこが目立ち、あちこち塗りもはげているが、それがどこか温かみを感じさせる。

　追分知之は作業机の向こうにすわった。

　南川藍子は反対側に腰を下ろし、公判調書など事件の関係書類を束ねてわきへ押しやった。

　藍子は追分の精神鑑定に取りかかろうとしていた。

追分はグレイのポロシャツに、紺のスラックスという服装だった。プロ野球の横浜チェリーズのエースで、年齢は三十歳。結婚して三年、子供はいない。長身のハンサムな男だが、目に輝きがなく表情も生気に乏しい。

追分は二か月ほど前、東京球場で試合中にマスコット・ガールの首を絞めるという、センセーショナルな事件を起こした。被害者の島村橙子《とうこ》は危うく一命を取りとめたが、追分は暴行傷害の現行犯で逮捕された。弁護団の尽力で一応保釈を認められたものの、東京地裁に起訴されたときの罪状は、いちだんと厳しい殺人未遂だった。

追分の検察官に対する自白によれば、橙子の首を絞めるにいたったいきさつはつぎのようである。

追分は事件を起こす半年ほど前から、島村橙子と関係ができていた。

昨シーズンの夏、追分は一度だけ救援のマウンドに立ったことがある。そのとき初めて橙子の運転するリリーフ・カーに乗った。マウンドへ向かうわずか三十秒ほどの間に、その夜一緒に食事をする約束をしてしまった。追分によれば、どうしてそういうことになったか、よく思い出せない。とにかく自分から誘ったというよりも、相手から誘うように仕向けられた感じだった。どちらにせよ橙子の方が積極的だったことは確かだという。

それをきっかけに、二人はときどき酒を飲んだりする仲になり、シーズンオフにとうとう男女の関係ができてしまった。追分としては、別に妻に不満があるわけではなく、軽い遊びのつもりだった。相手も最初は明るい不倫を楽しんでいるように見えた。

　ところが日がたつにつれて、橙子はしだいに本性を現し、会うたびに多額の金を要求するようになった。それは小遣いをねだるというより、ほとんど恐喝《きょうかつ》に近い雰囲気だった。たまに手持ちがなくて断ったりすると、気が狂ったように怒り出し、奥さんに言いつけるなどと威《おど》しにかかる。しまいにはその気もないのに、離婚して自分と一緒になってくれなどと言い出す。ほとんど正気とは思えない変わりようだった。

　思い余って追分は、親しくしている他チームのあるコーチに相談した。コーチはあきれたように首を振って、橙子が選手の間でピックオフ・ガールと呼ばれるほど、その方面で評判の悪い女であることを告げた。ピックオフというのは、走者を誘い出して牽制《けんせい》アウトにする、野球のトリックプレーのことである。ちなみにそのコーチ自身も、危うく橙子の毒牙《どくが》にかかりそうになったことがある、と告白した。

　ほかにも橙子に引っかけられた選手がたくさんおり、中にはそれが原因で離婚した者もいるという。追分はチーム内で孤立した存在だったため、だれもそのことを警告してくれなかったのだ。

　そんなことから、追分は橙子と別れようといろいろ手を尽くした。しかしいったん握った金づるを橙子が放すはずはなく、哀訴と脅迫で追分をがんじがらめにした。

　東京球場の事件は、そうした状況のもとで起こったものだった。

　完全試合を目前に逸した追分は、ショックのあまり頭に血が上った。そこへたまたま、橙子がリリーフ・カーを運転して来るのが見えた。そのとたん、ふだんの鬱屈《うっくつ》した感情が爆発し、前後の見境もなく橙子に襲いかかってしまった。橙子を殺せば、今の苦しみから逃れられると思った。

以上が追分の自白調書の概要である。

弁護側は当初、殺人未遂の認定は不当であるとして、暴行傷害罪を主張した。しかし途中から方針を変更し、心神喪失による全面無罪を訴える戦術に切り替えた。

それには理由がある。

公判が始まってほどなく、追分は突然自白調書の内容を否定する供述を行なった。島村橙子の首を絞めたことは、多くの目撃者がいることだから否定しない。しかし実のところ、自分はそのときのことをほとんど覚えておらず、首を絞めたことやその相手が橙子だったことについてはまったく記憶がない。遊撃手の磯貝のグラブからボールがこぼれ、完全試合の夢がもろくも崩れ去った瞬間から、意識があちこち欠落してしまった。自白調書の内容は、追分と橙子の関係を知った警察官と検察官の、たくみな誘導によって作成されたものにすぎない。法廷で真実を語れば、信じてもらえると思ったというのである。

弁護側は依頼人の抜き打ちの告白に驚きながらも、そこに心神喪失の可能性を見いだして、無罪の論拠を求めようとした。そこでただちに裁判官に被告人の精神鑑定を申請した。検察官は追分の申し立てを虚偽のものと断じて、申請の却下を主張した。しかし裁判長は、追分の切羽詰まった態度と奇異な申し立てに関心を寄せ、弁護側の申請を採用して被告人を精神鑑定に付す決定を下した。

その結果南川藍子が、鑑定人に指定されたのである。

鑑定は今、二回めにはいっていた。

前回はCTスキャン（脳のコンピュータ断層撮影）、脳波、心電図、肝機能など、身体的なチェックが行なわれた。追分は健康上まったく問題がなく、CTや脳波の所見にもとくに異常は認められない。

藍子は検査結果に目を落とした。軽い口調で言う。

「健康状態は完璧《かんぺき》といってもいいですね。うらやましいくらい」

「それが取《と》り柄《え》ですから」

追分の口調はそっけない。

藍子は目を上げた。気にせずに続ける。

「今日からは主として、メンタルな面での検査をすることにします。初めてで戸惑うことがあるかもしれませんが、協力してくださるようお願いします。裁判所の決定だからというだけではなく、あなたのためにもなることですから」

追分は溜《た》め息《いき》をつき、机に肘《ひじ》をついた。

「分かってますよ。精神異常と判定されれば、ぼくは無罪になるんでしょう」

藍子は笑った。

「別にこの検査は、あなたが精神異常かどうかを調べるためじゃないんですよ。事件を起こしたときに、正常な心理状態だったかどうかを調べるだけです」

「とにかく異常と分かれば、刑務所に行かないですむわけですね」

「あまりそういうことばかり言うと、記憶喪失を装っているだけだと思われますよ」

「ぼくは正直に打ち明けたつもりです。嘘《うそ》かほんとか判断するのは、先生の仕事でしょう。違いますか」

「そのとおりです。でももし異常と分かったら、刑務所ではなくて病院に収容されるかもしれませんよ」

肩をすくめる。

「どっちでも同じですよ。どうせもう野球はできないんだから」

「そうかしら。どこかのスポーツ紙に、あなたを球界に復帰させる署名運動が始まったと書いてあったわ。まだ可能性があるんじゃありませんか」

「だめですよ。かりにもひと一人殺しかけた男を、また受け入れてくれるほど球界は寛大じゃないんです」

「殺そうとしたかどうか、まだ分かっていませんよ」

追分は力なく笑った。

「先生が検察官ならよかった」

そうしてしばらく雑談しているうちに、追分の構えた態度もだいぶほぐれてきた。

ころあいをみて藍子は、追分の心理テストを開始した。

まずウェクスラー知能テスト。言語性知能をみるVIQ（一般的知識、算数問題など）、動作性知能をみるPIQ（絵画配列、迷路問題など）、それに全IQの三段構えで判定する。

追分はVIQ一一四、PIQ九二、全IQ一〇四と出た。標準を一〇〇とすれば、平均的な成績である。PIQの成績がVIQに比べて劣り、点差が二二とかなり大きい。とくにPIQテストの符号問題、組み合わせ問題が不出来で、これは集中力の不足を裏書きしている。また絵画配列も得点が低く、社会適応に多少問題があることを示唆《しさ》していた。これらは一般に、不安神経症の傾向があることを示すといわれる。

つぎに藍子は、TAT検査を行なった。これは被検者に何枚か絵を見せ、自由に物語や解説をつけさせるテストである。

追分は《コートを着て手に帽子を持った深刻な顔の男と、彼に背を向けて窓の外を見る老婦人》の絵に対して、以下のような解説をつけた。

「これは……そうだなあ、息子が久しぶりに母親を訪ねたところかな。そして……母親から冷たくされて、がっくりきてる。そうだ、母親は別の男と再婚していて、息子にあまり来てほしくなかったんだ。だから……そっぽを向いているんだと思いますね。何か息子に負い目があるのかもしれないな」

家族歴から、追分の母親は五年ほど前、交通事故で死んだことが分かっている。両親は離婚こそしなかったが、母親が死ぬまで五年間別居状態にあり、追分は結婚するまで父親と暮らしていた。別居の理由については、現段階では明らかでない。

また追分は《半裸でぐったりとベッドに横たわる女と、彼女に背を向け、右腕で顔をおおっているワイシャツ姿の男》の絵を見て、つぎのような物語を作った。

「うーん、むずかしい絵だなあ。この女は、そう、母親で……男は息子だろうね。母親は病気で、ときどき発作を起こして……暴れるんだ。それを息子がいつも押さえつけて、なだめて、ベッドに寝かせるわけですよ。これが一仕事でね、いつも非常なエネルギーを使う。だからこの絵もそのときの場面で……ようやく息子が母親を寝かしつけて、ほっと額の汗をぬぐってるとこですね」

この絵は、三十枚用意されているTATカードの中でも、もっとも性的刺激の強いものとされている。したがってそこから構成される物語には、被検者の抱える性的葛藤《かっとう》が如実《にょじつ》に反映されるはずだった。

通常の男性被検者は、おおむねこの絵の女性をセックスの相手として位置づけ、物語を構成する。処女をうばったり、無理やり犯したあと、男が後悔しているといった物語である。別れ話がこじれて、殺してしまったとする例も少なくない。

ところが追分の場合は、横たわる女性を《病気の母親》に擬している。しかも性的な言及がまったくない。これは追分と母親との間に、なんらかの抑圧されたコンプレックスが存在したことを暗示している。

さらに藍子は、追分に対して文章完成テストや樹木を書かせるバウム・テストなど、いくつかの心理検査を施した。

その結果追分には、抑圧された性的コンプレックスからくる、ある種の不安神経症が存在することが分かった。母親に対して特別な感情を抱いており、母親が死んだ今もそれから解放されていないふしがある。おそらくエディプス・コンプレックスに近いものだろう。

藍子はふと、自分の死んだ母親のことを思い浮かべ、不安な気持ちになった。

首を振って雑念を追い払う。

ともかく今の藍子の役割は、追分の葛藤を治療することにあるのではない。なすべき仕事は、事件当時追分にその症状が発現したかどうか、そしてそれが追分を犯行に駆り立てるきっかけになったかどうかを判断することだった。

7

テーブルの向かいに人が立った。

南川藍子が目を上げると、トレイを持った背の高い男が笑いかけた。

「すわってもいいですか」

藍子は急いで箸《はし》を置いた。

「どうぞ」

男はすわった。

白いものの混じった髪に、色艶《いろつや》のいい若わかしい顔。目が人並み以上に大きく、しかもおもちゃを与えられた子供のように輝いている。見つめられるとたじろいでしまう、強靭《きょうじん》な意志を秘めた目だった。年は五十代の半ばといったところか。

帝国医科大学付属病院、脳神経外科医長、丸岡庸三。三か月ほど前、別の大学病院からスカウトされて来たのだが、藍子はまだ親しく言葉を交わしたことがない。脳神経外科に関しては、きわめて優秀な医者だという触れ込みだった。真偽のほどは分からないが、前の職場を離れたのは、あまりにしばしば患者の頭蓋骨《ずがいこつ》を開き、麻酔なしで大脳に電極を突き刺したためという話も聞いた。

藍子は若い女医や看護婦が、まるでアイドル歌手の噂《うわさ》でもするように、うっとりと丸岡の話をするのを何度か耳にしたことがある。丸岡にはどこか、女の関心を引くものがあるらしいのだ。しかし藍子にとっては、単に年長の医者というだけにすぎない。

丸岡が言った。

「精神神経科の南川先生でしたね。脳神経外科の丸岡です。よろしく」

華奢《きゃしゃ》な体つきに似合わぬ、力のこもった太い声だった。

「こちらこそよろしくお願いします。着任された日に、スタッフと一緒にご挨拶《あいさつ》させていただきました」

「覚えていますよ。まだお若いのに、主任兼医長補佐をしておられると聞いて、驚きました」

「いえ、ほんの雑用係ですから」

緊張していることが自分でも分かる。丸岡が自分のことを覚えていたとは意外だった。あのときは他のスタッフと込みで紹介されただけなのだ。

ふと視線を感じて、あたりを見回す。

食堂は昼どきの混雑から、ようやく解放されたところだった。近くにすわった看護婦のグループが、わざとらしく口を閉じ、目をそらすのが見える。気のせいかもしれないが、敵意のようなものを肌に感じた。

それにしても丸岡は、ほかに空いたテーブルがないわけでもないのに、どうしてここへすわったのだろう。周囲の視線が妙に気になった。

「食事の邪魔をするつもりはなかった。気にしないで続けてください」

丸岡はそう言って、トレイの上のかき揚げうどんを食べ始めた。

食堂では医者も看護婦も、白衣を脱ぐ決まりになっている。丸岡はワイシャツ姿で、赤いペイズリーのネクタイを締め、ブルー・サージのスラックスをはいていた。

突然顔を上げて言う。

「あなたは大脳生理学を勉強しましたか」

藍子は面食らった。固いトンカツの肉を、無理やり飲み下す。

「はい、ひととおりは」

「昔は大脳生理学や脳神経学に通じた精神科医が少なくてね。精神分析や心理療法が全盛だった時代には、心の病と脳の異常を結びつけようとする試みはほとんど行なわれなかったといってもよい。脳を調べもせずに、心の病気を治療しようとしたんです。これは言ってみれば、肝臓のことを何も知らずに、肝炎を治そうとするようなものだ。精神分裂病を例にとっても、もはや精神病理学的なアプローチだけでは、病態を把握しきれない。この病気はね、大脳の左半球の損傷と大いに関係があるんですよ」

藍子はあっけにとられて、丸岡のおしゃべりを聞いていた。いったいどういうつもりなのだろう。すわったとたんに大脳生理学の講義を始めるなんて。

丸岡は大きな目で藍子を見た。

「これは失礼。食事どきにつまらない話をしてしまった」

トンカツをあきらめ、お茶に手を伸ばす。色がついただけのぬるい湯だった。

「いいえ、先生のおっしゃるとおりです。わたしも精神病理学だけでなく、関連分野の勉強をしなければと思うのですが、なかなか時間がなくて」

丸岡はほとんど音をたてずに、うどんをすすった。

顔を起こし、箸で宙に模様を描きながら言う。

「わたしとあなたの科は本来親戚《しんせき》のようなもので、もっと緊密な連携を取らなければいけない。どこの病院もそういう面での努力が欠けている。そう思いませんか」

「そうかもしれませんね」

「わたしは臨床だけじゃなく、実験心理学的な研究もやってるんです。一度研究室をのぞきに来ませんか。参考になることがあると思うけど」

　藍子は目を伏せた。

　丸岡の言葉が単なる社交辞令なのか、それとも何か狙《ねら》いがあっての誘いなのか、判断に迷う。急には返事をしかねた。

「何か下心があるんじゃないかと疑ってるでしょう、左側頭葉《そくとうよう》のあたりで」

　急いで目を上げる。

「そんなことはありません」

「隠さなくてもいい。わたしは人よりいくらか脳の働きに詳しい人間でね」

「ちょっと戸惑っただけです。ろくに面識もいただいてないのに」

　丸岡はにやりという感じで笑った。

「面識はもうできたでしょう。それとも正式に招待状を送らなければ、返事をしないというわけですか」

　笑うと両の目尻《めじり》に、のみで彫ったようなしわが刻まれた。それがなぜか、ぞくりとするほど魅力的だった。

　藍子は平静を装い、切り返した。

「よくうどんを召し上がりながら、人をお誘いになるのですか」

　それを聞くと丸岡は、人前もはばからず大声で笑い出した。広い食堂が一瞬静まり、視線が二人に集まる。

藍子は赤くなった。できることなら、床をはって逃げ出したいと思う。

自分のトレイを取って立ち上がった。

「お先に失礼します」

そっけなく言い、周囲の視線を跳ね返すように、胸を張って出口へ向かう。足がちゃんと床についているかどうか、自信がなかった。

カウンターにトレイをもどし、逃げるように食堂を出る。

そのとき唐突に、先日アスレチック・クラブで知り合った、海藤兼作のことが頭に浮かんだ。あの刑事も丸岡と同じように、大きな声で笑った。それに笑うと目尻に人なつっこいしわができる。それも丸岡とよく似ていた。二人はまるで違うタイプの男だが、どこか共通点があるように思えた。

「お茶でも飲みますか」

その声に振り返ると、丸岡がすぐ後ろに立っていた。藍子は当惑した。これではまるで、示し合わせて食堂から出て来たようだ。

男に誘いをかけられるのが、いやだというわけではないが、ここは病院の中だ。まして相手が丸岡となれば、いやでも人目を気にせずにはいられない。自意識過剰かもしれないが、気を遣うのはとにかく苦手だった。誘うなら誘うで、もう少しスマートにやれないものだろうか。

しかし丸岡は藍子の返事も聞かず、さっさと右手にある喫茶室にはいってしまった。藍子は束《つか》の間《ま》ためらったが、結局あとを追って中にはいった。

丸岡は中ほどの席にすわった。回れ右をしてそのまま出て行きたくなるような、いやでも目立つ席だった。しぶしぶ向かい側に腰を下ろす。

コーヒーを頼んだ。丸岡は甘党なのか、砂糖を山盛り二杯入れた。

「今チェリーズの追分投手の精神鑑定をやっているそうですね」

藍子は丸岡を見直した。

「よくご存じですね」

「病院のような閉鎖社会では、情報は迅速かつ正確に伝わるものですよ。わたしは野球が好きでね。例の試合もテレビで見ていた」

「そうですか。先生はあの事件をどうごらんになりますか」

丸岡はコーヒーを飲んだ。

「CTや脳波を撮りましたか」

「はい。どちらも異常な所見は認められませんでした」

「CTスキャンは必ずしも万能の検査法ではない。小さな損傷を見逃すことがあるからね。わたしの直感では、追分の症状はてんかん性もうろう状態じゃないかと思う。診てみないとわからないが」

藍子もコーヒーを飲み、一呼吸入れた。

「でも脳波は正常でしたし、過去にそうした発作や症状を起こした形跡もありません。したがって器質的な障害によるものではなく、心因性のものだと考えられます。まだ特定はできませんが」

丸岡は眉《まゆ》を上げた。

「わたしに言わせれば、心因性の精神病は一般に考えられているほど多くない。精神分析や心理療法より、脳の病巣を外科的に切除する方が、はるかに治癒《ちゆ》率の高い場合もある。まあ症状にもよるけれども」

藍子は少し反発を感じた。無意識に腕組みをする。

「そうすると先生は、ロボトミー（前頭葉白質切截術《せつせつじゅつ》）などもお認めになるわけですか」

丸岡は藍子の組んだ腕を見た。

肩をすくめ、困惑したように言う。

「その質問は少し飛躍しすぎじゃないかね」

「ロボトミーを開発した、ポルトガルのモニスにノーベル賞が与えられたのも、評価が飛躍しすぎた結果ではないでしょうか」

丸岡は苦笑した。

「モニスがノーベル賞に値したかどうかは別として、精神分裂病が心因性のものというより、脳内過程の異常によるものである可能性を示した点で、彼もいくらかは評価されるべきだろうと思うね」

「でも肝心のロボトミーは、現在行なわれていません。少なくとも表向きは」

「もっと危険度が低く、確実性の高い《定位脳手術》が開発されたからね」

藍子は腕を解いた。急に意地悪を言ってみたくなる。

「そういえば先生は、ときどき患者さんの頭蓋骨を開いて、麻酔抜きで大脳に電極を突き刺すという話を耳にしましたが」

丸岡の目が意味ありげに光った。

「わたしについて、ありとあらゆる噂が飛び交っていることは、よく承知している。あなたもそれに惑わされた口かな」

落ち着いた口調だった。動揺した様子はみじんもない。

藍子はいやみを言ったことを後悔した。

「わたしは噂に惑わされたりしません。失礼なことを言ってすみませんでした。先生は大脳左半球の、言語野《げんごや》の研究をしておられるのでしょう」

丸岡は藍子を見つめた。

「正しく理解してくれてありがたい。患者の意識を覚醒《かくせい》させたまま、対話しながら脳の言語野を電極で刺激する検査で、いろいろなことが明らかになる。例えばある部分を刺激したとき、患者は言葉で反応できない場合がある。するとそこが彼にとって、言語野の重要な一部であることが分かる。そんな風にして細かく言語機能のチェックをする。言語機能を破壊せずに、左半球の病巣を切除するためには、言語野の詳細な分布図が必要でね。もちろんこの検査は、以前から行なわれている方法だが」

「麻酔を使わないのはなぜですか」

「麻酔をかけると、大脳の機能が停止して、患者と対話ができなくなる。それにもともと大脳には痛覚がないから、電極を刺しても患者は痛くもかゆくもない。残念ながらわたしはそこから、サディスティックな楽しみを得ることができないんだ」

からかうような口調だった。

藍子は伝票を取った。

「今日はお詫《わ》びのしるしに、わたしにサインさせてください」

丸岡は藍子が右手首を内側に曲げ、変則的な書き方で院内伝票にサインするのを、じっと見ていた。

8

南川藍子は白衣の裾《すそ》を直した。

作業机をはさんで追分知之と向き合う。鑑定もすでに四回めを数えていた。

「今日は事件のときのことをお尋ねすることにします。よろしいですね」

追分は手の甲で額をこすった。白のスラックスに黄色いゴルフシャツを着ている。

「いいですけど、あまりよく覚えてないんです。思い出せないことは勘弁してください」

「それはかまいません。ところで最初に確認しておきたいのですが、警察での取り調べのとき、犯行時の記憶がないことを言わなかったのですか」

「言いました。でも嘘《うそ》つけって怒鳴られましてね。そりゃそうでしょう、ぼく自身が考えても、記憶がないなんておかしいと思いますよ。島村橙子を見たとたん、かっとなって首を絞めたという方が、ずっと合理的ですからね。途中から自分でも、そうだったかもしれないという気になったくらいです」

「検察庁ではどうだったのですか」

「また怒鳴られるのがいやで、警察の調書のとおりにしゃべりました。あまり手間をかけさせると心証が悪くなるぞ、と刑事に念を押されたこともあるし」

藍子は追分の目を注視した。

「それにしても、弁護士には正直に話してもよかったのではありませんか」

追分は目を伏せ、肩を動かした。

「あれは起訴直前に、球団が雇ってくれた弁護士でね。一人合点《がてん》の多い先生で、任せておけの一点張りなんです。殺人未遂を暴行傷害に引き下げることしか考えてなくて、言い分を聞いてもらう暇もなかった。それでついつい、法廷まで持ち越してしまったようなわけです。裁判官ならちゃんと話を聞いてくれると思ったし、現にこうして鑑定に回してくれましたからね」

藍子はあいまいにうなずいた。

追分の説明は一応筋道が通っているように聞こえる。しかし記憶喪失を装っているということもありうる。

「ところであなたは、犯行時のことをまったく覚えていないのですか、それとも少しは覚えているのですか」

「全部忘れたというわけじゃないんです。断片的に覚えてるところもあるんです」

「なるほどね。――それでは話を進めることにします。あの日のことを最初から思い出してください。試合開始は午後一時だったわけですが、球場へ行くまでどこで何をしていましたか」

「朝は宿舎の関東ホテルにいました。チェリーズの本拠地は横浜でね、家も横浜にあるんだけど、東京球場で試合があるときは都内に泊まった方が楽だから。朝起きて、軽く体操して、それからマイクロバスで球場入りしたんです」

「何か変わったことはありませんでしたか。例えばバスの中で、チーム・メートと喧嘩《けんか》したというようなことは」

追分は皮肉っぽい笑いを浮かべた。

「チーム・メートには、喧嘩するほど親しい人間はいないんです」

「球場入りしてからはどうでしたか。気分が落ち着かなくなったり、いらいらしたりするようなことはありませんでしたか」

「別にありませんね」

藍子はメモを取った。

「それでは試合のことを、順を追って話してみてください。野球のことはひととおり知っているつもりだけれど、完全試合というのはとてもむずかしいのでしょう」

「ええ。ヒットはもちろん、フォアボールも許しちゃいけない。要するに一人でもランナーを出したら、完全試合じゃなくなるわけです」

「だとすると、かなりプレッシャーがかかるんじゃありませんか」

「ええ。だんだん回を追うごとにきつくなるんです」

「あなたの場合、何回ぐらいから完全試合を意識しましたか」

追分は下唇を突き出した。

「そうだなあ、五回が終わったころかな。柘植《つげ》がやけにそわそわするんで、こっちも意識しちゃって。柘植ってのはうちのキャッチャーですけど」

「相当緊張しましたか」

追分は思い出したように溜《た》め息《いき》をついた。

「まあ人並みにはね。いつでもできるって記録じゃないから」

藍子は一件書類をめくり、試合経過を確かめた。

「ええと、八回裏でしたか、相手チームの攻撃中に強いにわか雨が降って、試合が中断しましたね」

ちらりと視線が揺れる。

「ええ、四十分ぐらいね」

「その間どうしていましたか」

「屋内のブルペンでキャッチボールをしてました。肩が冷えるとまずいので」

「どんな気持ちでしたか」

首をひねる。

「正直言って、いやな感じでしたね。リズムに乗って投げていたのが、中断されたわけだから」

「いらいらしたということですか」

「まあね。ああいうときは、だれだってそうでしょう」

藍子は一呼吸おいた。

「しかし試合が再開されたあとも、あなたは走者を出さなかったわけですね。九回裏の一死まで」

「そうです。九回の先頭打者は有馬だった。有馬はこつこつ当ててくる男でね、ぼくの苦手なタイプなんです。でもこいつを三球三振にしとめたので、やった、と思いました。結果的にあれが命取りになったんです。気持ちが緩んじまってね」

追分の頰《ほお》がこわばり、小鼻に汗が浮いた。

「それでつぎの打者に、ヒットを打たれてしまったと」

眉根が寄り、不快げな表情になる。

「ヒットというか、あれは雨のせいなんです。足さえ滑らなきゃ、サードの高井が捕ってたはずです」

「でも実際には、ショートの磯貝さんが捕りそこなったわけでしょう」

「あれはもともと、磯貝が捕る打球じゃない。磯貝だからこそあそこまで追えたんです。あいつを責めることはできませんよ」

藍子はそのときの模様を、すでにビデオで見ていた。確かにあの打球を磯貝が捕っていたら、超ファインプレーだった。

「磯貝さんがボールを落としたとき、どんな気持ちでしたか。つまり、完全試合が崩れたと悟ったときに」

追分は目を伏せた。

「よく覚えてないな。頭の中が急に暗くなって、それから突然真っ白になったような、そんな気分だった。ひどくショックを受けたことは事実です。それで記憶をなくしてしまったくらいですから」

「磯貝さんや高井さんに対して、腹を立てたというようなことは」

「それはありませんね。球の飛んだ位置が悪かったし、グラウンドの状況も最悪だった。彼らのせいじゃないですよ」

藍子は微笑した。

「ショックを受けたわりには、ずいぶん冷静だったのですね。チーム・メートをかばうなんて」

追分はちょっとたじろいだ。弁解がましく言う。

「いや、それはあとで考えれば、の話でね。あのときはそんなことを考える余裕はなかった。すっかり頭が混乱しちゃったわけですから」

「打たれた直後に木元監督が出て来て、ピッチャーの交代を告げていますね。そのことでは腹が立ちませんでしたか」

追分は肩を揺すった。

「全然。だいたい監督が出て来たことも、交代を告げたことも、まったく覚えてないんです」

「それでは、リリーフ・カーが来たことは覚えていますか」

「ええ、ぼんやりとですが」

「乗っていた坪内さんは、内野と外野の境めのところでリリーフ・カーを下りました。車はそのまま方向転換して、ブルペンの方へ引き返して行きます。こうした場面についてはいかがですか」

追分の顔がかすかに歪《ゆが》んだ。

「分かりません。覚えてません」

「当時の放送用ビデオを見ると、あなたはマウンドにうずくまったまま、じっとリリーフ・カーの方を見つめています。そのときのことを何か思い出せませんか」

追分は答える前に、目を閉じてまぶたを指で押さえた。

「リリーフ・カーが見えたような気がします。ちょうどストロボに映し出されたみたいに」

それきり口をつぐんでしまう。頰の筋がぴくぴく動いた。

「あなたはその直後、急に立ち上がってグラウンドを駆け出しましたね。坪内さんのそばを抜け、サードとショートの間を突っ切って、リリーフ・カーを追いかけたのですが」

追分は作業机に肘《ひじ》をつき、髪に指を突っ込んだ。打ちひしがれた声で言う。

「覚えてません。いや、走ったのは覚えているような気がする。心臓がどきどきして、今にも破裂しそうだった。何かがぼくの中で暴れ出して、止めようがなかった」

「どうしてほかの選手や監督に向かわずに、リリーフ・カーを追ったのですか」

「分かりません。思い出せないんです」

「リリーフ・カーを運転して来た、島村橙子の姿が目にはいったのですか」

「いや、見なかったと思います。かりに見たとしても、覚えてません」

「最初から最後まで、彼女だとは気がつかなかったというのですね」

「ええ。チーム・メートに引き離されるまでは」

「運転しているのが、女性だということには気づきましたか」

追分はもぞもぞとすわり直した。

「さあ。そうですね、何か足が見えたような記憶があります。マスコット・ガールはミニスカートをはいてるんです。だから足が見えたんでしょう」

メモを取る。

丸岡庸三の言った言葉が、ふと思い浮かんだ。てんかん性もうろう状態。確かにその可能性もある。

「前にも質問したと思いますが、改めてお尋ねします。この事件を起こす以前に、同じような発作や症状を経験したことがありませんか」

追分は首を振った。

「ありません。少なくともぼくの覚えている範囲では」

藍子は突然質問を変えた。

「あなたは島村橙子を憎んでいましたか」

追分は唇をなめた。言葉を選びながら答える。

「もちろん悪いのはぼくです。しかしあの女はそれに輪をかけた悪党だ。関係のできた選手から金を絞り取り、見切りをつけてぽいと捨てる。ある人気者のルーキーなんかは、写真雑誌に売り込まれるのを恐れて、契約金を大半注ぎ込んだといわれてます。そんな女を憎むなという方が無理ですよ」

言い訳めいた口調だった。

藍子はゆっくりと言った。

「もう一度お聞きします。あなたは島村橙子を憎んでいましたか。例えば殺したいと思うほどに」

9

追分はびくりとして顔を起こした。

「それはどういう意味ですか」

「言ったとおりの意味です。正直に答えてくださいね、わたしは検察官でも裁判官でもないんですから」

追分はしばらく考え、覚悟を決めたように口を開いた。

「ここ一か月ぐらい、それに近い気持ちだったことは認めます。ぼくは女房と別れるつもりはなかったし、あんな女のために恥をさらすのはがまんできなかった。彼女がいなくなればいい、と考えたことは否定しません」

「あなたが彼女の首を絞めたのは、そういう潜在意識があったからですか」

またしばらく考える。

「正直言って分からないんです。信じてもらえないかもしれないけど、あのときのことはほんとに覚えてないんですよ。チーム・メートに止められて、初めて自分のしたことに気がついたんです。首を絞めた記憶もないし、絞めた相手が島村橙子だということも知らなかった。ほんとです」

「自分ではどうして彼女の首を絞めたと思いますか」

追分は唇をなめた。

「完全試合がつぶれてショックを受けているところへ、たまたまあの女がリリーフ・カーを運転してやって来た。それで無意識のうちに殺意がわいて、あんなことをしでかしたんじゃないかと思います。無意識と言ったのは、少なくとも自分ではあのとき、彼女を見た覚えがないからです。くどいようですけどね。かりにも正気の人間なら、あんなに大勢の人間が見てるとこで、関係した女を絞め殺そうとは思わないでしょう」

「それを計算に入れて、実行することもありえますよ。あなたがそうだという意味ではありませんが。ただそのように装うことは可能ですし、現にそういう事例を手がけたことも何度かあります」

追分は溜《た》め息《いき》をつき、肩を落とした。

「それじゃ、いくらぼくが覚えてないと言っても、信じてもらえませんね」

「それはこれからはっきりするでしょう」

藍子はわざと冷たい口調で言った。

もし島村橙子が評判どおりの悪女なら、追分の中に殺意が芽生えても不思議はない。だれでも一度や二度は、特定の人間を殺したいと思うことがある。しかし思うことと実行することとはまったく別問題だ。ただ殺意が高じて、無意識のうちに手が出てしまうということも、理論的にはありうる。

果たしてそうした心理のはざまを、他人がのぞくことができるだろうか。人が人を鑑定するという、そんなだいそれたことが、真の意味で可能だろうか。鑑定を行なうときに、いつも疑問を感じるのはその点だった。

藍子は雑念を振り払い、質問を続けた。

「話を変えましょう。ご両親のことを聞かせてください。お父さまはご健在ですが、お母さまは五年ほど前に亡くなられましたね」

目にかすかな動揺が走る。

「ええ。交通事故でした」

「どういう事故ですか」

追分は咳払《せきばら》いをした。

「それが鑑定と何か関係があるんですか」

「あるかもしれませんし、ないかもしれません」

追分は両手をぎゅっと握り合わせた。

「知人と奥多摩《おくたま》へドライブに行って、山道を下っているとき見通しの悪いカーブで、登って来たトラックをよけそこねましてね。ガードレールを突き破って、崖下《がけした》へ転落したんです。車が炎上して、二人とも死にました」

「知人というのは」

「よく知りません。女学校時代の同級生だとか聞きましたけど」

藍子は手元の資料を広げた。

「実は二、三日前お父さまと面談したのです。そのときのお話では、車を運転していたのは男性だったとうかがいましたが」

追分は赤くなった。目をそらし、怒ったように言う。

「知ってるんなら、聞かなくてもいいじゃないですか」

「あなたの口からお聞きしたかったのです。その男性はお母さまと親しくしてらしたのでしょう」

追分の唇がゆがむ。

「どうしてそんな遠回しな言い方をするんですか。二人は愛人関係にあったんですよ、それが聞きたいのならね」

藍子はその皮肉を無視した。

「事故のさらに五年ほど前、ご両親は別居されていますね。原因はなんだったのですか」

「別居と言えば聞こえはいいけど、要するにおふくろは男を作って家を出て行ったんです。死んだのとは別の男ですがね。おふくろは浮気な女だった。次から次へと男をあさる、淫売《いんばい》女だったんだ」

憎しみのこもった口調だった。

「そのときの男性はどうしていますか」

「知るわけないでしょう。どうせすぐ別れたに決まってる。あとは次から次へとね。一緒に死んだ男は、たぶん五人めぐらいじゃないかな」

「ずいぶん詳しいですね」

「だって行くたびに違う男がいるんだから」

藍子が顔を見ると、追分は口をつぐんだ。ばつが悪そうに瞬《まばた》きする。

「別居したあとも、お母さまをよく訪ねたのですか」

追分は落ち着きを失い、手を作業机の上から引っ込めた。

「よくじゃないけど、たまにね」

「お父さまはそのことをご存じでしたか」

追分は一度下を向き、それから険しい目で藍子を睨《にら》んだ。

「たぶん知らんでしょうね。だけどどうしてそんなことばかり聞くんですか。全然関係ないことなのに」

全然、に力を込めて言う。

「そうかしら。わたしにはそうは思えないけれど」

「関係ないですよ、あんな女」

「ではどうして訪ねたりしたのですか」

追分はそわそわとすわり直した。しだいに顔から険しさが薄れていく。

口を開いたときには、打って変わってしんみりした口調になっていた。

「おやじと別居したって、おふくろはおふくろですからね。おやじは世間体が悪いからと言って、離婚に応じなかった。だけど生活費を渡すわけでもない。おふくろは食うために、場末のバーやキャバレーで働きました。同棲《どうせい》した男はみんな腰抜けで、おふくろを食わせるだけの甲斐性《かいしょう》がなかった。ぼくは黙って見てられなかったんです」

その様子から、追分の中には母親に対する愛情と憎しみが、複雑な形で同居していることが分かる。

「この間実施したTAT検査を覚えているでしょう。手に帽子を持つ男性と、それに背を向けた老婦人の絵ですが」

追分は自嘲《じちょう》めいた笑いを浮かべた。

「ええ、覚えてます。分かりますよ、あの絵につけた物語は、ぼくの心境をそのまま表したものだというんでしょう」

「そういえるでしょうね。ところでもう一枚の方はいかがですか。ベッドに横たわる半裸の女性と、右腕で顔をおおっている男性の絵ですが、あの絵につけた解説を覚えていますか」

追分は肩を動かし、苦しそうに息をついた。

「まあね」

「あなたは絵の女性を母親に見立て、男性を息子に見立てましたね。発作を起こして暴れる母親を、息子がようやく寝かしつけたところだと」

「そうだったかな」

「そうですよ。どうなんでしょう、あなたのお母さまも、ときどき発作を起こすようなことがあったのですか」

「ありません。いたって健康でした。あの絵はぼくと関係ありませんよ。まったくの創作です」

「通常の被検者はあの絵を見て、いやがる女性と無理やり性関係を結んだあと、後悔している男性の絵だとか、おおむねセックスに関連した物語を構成するものです。それがむしろ正常な反応なのです。ところがあなたの場合は、セックスと直接関係のない話を作りました。これは逆にあなたが、セックスについて何かこだわりを持っていることを示唆《しさ》しています」

「どんなこだわりですか」

藍子はノートをめくり、少し間をおいた。

「あなたが設定した母親の発作というのは、象徴的な意味を含んでいると思います。あなたはお母さまの、不特定の男性と関係を持つ性癖を、発作という概念で表現したのです。あなたはそれをなんとかやめさせたいと思いました。その気持ちがあの物語に反映されたのでしょう」

追分は机に肘《ひじ》をつき、指先を額にこすりつけた。何も言わない。

藍子は続けた。

「でもその気持ちはお母さまに通じなかった。あなたの力ではどうしようもなかった。そこに挫折感《ざせつかん》があったのではありませんか」

追分は拳《こぶし》を握りしめた。

「あの女は淫売だ。だれとでも寝る淫売だ」

すかさず口をはさむ。

「でもあなたは、お母さまが好きだったのでしょう」

追分は机に突っ伏した。

「淫売だ。淫売だ」

「心にたまっているものを吐き出しなさい。楽になりますよ」

追分は静かに泣き始めた。

こもった声で、切れぎれに言う。

「男と寝ていた……寝ていたんだ。太股《ふともも》をむき出しにして」

「あなたはそれを見たのね」

「見た……見たんだ」

「いつですか。いくつのときですか」

「学校を早退《はやび》けして来たら、そろばん塾の先生が……ママの上に乗っていたんだ。ママは苦しそうに唸《うな》ってた。裸の足を……太股をばたばたさせて……先生も裸だった」

「小学生のときですね」

追分は大きく体で息をした。

「そうです。二年生だった。ちょうど雨上がりで……なぜか怖くなって、そのままそっと家を出ました。夜遅くまで帰ることができなかった。もしかしてママが死んでるんじゃないかと思って」

藍子はそっと息をついた。

ノートにメモを取る。ばらばらだったジグソー・パズルの断片が、しだいにまとまりを見せ始めた。

完全試合をふいにしたショックで、追分の意識は瞬間的に混濁した。その結果追分は、グラウンドに現れた島村橙子を、死んだ母親と混同してしまった。その直接のきっかけは、橙子のミニスカートからのぞいた、裸の太股だったに違いない。さっき追分が、足が見えた記憶があると言ったのは、それを意味しているのだろう。長年抱いていた母親への憎しみは、母親が死んだためにもはや晴らすことができない。その鬱積《うっせき》した気持ちが、島村橙子に対する憎しみと重なり合い、一気に噴出したものと解釈できる。

藍子は静かに声をかけた。

「今日はこれくらいにしておきましょう。ほかに何か思い出すことがなければですが」

追分はのろのろと顔を起こした。目の下に隈《くま》ができている。

「何もありません」

藍子はノートを閉じ、机の上を片付けた。

これでほぼ答えが出たと思う。追分が死んだ母親と特別な関係にあったことは、九割がた間違いないだろう。もし必要があれば、追分の妻とも面談するつもりだが、もう先は見えている。

意識が混濁した状態で、追分が島村橙子を絞め殺そうとしたのは、単に母親に対する憎しみが転化したためではない。愛情もまた殺意を生んだ原因の一つだった。このアンビバレント（両価的）な感情こそが、意識の分裂を引き起こし、殺意をかき立てた元凶なのだ。

思い出したように追分が言った。

「ぼくはママが好きでした」

それを聞いて藍子は、また唐突に自分の母親のことを思い出した。わたしも母親が好きだった。そして母親に好かれたかったのだ。

我に返って言う。

「そうでしょうね。その気持ちは分かります。愛情と憎悪《ぞうお》は紙一重ですから」

「ほんとに分かりますかね、ぼくの気持ちが。ぼくがママを好きだというのは、言葉だけの意味じゃないんです。なにしろぼくを男にしてくれたのはママなんだから」

藍子は黙って追分を見返した。自分から言うとは思わなかった。

「それはあなたが考えるほど、珍しいことではありませんね」

追分は傷つけられたように顎《あご》を引いた。

「だれも珍しいなんて思ってませんよ」

「さっきわたしが言ったこだわりというのは、そのことだったのです。失礼ですが、奥さまとの夜の生活も、あまり順調とはいえないのではありませんか」

追分は首を振りながら立ち上がった。

「まるで占いの水晶玉みたいな人ですね、先生は。まいりましたよ」

藍子も椅子《いす》を立ち、追分を戸口まで送った。

ドアをあける前に、追分は藍子を見返った。落ち着きを取りもどした口調で言う。

「先生の名前は藍色《あいいろ》の藍という字を書くんでしたね」

「ええ。読み方は〝らんこ〟だけど」

追分はにっと笑った。

「いい名前だ。気に入りましたよ」

藍子はなぜかぞくりとした。

10

橋詰登美子は受話器をもどした。

機内での出来事を思い起こしながら、足元に置いたバッグを取り上げる。

スチュワデスになって十年以上たつが、フライト中に乗客から誘われるのは、さして珍しいことではない。若いころ、わずか一時間のフライトの間に、五人の男から声をかけられたことがある。

しかし三十を過ぎた今、めっきりその機会が減ったことに気づく。たまにお声がかかると、歯が半分抜けた老人だったりした。今日のように、容姿も年齢もまずまずの男から誘われるのはほんとうに久しぶりのような気がする。

その男はたまたま、離着陸のときに乗務員がすわる座席の、向かい側の席にすわっていたのだ。札幌から羽田へもどる夕方の便で空席が多く、並びの席にほかの客はいなかった。スチュワデスも登美子以外は、別のブロックに着席していた。

最初に男が、登美子の脚に興味を引かれたことは、勘で分かった。三十歳に近づくころから、腰のまわりに贅肉《ぜいにく》がつき始めたが、脚はいまだに美しさを保っているという自信がある。男が膝《ひざ》の上にルイ・ヴィトンのバッグを抱え、食い入るように脚を見つめているのに気づいても、いやな感じはしなかった。むしろそれが快い刺激になり、脚の付け根のあたりがむずがゆくなったほどだ。

話をするようになったきっかけは、男が登美子の制服をほめたことだった。それは他社のものに比べて、スカート丈がかなり短い。登美子も脚の線がきれいに出るので、その制服が好きだった。男もたぶん同じ意見だったに違いない。

男は芸能関係の仕事をしていると言った。しゃれた麻のサファリ・スーツを、無造作に着こなしている。どさ回りが多く、全国をあちこち飛び回る点では、スチュワデスの仕事とあまり変わらない、と笑った。一見神経質そうだが、笑い顔は人なつっこい。

登美子は会社が国内線専門なので、海外は休暇で香港《ホンコン》へ行ったことしかない。男は国内も海外も区別なく、年がら年中旅行しており、いくかにも健康そうだった。髪は薄くなりかけているが、まだ四十を出たくらいだろう。

どこの料理がうまいかという話になった。

食べ物はイタリアが最高だ、と男は力説した。都内にイタリア料理の店は何軒もあるが、本物を食べさせるのはたった一軒、イタリア人が経営している《アバンティ》だけだと主張する。その店で出されるパスタがいかにうまいかを、まるで自分の発明のようにとくとくとしゃべった。

別に水を向けるつもりはなかったが、登美子がそのフライトで勤務があけることを告げると、男は急に積極的な態度になった。《アバンティ》は浜松町にあるので羽田からは近い、ぜひ案内したいと誘いをかけてきた。

登美子の住むマンションは三田にあり、浜松町からは目と鼻の先だ。断る理由はほとんどない。

形ばかり返事をしぶっていると、男は名刺を出して裏に店の電話番号をメモした。先に行って席を取っておくから、電話で場所を聞いてあとから来てほしいと言う。どうやら登美子が、ほかの乗務員の目を気にしていると思ったらしい。断られることなど、爪《つめ》の先ほども考えていないようだ。

乗務が終わったあと、空港のトイレで改めて名刺を見直した。

北浦歌謡学院院長、北浦伍郎。どこかで聞いたことがあるような名前だ。歌手。歌手の北浦伍郎か。そういえば十何年も前、そんな名前の歌手がいたような気がする。登美子がまだ高校生のころではなかったか。残念ながら当時の顔を思い出せない。したがって今の顔にも見覚えはない。しかしそれはこの際、どうでもいいことだった。

登美子は電話ボックスを出た。北浦の名刺を置き忘れたことに気づかなかった。制服のはいったバッグを肩にかけ、教えられた道を歩き始める。店まで十分足らずの距離だった。

赤い木枠《きわく》のガラス・ドアと窓。そこにからまる緑の蔓草《つるくさ》。大きな木の看板に、白いペンキで〝AVANTI!〟と店名が書いてある。色の取り合わせが新鮮な印象を与えた。

店にはいると、中は板張りの床だった。テーブルもがっしりした木造りで、安定感がある。テーブル・クロスは赤と白のだんだら模様。照明を暗く落とし、卓上のろうそくでムードを出している。

北浦伍郎は赤ワインを飲みながら待っていた。登美子を見ても、来て当然のような顔をしている。今まで一度もすっぽかされたことがないと言わんばかりだ。どうみても、名前だけで女が寄ってくるほど、売れているとは思えない。それだけにおかしかった。

北浦の言ったとおり、パスタは種類も多く、質量ともに文句のつけどころがなかった。とくにトマト味のラザーニャは最高だった。新鮮な魚介類の盛り合わせにも満足する。最後に出て来た、自家製の特大のアイスクリームまで、いかにもイタリア人の店らしい雰囲気に満ちていた。

北浦がちらりと自分の昔話をしたとき、登美子は名前を聞いたことはあるが、顔は覚えていないと正直に言った。

北浦はむしろうれしそうに笑った。

「お世辞か何か知らないけど、大のファンでしたなどという女がたまにいてね。うれしくなって聞いてみると、ぼくの歌のタイトル一つ知らないことが分かる。いやなものですよ、そういうのって。いっそ最初から、覚えてないと言われた方が気が楽なんです。この世界はただでさえ忘れられやすいんだから。よく言うでしょう、忘れられた有名人ほど忘れられた存在はないって」

「そんなんじゃなくて、わたしは昔から歌謡曲を聞かないから。アメリカン・ポップス専門で」

「つまりきみが今夜招待に応じたのは、ぼくが歌手の北浦伍郎だからじゃなくて、なんとなく話の合いそうな男だったからだと、そう解釈していいんだろうね」

登美子は含み笑いをした。

「そうね、そう言ってもいいと思うわ」

食事しながら話しているうちに、この中年の歌手に好意を感じ始めたことに気づく。登美子自身も若いとはいえず、話の合う男友だちを探すのに苦労する年ごろだった。もしかするとこれは、貴重な出会いになるかもしれない。

北浦のペースに巻き込まれて、登美子はだいぶワインを過ごした。店を出るとき足をとられ、北浦にしがみついてしまった。それで初めて自分が酔っていることに気がついた。

北浦がバッグを持ってくれた。それをクロークから受け取るとき、北浦はなぜか目をきらきらさせて言った。

「この中に制服がはいってるんだね」

登美子はげっぷしながら、ええと答えた。

暗がりでキスされる。それだけで腰の力が抜けるのが分かった。マンションに来て、ともう少しで言いそうになる。しかしそれはあまりにもはしたないと思い直した。まだ知り合ったばかりではないか。

北浦が車を拾った。

どこをどう走ったのか分からない。肩に頭を預け、北浦の手がスカートの中を探るのを許した。体が緩んでくるのが分かる。

十分ほどで車は停《と》まった。

下りたところであたりを見回すと、そこはけばけばしいラブ・ホテルの前だった。

少し酔いが醒《さ》める。

「どこへ行くの」

北浦が腕をつかんだ。

「分かってるだろう。二人とも子供じゃないんだから」

「でも」

言葉を飲む。

いくらなんでもいい年をして、最初の夜にラブ・ホテルはないではないか。一流とまでは言わないが、せめてまともなシティ・ホテルに部屋を取ってほしかった。それが洗練されたおとなの恋愛というものだ。安く見られたような気がして、急に腹が立った。

冷たい声で言う。

「今夜は帰るわ」

しかし北浦は、何も聞こえなかったように、中にはいって行った。目隠しされたフロントから、鍵《かぎ》を受け取っている。

登美子はあわててあとを追った。バッグを北浦に預けたままだったのだ。

「待って」

足元がふらついた。

エレベーターの前で追いつく。北浦はものも言わずに乗った。つられて登美子も乗る。

またキスされた。

じわりと溶け出すものを感じる。登美子は溜《た》め息《いき》をついた。これ以上意地を張ってもしかたがない。ラブ・ホテルだろうと一流のホテルだろうと、結局することは同じなのだ。

とはいえ登美子は、男の無神経さを許すことができなかった。お高くとまっているわけではないが、登美子はそうしたセンスの問題に厳しいのだ。貴重な出会いと感じたのは、単なる思い過ごしだった。そうだ、この男とは今夜限りにしよう。

狭い部屋に小さなダブル・ベッドが置いてある。ほかに小さなテーブルと小さな椅子。枕《まくら》元《もと》には照明やBGMの調節パネル。束《つか》の間《ま》の情事にはもってこいのスペースだ。まったく情けなくなる。

「シャワーさせて」

北浦の出鼻をくじくように言い、バスルームにはいった。

今さら逃げを打つつもりはない。ただ少し酔いを醒ましたかった。あまり飲みすぎると、オルガスムスに達するのに時間がかかる。気ばかり焦《あせ》ってくたびれてしまうのだ。だいたいそこまでもつ男がいない。

浴槽に湯を溜めた。体を温めたあと、冷たいシャワーを浴びる。それを何度か繰り返すうちに頭がすっきりしてきた。

登美子はバスタオルで体をおおい、部屋へもどった。

あっけにとられ、思わず立ちすくむ。

「何をしてるの」

北浦がベッドに横たわっていた。

自分の服を脱ぎ捨て、登美子の制服を着込んでいる。北浦の体は華奢《きゃしゃ》だが、それでも制服はきついとみえ、スカートのホックははずれたままだった。

登美子は顔色を変えた。

「脱いでよ。破れたらどうするの」

北浦は目を光らせた。

スカートの下で、男根が勃起《ぼっき》しているのが見て取れる。登美子はかっとなり、スカートに手を伸ばした。

北浦はその手を払いのけた。

かすれた声で言う。

「怒るなよ、今脱ぐからさ」

体を起こし、荒い息を吐きながら脱ぎ始める。上着を取ると、痩《や》せた裸の胸があらわになった。スカートを脱ぐのに、少し時間がかかる。脱ぎ終わったときには、北浦のものは小さくしぼんでいた。

北浦は唾《つば》を飲んで言った。

「今度はきみが着てみせてくれ」

「いやよ。仕事中じゃあるまいし」

登美子ははねつけ、制服を畳もうとした。その手を北浦がむずとつかんだ。

「頼む。着てみせてくれ」

振り放そうとしたが、だめだった。

北浦の顔を見て、ぎくりとする。目が無気味な光を帯びていた。えもいわれぬ恐怖感が込み上げてくる。

なぜか分からないが、言われたとおりにする方がいいと直感した。

「分かったわ。着るから手を放してよ」

北浦はじっと登美子を見つめ、観念したのを確かめてから手を放した。登美子は手首をこすった。赤くあとがついている。

バスタオルを落とし、裸の上にスカートをはく。泣きたい気持ちだった。もしかして北浦は、おかしな趣味の持ち主なのだろうか。それともただ純粋に、この制服のデザインが気に入ったというだけなのだろうか。いや、そうは思えない。目の色が違っている。危険な臭《にお》いがする。誘いに応じたことを、今さらのように後悔した。

スカートをはき終わると、上着の袖《そで》に腕を通した。ボタンを留める。裏地のレーヨンが肌に冷たい。

制服をすっかり身に着けると、登美子は体をまっすぐにした。

「どう、似合《こ》う」

精一杯媚びてみせる。

北浦は喉《のど》を動かした。

「ああ、似合うよ。とてもよく似合う」

うわずった声で言いながら、後ろ手に自分のバッグを探る。

北浦の手がつかみ出したのは、大きな裁ちばさみだった。

登美子はぞっとした。

「何をするつもり」

北浦は目を輝かせた。

「その制服を切り裂くんだ。心配しなくていい、きみを傷つけるつもりはない。お願いだからじっとしててくれ。制服代はちゃんと弁償する」

そう言って裁ちばさみを右手に構える。

登美子は無意識に後ずさりした。やはりこの男は異常だ。制服を切り裂くなんて、正気の人間のすることではない。

北浦がベッドの裾《すそ》に足を下ろし、登美子に向かって左手を伸ばした。

登美子はくるりと背を向け、ドアに突進した。裸足《はだし》のままノブをつかみ、押しあけようとする。

ドアは開かなかった。

内鍵がかかっている。あわててはずそうとしたが、その前に北浦の手が肩にかかった。強い力で引きもどされる。

「やめてよ、大声出すわよ」

それを聞くと、北浦は登美子の口を左手でふさぎ、ベッドの方へ引きずって行こうとした。腹に回された右手に、裁ちばさみが握られている。登美子はとっさに相手の手首をつかみ、それをもぎ取った。

北浦はあわてて登美子を放した。

登美子は裁ちばさみを両手で持ち、腰に構えた。声を絞り出す。

「ここから出て行って」

北浦は腕を広げた。額が汗で濡《ぬ》れている。

「悪かった、あやまるよ。つい魔が差したんだ。なんでこんなことしたんだろう」

「いいから出て行って」

北浦は自分の体を見下ろした。

「裸のままでか」

「ズボンくらいはいてもいいわ」

北浦はもたもたしながら、裸の上にズボンをはいた。

自分が出て行くよりも、北浦を締め出した方が安全だと思った。あとはフロントに電話をして、迎えに来てもらえばいい。必要とあれば、警察を呼ぶこともいとわない。できればそこまではしたくないが。

北浦は手の甲で口をぬぐい、そろそろと動き始めた。登美子もそれに合わせて、ゆっくりとテーブルを回る。位置が入れ代わり、登美子はベッドに背を向ける形になった。

突然北浦が体をかがめ、テーブルを跳ね上げた。登美子は悲鳴を上げ、ベッドに仰向けに倒れた。夢中で裁ちばさみをふり回す。

飛びかかってきた北浦の裸の肩を、とがった刃が鋭く切り裂いた。北浦は一声叫び、のけぞった。傷口から吹き出す血を見て、登美子は動転した。

思わず裁ちばさみを取り落とす。

北浦はすかさずそれをつかみ上げた。裂けるほど大きく目を見開く。白目が充血している。

「やめて、お願い」

登美子は哀願した。

北浦は唇をゆがめ、裁ちばさみを逆手に持ち直した。

頭上に振りかぶると、それを登美子の制服の腹に、勢いよく突き立てた。

11

南川藍子はふと我に返った。

だれかの視線を感じて、あたりを見回す。ホテルの屋外カフェテラスは混雑していた。だれがだれを見ているのか分からない。

入り口に背の高い男の姿が見えた。

海藤兼作だった。みっともないほどきょろきょろしながら、藍子の方へやって来る。壁面に張られたガラスが太陽を反射し、海藤の左半身を明るく照らす。藍子は視線をとらえようとして失敗した。

テーブルを縫って半ばまで来たとき、トレイを持ったウェイトレスが海藤の左側を通り抜けようとした。そのときなぜか、急に海藤が左に寄った。ウェイトレスの肩が海藤の二の腕にぶつかり、手からトレイが滑り落ちた。派手な音を立てて、コップや灰皿が散乱する。海藤は二、三歩行き過ぎ、それから初めて気づいたように振り返った。急いで黒服のマネージャーが飛んで行き、ウェイトレスを叱《しか》りつける。ウェイトレスは形ばかり海藤に頭を下げたが、自分の責任ではないという気持ちが顔に出ていた。海藤が当惑したように頭を掻《か》く。藍子が見たかぎりでは、ウェイトレスに非はなかった。海藤が急に左に寄りさえしなければ、ぶつかることはなかったのだ。

海藤は近くまで来ると、おおげさに首を回して藍子を探した。手を上げて合図する。海藤はぼんやりと藍子を見ていたが、ようやく気がついてテーブルにやって来た。

「どうしたの、急に車線を変更したりして。わざとぶつかったみたいよ」

海藤がすわると、椅子《いす》がぎしぎしと鳴った。

「悪いことをした。ちょっとめまいがしたんだ。マネージャーには女の子の責任じゃないと説明しておいたよ」

藍子はハンカチを差し出した。

「左の肘《ひじ》に染《し》みがついているわ」

「すまん」

海藤はハンカチを右手で受け取り、服の左袖《そで》をしきりにぬぐった。

「そこじゃないわ。もっと上よ」

藍子が注意すると、海藤は首をねじ曲げ、しきりに染みの箇所を探した。藍子はしまいにいらいらして、ハンカチを取り上げた。代わりにふいてやる。どこまで世話を焼かせる男だろう。

海藤はコーヒーを頼んだ。

「どうしたんだ、今日は。ピンクの服なんか着ちゃって、短大生と間違えられるぞ」

「あなたに会うので、少し若作りして来たのよ。いけない」

「いけなくないさ。そのブラウスも気に入った。襟《えり》の大きいところじゃなくて、切れ込みの深いところが」

海藤とはこれで九回目のデートになる。

藍子はもともと独身だが、海藤は離婚経験者だった。前の妻はごくありふれたサラリーマンの娘で、警察官の不規則な生活に二年と耐えられなかった。子供ができなかったせいで、別れるのは簡単だったという。それからもう七年も一人暮らしが続いている。藍子より二つ上の三十七歳だった。

藍子は初めて警察官と付き合ったが、もっと頭の固い職業だと思っていた。海藤はざっくばらんな男で、三回めに会ったときもう藍子をホテルに誘った。そのときはさすがに軽く受け流したが、次に誘われると断り切れなかった。しばらく男の肌に触れていなかったし、海藤の引き締まった体に欲望を感じた。

海藤はそのとき、赤坂の一流ホテルを予約した。警察官にしては遊び慣れていると思った。

事実ベッドの上でもなかなかの腕前を発揮した。藍子は初めての男と寝るとき、めったに達したことがない。しかし海藤の場合は別で、したたかに三度も絶頂を極めてしまった。久しぶりに堪能《たんのう》した気がした。

体の関係ができてから、海藤の口調はぞんざいになり、態度もなれなれしくなった。言葉の端ばしに、自分の女だという傲慢《ごうまん》な意識をちらつかせる。藍子は本来そういう男の変化を嫌った。それがきっかけで喧嘩《けんか》になり、別れた男もいる。しかし海藤の場合は、何を言っても暖簾《のれん》に腕押しで、喧嘩にならない。このままだと、飼い慣らされてしまいそうだ。

ウェイトレスがコーヒーを運んで来た。

海藤はテーブルの上を見下ろした。

「砂糖はどこだ」

「そこにあるじゃないの」

藍子は海藤の左手のわきを指した。海藤は首をねじり、左手の周囲を眺め回した。

「ああ、これか」

わざわざ右腕を伸ばし、シュガーポットを目の前に置き直す。

砂糖をコーヒーに入れるとき、左の肘がナプキン・スタンドにぶつかった。スタンドが倒れ、紙ナプキンがタイルの床に散らばった。

「あらあら」

藍子が声を上げると、海藤はカップを口に運ぶ手をとめた。

「何があらあらだ」

「いやねえ、気がつかないの。ナプキンを散らばしちゃって」

藍子は椅子を滑り出て、ナプキンを拾い集めた。束ねてテーブルの端に置く。

「どうしたんだ、風でも吹いたのか」

「あなたが左の肘で倒したのよ。ほんとに気がつかなかったの」

海藤は自分の左腕をつくづくと見た。

照れ笑いをして言う。

「おれは鈍感なんだよ、ベッドの外では」

藍子は手を伸ばし、テーブルに置かれた海藤の左手に爪《つめ》を立てた。海藤はにやにやしながらコーヒーを飲んでいる。むきになって、さらに指に力を入れた。海藤は平気な顔でコーヒーを飲み続けた。

あきらめて爪を引っ込める。見ると手の甲に深く、爪のあとがついていた。海藤には痛覚がないのかと思う。これだけ強く爪を立てられて、眉《まゆ》一つ動かさないとは。

海藤は藍子の視線を追い、初めて気がついたというように自分の左手を見た。

「いたずらしたな、こいつめ。この礼はあとでたっぷりさせてもらうぞ」

「どんなお礼」

海藤は片目をつぶった。

「ここに部屋を取っておいたんだ」

藍子は目を伏せた。

「だめよ、今日は」

「どうしてだ。時間はたっぷりあるだろう」

藍子は海藤を見つめ、低い声で言った。

「今日はだめな日なの。分かるでしょ」

海藤の顔に失望の色が広がった。

「なんだ、月のお客さんか」

「そう。たまには食事をして、お酒でも飲んで、美しく別れましょうよ」

海藤はにやりと笑い、いかつい顎《あご》をなでた。

「おれはかまわんよ、きみさえよけりゃ」

「何が」

「血まみれになってもさ」

藍子は赤くなった。

また視線を感じて、それとなく周囲に目を配る。だれも自分を見ていないし、聞き耳を立てている者もいないようだ。

「だめ。わたしはいやよ」

「とにかくせっかく取ったんだから、あとで行ってみよう。どんな部屋か見てみたいからな。そんな顔するなよ、無理にやろうとは言わないから」

藍子は海藤を睨《にら》みつけた。

まったく言うことが露骨だ。人をなんだと思っているのだろう。単なる欲望の対象としか見ていないのだろうか。

藍子は海藤のことを気に入っていた。しかし愛しているというのとは違う。まだそういう段階ではなかった。ほかにも男友だちはいるし、海藤はワン・ノブ・ゼムにすぎない。だからこそ、あるいはそれにもかかわらずというべきか、海藤の態度に腹が立った。

海藤は無頓着《むとんちゃく》に続けた。

「血まみれといえば、またラブ・ホテルで人殺しがあっただろう」

藍子はあきれて首を振った。

「どうして変な連想するのよ」

「最初が婦人警官で、次はスチュワデスだ。もっとも婦人警官は本物じゃなかったが、スチュワデスは現役のぱりぱりだった。どちらも身につけた制服をずたずたに切られ、体をめった突きにされて死んでいた」

「やめて。気持ち悪いわ」

海藤は人差し指を立てた。

「今の言葉は聞かなかったことにする。きみはベテランの精神科医のはずだ」

「お休みの日ぐらい、仕事の話はやめて」

海藤はそれを無視した。

「実はおれの同期が捜査一課にいて、あの事件を担当してるんだ。現場は渋谷と品川で離れているが、どちらも性格異常者のしわざとみられている。発生状況や殺し方から、同一犯人である可能性が強い。二つの現場から、同じ指紋が検出されればはっきりするんだが、今のところそれはない。どう思うね」

藍子は溜《た》め息《いき》をついた。

「わたしは捜査の専門家じゃないわ。そういうとき警察は、過去の似たようなケースを洗うんでしょう」

「まあこの種の犯罪は、再犯率が高いからな。しかしまだ有力な容疑者は現れていない」

「凶器は」

「両方とも大形のはさみらしいが、これも未発見だ。たぶん犯人が持ち歩いてるんだろう。いつ第三の事件が発生するか分からん。犯人像がいくらかでも明らかになれば、犠牲者をふやさずにすむんだ。精神医学の専門家として、意見を聞かせてくれ」

「こんな明るいカフェテラスで話す話題じゃないわね」

「だから部屋へ行こうと言ったんだ」

藍子は肩をすくめた。

「あなたには負けるわよ。何もしないって約束するなら、行ってもいいわ」

「もちろん約束するさ。ついでにそういう約束なんて、なんの意味もないことを教えてやるよ」

エレベーターで十八階まで上がる。

そこはダブルの部屋で、ちょうどカフェテラスを見下ろす位置にあった。窓際《まどぎわ》でカーテンにくるまれながらキスする。

よけいなところに指が食い込んできたので、藍子は海藤を押しのけた。

「さっきの続きをしましょうよ。同一犯人だとすれば、ある程度説明がつくわ」

海藤はソファにすわり、たばこに点火した。

「どんなふうに」

藍子も腰を下ろした。

「二つの事件に関する限り、フェティシズムが高じた結果の殺人だわね」

「なるほど、フェティシズムか」

「犯人は女性の体よりも、衣服の方に性的興奮を覚えるタイプね。それも制服だけに」

海藤は首を振った。

「どうしてあんなものに興奮するのか、さっぱり分からんな。なにしろおれは、服より中身の方に興味があるタイプだからね」

藍子は海藤のたばこを横取りした。一口だけ吸って返す。

「ビネによれば、子供が初めて性的興奮を感じたとき、その場にあった何かが偶然結びついて、フェティシズムのきっかけになるの。それはストッキングかもしれないし、下着かもしれない。あるいは万年筆やライターかもしれない。とにかくあらゆるものが対象になりうるわ。今度の場合、それがたまたま何かの制服だった、ということじゃないかしら」

「すると犯人はがきのころ、婦人警官にお医者さんごっこでもしてもらったのかな」

藍子は笑った。

「最初のきっかけがどんな制服だったか分からないけど、心理的に対象が拡大して、範囲が広がっていくとみていいわ」

海藤はたばこのフィルターを嚙《か》んだ。

「だとすると面倒なことになるな」

「もう一つ、制服を切り裂くところをみると、そこに強い憎悪《ぞうお》の感情が存在していることも明らかだわ。結局その気持ちが高じて、対象を殺してしまったわけね。最初ははずみだったかもしれないけど、二度三度と続くうちに、殺人自体が性的興奮の対象に転化されるおそれもあるわ。早く解決しないと、もっと犠牲者が出るかもしれなくてよ」

「ほかに制服を着る女の職業というと、何があるかなあ」

「銀行員。デパートの店員。ガードマン」

「まだあるぞ。美容師。自衛官。看護婦。白衣を着れば女医だってそうだ」

「きりがないわね」

海藤はソファを立ち、たばこを灰皿に捨てた。藍子のそばへ回って引き起こす。

「もうやめよう。裸にしていいか」

藍子は海藤の胸に手を当てた。

「約束が違うわ。わたしがしてあげるから」

股間《こかん》に手を伸ばすと、海藤はそれを押しとどめた。

「風呂場《ふろば》でやろう。あそこなら汚れても大丈夫だから」

結局藍子は根負けして、海藤が服に手をかけるのを許した。

海藤の手がいつになくもたついている。なかなかブラウスのボタンがはずれない。不思議に思ってよく見ると、右手の指と左手の指がまったくばらばらな動きをしている。それはまるで、一方の指がボタンをはずそうとすれば、片方の指ははめようとしているように見えた。

藍子は海藤の手を押さえた。

「どうかしたの。今日は何か変よ」

「ボタンが悪いんだ」

海藤はぶっきらぼうに言い、ボタンをむしり取った。

二人は裸になってバスルームへ行った。

生理のときに交わるのは初めてだが、藍子は海藤がそれを少しも気にかけないことを好ましく思った。膝《ひざ》にタイルのあとがつくのも気にならぬほど興奮した。

そのあと一緒にシャワーを浴びた。

行為の間海藤が右手ばかり使い、もっぱら藍子の左半身を愛撫《あいぶ》したことに気づいたのは、部屋へもどって下着をつけたときだった。

藍子は手を止めて考えた。

海藤はなぜわたしの右半身を無視したのだろうか。

12

光がまぶしい。

大学の付属病院だからだろう、白衣の看護婦や医者に混じって、色とりどりの服を着た医学生が、行ったり来たりしている。赤、青、黄。まるで信号のようだ。いや、橙色《だいだいいろ》もあるし紫色もある。虹《にじ》のようだと言った方が正しい。

あのパンク・ルックの連中が、いずれ医者として世の中へ出ていくのか。まったく信じがたい。あんなやつらにかかるくらいなら、棺桶《かんおけ》へ飛び込んだ方がましだ。

少なくとも女の医者はいらない。女は看護婦だけでいい。女の医者ときたら、なまいきで、一人よがりで、その上腕が悪いと相場が決まっている。そのいい見本があれだ。

例の女がガラス窓に映る。

芝生のサンデッキにもたれて、本を読んでいる。さっきタイトルがちらりと見えた。精神医学臨床講義。エミール・クレペリンの書いた本だ。

今ごろあんな本を読んでいる。あんなものは学生のころに原書で読み終わっていなければならない。あれで腕は確かなのだろうか。とてもそうは思えない。患者に精神分析を施しながら、『夢判断辞典』をめくるような医者に違いない。『外科手術入門』と首っ引きで、患者の腹にメスを入れる新米外科医のようなものだ。

それにしてもきれいな女だ。それは認めてやろう。ただし私服よりも、白衣の方が似合う。のりのぴんときいた白衣が、緑の芝生によく映えている。後ろにまとめた長い髪。すらりと伸びた細い脚。私服だといやみだが、白衣を着ているとさほどでもない。

どうしたのだ。

あの女を称賛するために、ここにいるわけではない。始末するために来たのではないか。真っ昼間からやるわけにはいかないが、いつどこでも手を下せるように、心の準備だけはしておく必要がある。甘い考えは禁物だ。

こっちを見ている。

うつろな目だ。何を考えているのだろう。あまり見つめるとまずいかもしれない。

いや、大丈夫だ。気がつきはしない。もともと勘の鈍い女なのだ。男と遊ぶのは得意でも、自分の身を守ることはできない。いずれこの手にかかって死ぬのだ。

少し体が重い。今は動かない方がいい。どうせすぐに治る。二、三日の辛抱だ。

今日はちょっとした仕掛けをしておいた。あれが頭の上から落ちて来たら、さぞ驚くことだろう。なに、ほんの挨拶《あいさつ》代わりだ。それで命を取ろうというわけではない。

まあ運が悪ければ、死ぬこともあるかもしれないが。

13

丸岡庸三は窓をあけた。

涼しい風が吹き込み、南川藍子は額を押さえた。ほつれた髪をまとめ、クリップで留める。

脳神経外科医長室は広く、ぜいたくな造りだった。革張りのソファに、ローズウッドのサイドボード。最新型のＡＶシステム。専門書の詰まった書棚も、安物のスチール製ではない。ほかの医長室に比べて、格段に優遇されていることが分かる。

丸岡はソファにもどり、足を組んだ。

「追分知之が無罪になったらしいね。今朝の新聞で読んだんだが」

「はい」

「きみの鑑定が採用されたわけだろう。おめでとうと言わせてもらうよ」

「ありがとうございます。でもわたしはただ、被告人が事件当時、是非の弁別に従って行動できる精神状態ではなかったことを、蓋然《がいぜん》的に証明しただけです」

丸岡は微笑した。

「なかなか謙虚だね。確かに判決を下したのは裁判官だが、きみの鑑定書が決め手になったことは間違いない」

藍子が黙っているのを見て、丸岡は続けた。

「どちらにしてもよかったよ。裁判官の中には、精神鑑定の結果をまったく考慮に入れない石頭もいるからね」

「でも検察官には、法廷でだいぶいじめられました。三十半ばの女の鑑定人というのが、どうしても気に入らないようでした」

「しかし連中も精神医学には素人《しろうと》だ。反対尋問を蹴飛《けと》ばすぐらい、きみなら朝飯前のはずだよ」

「素人といっても、さすがに検察官は迫力が違います。自分でもよく切り抜けたと感心するくらいです」

丸岡はちょっと間をおいた。

「わたしのてんかん性もうろう状態説は、きみの採用するところとはならなかったようだね」

藍子は軽く頭を下げた。

「申し訳ありません。わたしが検査した範囲では、器質性疾患の所見はなかったものですから。もうろう状態だったことは間違いありませんが」

「きみはそれを心因性のものと判断したわけだね」

「そうです」

丸岡はシガー・ケースから葉巻を取り上げた。卓上ライターで火をつける。香ばしい匂《にお》いが漂った。

「まあどちらでも変わりはあるまい」

その言い方に引っかかるものを感じた。できるだけ穏やかな口調で言う。

「先生はフロイトを認めていらっしゃらないのですね」

丸岡は不思議そうな顔をした。

「今どきの精神科医で、フロイトを信じる人間がいるのかね」

藍子は唇を引き締めた。

確かに今や、フロイト神話は崩れ去ろうとしており、同じ系統でもユングを支持する者の方が圧倒的に多い。

「先生もフロイトは科学ではなく、文学だと考えるお一人ですか」

「文学というより宗教だね、あれは」

藍子は口をつぐんだ。

いつの間にかフロイトを弁護しようとしている自分に気づく。それは本意ではなかった。しかし大学時代にフロイトを読んだときの、あの強烈なショックは、そう簡単に忘れられるものではない。

丸岡は葉巻をくゆらせた。

「フロイトは単なる通過点であって、出発点とみるべきではない。まして到達点と考えるようでは、精神科の看板を下ろした方がいい。きみがそうだというわけじゃないが」

頬《ほお》に血が上る。

「フロイトの肩を持つわけではありませんが、一部の行動学派のように、精神分析を頭からいんちき呼ばわりするのは、正しい態度ではないと思います」

「しかし彼らは綿密な実験によって、精神分析が神経症の治療に役立っていないことを、科学的に立証している」

「それでは先生は、行動療法が万能だとお考えですか」

「いや。精神分析よりは合理的だとは思うが、行動療法にも限界はある。動物や人間の行動パターンを、《刺激》と《反応》だけに単純化したのは誤りだ。餌《えさ》を与えるという報酬行為がなくても、ボタンを押すように猿を条件づけることは可能だからね」

藍子は腕を組んだ。

「先生はどういう理論をお持ちなのですか」

「理論などというものは、あいにく持ち合わせていない。わたしは脳を自分の目と手で調べること以外に、人間の正体を研究する方法はないと考える口でね」

「そういえば先生は、精神分裂病も大脳左半球の損傷と関係がある、とおっしゃいましたね」

「ついでに言うと、鬱病《うつびょう》は右半球を損傷したあとで起こりやすい。これは原則として左脳が言語半球であり、右脳が非言語半球であることと無関係ではない。分裂病が思考障害を伴うこと、鬱病が感情障害を伴うことがそれを裏づけている」

「分裂病に対するユングの知見をどうお考えになりますか」

丸岡は肩をすくめた。

「きみはそうやって法廷で、検事とやり合ったのかね」

藍子は目を伏せた。

丸岡の皮肉は、藍子が女であることに向けられているような気がした。考えすぎかもしれないが、女だてらに、というニュアンスが言外に感じられた。

ことさら平静を装う。

「フロイトはともかく、ユングを支持する精神医学者はたくさんいます」

「わたしもユングは読んだが、興味を引かれたのは彼のオカルト趣味だけだね」

「ばかげていると思われたのでしょう」

「いや、そうじゃない。この世の中には、科学では解明できないことが確かにある。ユングの指摘した《シンクロニシティ》というやつには、わたしもいたく感銘を受けたよ」

シンクロニシティ。

ユングはそれを、意味のある偶然の一致、という語義で用いた。いかなる偶然の一致も、それができすぎていればいるほど、強い因果関係で結ばれているという解釈だ。

「ユングの真価は、もっと別のところにあると思いますが」

丸岡はそれに取り合わなかった。

「例えばわたしにもこんな経験がある。何年か前に学会があって、初めて八戸《はちのへ》市へ行ったときのことだ。たまたま通りかかった古本屋の店頭で、アメリカの『神経外科ジャーナル』という雑誌のバック・ナンバーを見つけた。なんの気なしに手に取ってみたんだが、そのとき百円均一本の山から、汚い本が一冊こぼれ落ちた。拾い上げてみると、それは戦前発行された春陽堂の少年文庫で、シャルル・ペローの『眠りの森の美女』という童話集だった。実はその本は、記憶に残るかぎりわたしの読んだもっとも古い本でね。もう一度読みたいと思って、長い間探していたものなんだ」

藍子は肩をすくめた。

「それくらいの偶然では、ユングも驚かないと思いますけど」

「まだ先がある。本をひっくり返してみると、裏表紙に下手くそな平仮名で、名前が書いてあった。まるおか・ようぞう、とね」

藍子は口をあけた。

「先生のお名前が」

「そうだ。なんとそれは子供のときに読んだ、まさにわたし自身の本だったんだ。どこをどう巡ったのか分からないが、わたしは何十年ぶりかで、それも初めて足を踏み入れた土地で、懐かしい本に再会したわけさ」

今度は少し驚く。

「それは……それはまた偶然ですね」

丸岡は意味ありげに笑った。

「ところが話はまだ終わらない。学会を終えて帰ってみると、ある雑誌社からエッセイの依頼が来ていた。そのテーマがなんだったか想像がつくかね。『わたしが最初に出会った本』というんだ」

藍子は言葉を失った。

丸岡が続ける。

「これがシンクロニシティというものさ。わたしが八戸でその本に再会したのは、雑誌社からエッセイの依頼を受けるための予兆だったんだ。これならユングも驚いてくれると思わないかね」

藍子は口元を緩めた。

「そうですね。わたしも驚きました」

「きっときみの身近にも、そうしたシンクロニシティがあるんじゃないかと思うよ。意識しないと見逃してしまうが」

「そうした予兆というのは、フロイトのいう無意識の世界と関係ありませんか」

丸岡は寛大な笑いを浮かべた。

「どうしてもフロイトから離れられないようだね。わたしに言わせれば、フロイトのいう無意識は右脳の働きによって説明できる」

藍子も微笑を浮かべた。

「右脳ですか。そういえばひところ、右脳ブームというのがありましたね。右脳を活性化することで、発想力を高めることができるという説でしたかしら。確かジョギングをすれば、右脳が鍛えられるという説も」

「その種のきわものはさておいて、左脳が優位脳であり、右脳が劣位脳であるという説がくつがえされたことは確かだ。右脳にはほとんど言語機能がないために、その役割が表面に出ないだけなんだ。しかし右脳にもはっきりとした役割と意識がある。右脳の意識こそフロイトのいう無意識とみていい。もっとも脳の働きというのは、一度損傷してみないことには分からない。そこがむずかしいところでね。とくに右脳の場合は、損傷の度合にもよるが、はっきり影響が出ないこともある」

「右脳を損傷すると、具体的にどのような症状が出るのですか」

「いちばん顕著なのは、脳の位置と反対側の半身、つまり左手や左足の動きが悪くなることだ。ひどくなると麻痺《まひ》してしまう。言語障害はほとんど出ないが、視空間感覚が怪しくなって、バランスを失うことがある」

ふと海藤のことが頭をよぎる。海藤の左手。頭頂部の傷。丸岡の言葉が胸に突き刺さった。

藍子は無意識に、膝《ひざ》の上で拳《こぶし》を握った。

そのときドアにノックの音がした。丸岡は首も動かさず、どうぞ、と返事をした。

ドアがあいた。

「先生、一つ出物がありそうですよ。ダウン症候……」

そう言いながら、黒縁の眼鏡をかけた男がはいって来た。藍子を見て、途中で言葉をとぎらせる。頬がこわばった。

産婦人科の鳴海《なるみ》という医者だった。

丸岡が厳しい声で言った。

「あとにしてくれ」

その顔に珍しく狼狽《ろうばい》の色があった。

14

午前零時を過ぎた。

客足がとだえて二十分たつ。今夜は景気が悪かった。そろそろ看板にしようか。

そう思って腰を上げたとき、扉があいて男がはいって来た。

北野紫津《しづ》は開きかけた口を閉じた。

眉《まゆ》の濃い長身の男だった。年は三十前後で、鶯色《うぐいすいろ》のシャツに茶のブルゾンを着ている。

看板にするのはやめた。

紫津の好みの男がそこに立っている。二十五年前、眉が濃くて背の高い男に処女を捧《ささ》げて以来、まったく趣味が変わっていない。自分でもおかしいくらい、このタイプの男にお目にかかると、気持ちがぐずぐずになってしまう。

「いらっしゃいませ」

明るい声で言い、カウンターの端をくぐって内側へはいる。男は五つしかない止まり木の真ん中にすわった。

差し出されたおしぼりを使いながら、狭い店内を丹念に見回す。

「静かだね」

「ついさっきまで、立ち飲みしていた人もいたんですよ。今やっと一息ついたとこ。いいときにいらしたわ」

もちろん開店以来、立ち飲み客が出たことなど一度もない。

「よかった。酒は落ち着いて、静かに飲みたいからね。バーボンの炭酸割りにしよう」

「バーボンはI・W・ハーパーだけなんですけど」

「それでいいよ」

紫津は酒を作り、男の前に置いた。

ちらりと顔を見る。目が合ってしまい、紫津はどぎまぎして視線をそらした。男の暗い目に、そそられるものを感じた。初めて見る顔だと思ったが、自信がない。

男が言った。

「この店、《紫》っていうんだね」

「ええ。前に来ていただいたこと、ありましたかしら」

「いや、初めてだよ。紫色が好きなの」

やはりそうか。一度でも来た客はだいたい覚えているからだ。

「そういうわけじゃないんです。わたしの名前が紫津といって、紫の津って書くものだから」

「紫の津。それで《紫》か」

男はじっと紫津を見つめた。

紫津は愛想笑いをした。男の息がアルコール臭い。かなり下地がきいているようだ。

「お客さん、もう何軒か回ってきたんでしょう」

「分かるか」

「そりゃ、こういう商売だから。でもお強いのね。見た目には酔ってるように見えないもの」

「酔ってなんかいないさ。いくら飲んでも、つぶれたことがないんだ」

「頼もしいわね。そういうお客さんばかりだと、わたしたちの商売も楽なんだけど」

言葉がとぎれる。

紫津はカセットをテープ・デッキに入れた。《エデンの東》が流れ始める。昔から映画音楽が好きで、自分でエアチェックしたものを店でかけている。有線放送はきらいだった。

「お客さん、市内の人じゃないでしょう」

「うん。東京から来たんだ」

「まあ、東京から。ご出張ですか」

「そんなとこだね」

紫津は首をかしげてみせた。

「なんのお仕事かしら」

男は酒を飲み、さりげなく言った。

「プロ野球さ」

「プロ野球って」

「ボールを投げて打つやつだよ」

「それは知ってるけど。じゃ、お客さんは野球の選手なんですか」

男は目を伏せた。

「いや。球団の職員さ。眉がかすかに寄る。地方で試合があるとき、選手に付き添って来るんだ」

紫津はうなずいた。

「そういえば今日、県営球場でチェリーズとフライヤーズの試合があったわね。お客さん、どっちかのチームでしょう」

男は酒を飲み干した。

「そう。チェリーズの方だ。お代わりをもらおうかな。きみも一杯飲んだら」

「すみません、いただきます」

紫津は炭酸割りのお代わりを作り、自分のためにビールの小瓶をあけた。酒棚のスピーカーから、『カサブランカ』の主題曲《時の過ぎゆくまま》が降って来た。気のせいか、いつもより耳に心地よく聞こえる。

　この店にプロ野球の関係者が来たのは、記憶に残るかぎり初めてだった。

　乾杯して話を続ける。

「そう、チェリーズでしたの。あまり野球のこと知らないけど、今二位か三位にいるんでしょ」

「二位だ。首位と五ゲーム差でね。残り試合が少ないから、もう優勝の望みはないけど」

「でもいいわね、全国あちこち旅ができて」

「そうでもないさ。長期ロードに出ると、東京が恋しくなるよ」

「お客さんは体格いいから、てっきり選手だとばっかり思ったわ」

　男はグラスを回し、氷の音をさせた。

「つい春先まで、ピッチャーをやってたんだ。事情があって、今は球団職員ってことになってるけど。来シーズンにはまた、カムバックできるかもしれない」

「あら、凄《すご》いじゃない。もしよかったら、お名前教えていただけないかしら」

　男は照れくさそうに、上目遣いで紫津を見た。

「顔に見覚えないかな。けっこう投げてたんだけど」

　改めて男の顔を見直す。

　見覚えはなかった。『駅馬車』のテーマが、やけに大きく、調子よく耳を打つ。

　紫津は申し訳なさそうに肩をすくめた。

「ごめんなさいね。わたし、ほんとに野球に弱いの。ジャイアンツの原の顔だって、よく思い出せないくらいなんだから」

男はなぜかほっとしたように笑った。

「いいんだ。なまじ顔を覚えられると、行きたいとこへも行けなくなるしね」

紫津は笑った。

「そうよね。じゃ、名前は聞かないでおくわ。でもこれをご縁によろしくね」

「うん、ここで試合があるときは、また寄せてもらうよ」

「ここは港町だから、けっこうお店が多いのよね。覚えてくれるとうれしいけど」

「もう覚えたよ。今度はもっと早く来よう」

「そういえば今夜は遅かったわね。どこかで悪い遊びをして来たんでしょう」

横目で睨《にら》みながら言うと、男は薄笑いを浮かべた。

小指を立てて聞き返す。

「こっちの方かい、悪い遊びって」

「決まってるじゃない。このあたりは昔、遊郭だったからねえ」

「ぼくはあの手のプロの女はだめでね。かといって素人《しろうと》はいやだし。素人でもプロでもないっていうのがいちばんいいな」

「そんな女がいるかしら」

「例えばママみたいな人さ。水商売してて、着物がよく似合って、さばけてる女ってのが最高だよ」

紫津は男の腕を軽く叩《たた》いた。

「お世辞がうまいわね、こんなおばさんをつかまえて」

「お世辞じゃないよ。だいいち、名前が気に入った。紫って字がつくのが」

「そうですか。嘘《うそ》でもうれしいわ」

男がゆっくりと右腕を伸ばした。

紫津はあっけにとられて、その腕が自分の首に回されるのを見た。静かに、力強く引き寄せられる。

「何を——」

そう言いかけた口を、男の唇がふさいだ。

オーデコロンの匂《にお》いが鼻をつく。頭がくらくらとした。何が起きたのか分からない。

紫津はすっかり気が動転して、抵抗するのも忘れ、キスされるままになっていた。男の舌が唇の裏側をなめ回す。まるで夢を見ているようだった。

男は唇を離し、腕を下ろした。

「これで分かっただろ、嘘じゃないってことが」

紫津はあわててカウンターにつかまった。何かで体を支えなければ、床に尻餅《しりもち》をつきそうだった。たった今起こったことが、まだ信じられない。

目を丸くして男を見つめる。この店で、こんなふうにキスした男は、今まで一人もいなかった。

男の目がきらきら光っている。

紫津はあえいだ。好みの男に言い寄られたときいつも感じる、鮮烈な陶酔感が後頭部を襲った。

気がついたときには、紫津はもうカウンターをくぐっていた。

男のそばへ行く。

「看板にするわ。二人でゆっくり飲みましょうよ」

男の目がさらに輝く。

「いいね」

紫津は店の外へ出て、電飾看板を消した。扉をしめ、鍵《かぎ》をかける。すでに覚悟は決まっていた。久しぶりに、それも徹底的に楽しむつもりだった。相手が少し若すぎる気もしたが、向こうさえよければこちらに異存はない。

「どうします。すぐそばのマンションに住んでるんだけど。お客さんさえよければ、来てくれてもいいわよ」

カウンターの後ろにくぐり戸がある。細長い路地に面していて、そこから紫津が住んでいるマンションの非常階段まで、歩いて一分とはかからない。

「この町の女は情が深いって聞いたけど、そのとおりだね」

男は低い声で言い、紫津を抱き締めた。もう一度キスされると、紫津はたちまち体がうずき始めた。着物の八つ口から男の指が忍び込み、乳首を探りにくる。カーメン・キャバレロの《愛よふたたび》が、華麗なテーマを店内にまき散らす。

紫津は唇をずらし、息をついた。

「ねえ、わたしの部屋へ行きましょうよ。お酒もあるし」

「いや、ここでいい。もう待ち切れないんだよ」

男は一つしかないボックス席の狭いシートに、紫津を押し倒した。

紫津はあわてた。

「待ってよ、こんなとこじゃいや」

形ばかり抵抗したが、男は耳を貸そうとしなかった。着物の裾《すそ》を割って、左手が下半身に侵入してくる。爪《つめ》が肌に食い込み、紫津は痛さに声を漏らした。突然の変化に困惑しながら、男の顔を見る。

不安が胸を突き上げた。

男の顔つきが変わっていた。濃い眉の下の目が、焦点を失って内側に寄っている。額に汗が浮かび、息遣いが荒い。険しい表情だった。

「ちょっと待って、お願い。やっぱり部屋へ行きましょうよ。お店ではいやなの」

紫津は男の胸を押した。男は倍の力でのしかかって来た。酒とオーデコロンの入り混じった匂いが鼻を襲う。

「いや、ここでやるんだ」

男は歯の間から言い、両手でぐいと裾を押し広げた。さすがに紫津はかっとなった。

男の手を乱暴に振り払う。

「何するのよ。いくらなんでも、順序ってものがあるでしょう」

男は取り合わなかった。テーブルを腰でどかし、紫津の肩をつかんでシートに押しつける。

紫津はうめいた。好みのタイプだと思った男はどこかへ消え、まるで強姦《ごうかん》犯人のような獣がそこにいた。

カセットでジュディ・ガーランドが、『オズの魔法使』の主題歌を歌っている。《虹の彼方《かなた》に》は、紫津がもっとも好きな歌の一つだった。この歌をこんな状況で聞くことになるとは、夢にも思わなかった。

「やめないと声を出すわよ」

紫津は警告した。男はそれも耳にはいらぬように、紫津の腰に下半身を押しつけてきた。激しくあえぎながら、耳元でささやく。

「ママ、ママ」

紫津は男の胸を突きのけた。

「ママだなんて、気安く呼ばないでよ」

そのとたん男の体が硬直した。押さえつけていた力が抜ける。紫津を放してふらふらと立ち上がった。

紫津は急いで乱れた裾を直した。

なぜか分からないが、また男の様子が一変した。放心状態でその場に立ちすくんでいる。

紫津はシートから滑り出た。この男は少しおかしい。

「お酒飲むの、今度にしましょう。もう看板にするわ、悪いけど」

自分から誘った引け目もあり、紫津は努めて穏やかに言った。ちらりと男を見る。

男は口を半開きにして、斜め上を向いていた。棚のスピーカーを見ているようだった。表情から険しさは消えたが、今度は筋肉が気味悪く弛緩《しかん》している。

ジュディ・ガーランドの歌が終わり、テープが自動的に止まった。

紫津は髪のほつれに手をやり、鍵をはずしに扉の方へ向かった。男のわきをすりぬける。

そのとたん、男の腕が蛇のように伸びて、紫津の首をつかんだ。物凄い力で喉《のど》を絞められる。

紫津は止まり木にすがりついた。息ができない。顔が風船のようにふくらむのを感じる。恐怖感が背筋をはい上った。

死に物狂いで手を上げ、男の指を掻《か》きむしろうとした。指はしっかりと首に食い込み、びくともしなかった。

紫津は舌を吐き出した。

「だいだい……むらさき……あか……きいろ」

男が喉の奥から声を絞り出すのが、かすかに聞こえる。頭がぼうっとしてきた。体が崩れていく。声が遠くなる。

「みどり……あお……あいいろ」

15

麻薬取締官の木村宏は、コーヒー・カップをどけてテーブルの上に乗り出した。

声をひそめて言う。

「実は滝本貞明の潜伏場所が分かったんだ」

海藤兼作はたばこをくわえようとした手を止め、木村を見た。

「ほんとか」

「おれが使ってる河津というタレコミ屋の情報だ。まず間違いない」

「信用できるやつか」

「まあな。囮《おとり》捜査でけっこういい成績を上げてる男だ」

海藤はたばこをくわえ、マッチを探った。

「で、滝本はどこにいるんだ」

「この先の平岩パレスってマンションの、六〇三号室に潜ってる。あれからもう半年以上たつが、やはり東京へ舞いもどってやがったんだ」

海藤は火をつけた。マッチを吹き消し、灰皿へ投げ捨てる。いかつい顔が、心持ちこわばっていた。

「その河津ってタレコミ屋は、どうして滝本がそこにいることを知ったんだ」

「問題の六〇三号室は、暴力団の川俣《かわまた》一家が借りてる客人用の部屋なんだ。助《すけ》っ人《と》や博奕《ばくち》打ちを泊めたり、指名手配された仲間をかくまったりするのに使うらしい。河津は連中の動きや横の関係を探るために、前からその部屋を監視していた。川俣一家のちんぴらを抱き込んで、だれがそこに出入りしてるか常時チェックしてるんだ。そうしたら三日前、滝本がそこに潜り込んだことが分かった」

海藤は人差し指を立てた。

「しかしやつは東柳組の幹部だろう。東柳組と川俣一家は、縄張り争いで対立してるはずだ」

木村はいっそう声をひそめた。

「そこが問題なんだ。滝本はどうやら東柳組に見放されたらしい。指名手配されてからこの半年間、やつは組のつてを頼って関西、九州方面を転々としてたそうだ。ところがどこでもいい顔をされない。警察官を傷つけた人間をかくまうとなると、かなりの危険が伴うからな。組の方も警察の締めつけが厳しくて、だんだんやつを持てあまし始める。滝本はそうした気配を察して、川俣一家に寝返ったんだろう。やつは東柳組の組織や密売ルートに通じているし、その情報だけでも川俣一家にとっては大きな価値がある」

「なるほど、それなら話は分かる。しかしどうしておれを呼び出したりしたんだ。おれが保安二課から防犯総務へ移ったのを、知らんわけでもあるまい」

「あんたがあの大怪我《おおけが》で、現場をはずされたのは承知してるよ。しかしもうそろそろ、現場復帰してもいいころだ。そうは思わんか」

海藤は神経質にたばこを吸った。

「思わんことはないがね」

木村は海藤をじっと見た。

「今みたいに、防犯総務の椅子《いす》にべったり尻《しり》をくっつけてるうちは、絶対現場にもどれないぞ。自分でも分かってるだろうがね」

「現場へもどすかどうかを決めるのは上の連中で、おれじゃない」

「しかし連中にその判断をさせるのは、あんた自身だ。もう十分回復したってことを、分からせてやればいいじゃないか」

海藤は指先でいらいらとテーブルを叩《たた》いた。

「おれにどうしろと言うんだ」

「さっきからの話で見当がついてるだろう。これからおれと一緒に、滝本を踏ん縛りに行くんだ」

眉《まゆ》がぴくりとする。

「本部に無断でか」

「当然だ。そのためにタレコミ屋まで動員したんだ」

「今の立場で、おれがしゃしゃり出るのはおかしい。職権外行為になる」

「そんなに防犯運動のポスター作りが楽しいか」

「皮肉はやめてくれ。どうしておれのことをそんなに気にするんだ。あんたが仲間と乗り込んで、やつを引っ捕らえればすむことじゃないか」

　木村は目を伏せ、両手を組んだ。

「あんたには借りがある。三年前、鬼頭をつかまえに行ったときに、助けられた。もし鬼頭があの至近距離で、例のリボルバーをぶっ放してたら、おれは命がなかった。あんたが鬼頭を撃ったから、おれは今生きている」

「撃たなきゃおれもやられたからさ」

「だとしても、おれを助けたことに変わりはない。おれはあんたの手で、滝本を引っ捕らえてもらいたいんだ。そして堂々と保安二課に復帰してもらいたいんだ」

　海藤は薄笑いを浮かべた。

「おれにそのチャンスを与えることで、借りを返そうというわけか。だったらもう借りは返してもらったよ。あのプール・バーでのことを思い出してみろ。あんたは楽な浜野をおれに回して、自分は手強《てごわ》い滝本に立ち向かったんだ」

　木村は歯を食い縛った。

「おかげでおれはやられ、あんたにひどい怪我をさせちまった。あれはおれの判断ミスだよ。最初からあんたに滝本を任せるべきだったんだ」

「あんたのせいじゃないさ。とにかく滝本の件は、本庁へ連絡しよう。平岩パレスを包囲するよう、手配するんだ」

木村は海藤を見据《みす》えた。

「正直に言ってくれ。あんたは二人で乗り込むのが怖いのか」

海藤は口元に不機嫌なしわを寄せた。

「おれがか。ばかをいえ」

「だったら考えることはないだろう。これはあんたのためばかりじゃない。おれ自身もやつに貸しがあるんだ。貸した分はきちんと取り立てなきゃならん。たとえ撃ち合いになってもな」

海藤は自嘲《じちょう》めいた笑いを浮かべた。

「おれは拳銃《けんじゅう》を持ち歩かないんだ。ポスター作りに飛び道具はいらないからな」

「おれが予備を持ってる」

海藤は唇をなめた。

「そんな抜け駆けをしたら、上の連中は逆におれを現場にもどそうとしなくなるだろう」

「どうしてそう悲観的になるんだ。あんたが昔どおり、きんたまを持ったデカであることを証明すれば、連中はいつでもあんたを現場へもどすさ。問題はあんたに、それを証明する気があるかどうかだ」

海藤はたばこを揉《も》み消した。

「おれにきんたまがないというのか」

「少なくとも今はな。そのことは自分がいちばんよく承知してるはずだ。あんたは頭の上に蠅《はえ》が飛んで来ただけで、子供みたいにテーブルの下へ潜り込んでしまう。臆病風《おくびょうかぜ》に吹かれてるんだ」

海藤は唇の端で言った。

「そいつは言いすぎだぞ。取り消せ」

「いや、取り消さない。その手で滝本をお縄にしないかぎり、あんたは元のあんたにもどれないんだ。一生立ち直れないんだ。よく考えろ」

海藤は拳《こぶし》を握り締め、じっと木村を睨《にら》みつけた。木村も負けずに睨み返した。

長い時間がたったように思えた。

海藤はふっと息を漏らし、テーブルの下に右手を下ろした。

「よし。予備の拳銃をよこせ」


タレコミ屋の河津は、ぼさぼさ頭の貧相な中年男だった。身長は一六〇センチ足らずで、青白い顔にまばらな無精髭《ぶしょうひげ》を生やしている。よれよれのズボンに、汚れたジャンパーというでたちだった。

木村は河津にささやいた。

「やつは今一人か」

河津は揉み手をした。

「だと思います。今日はだれも来ませんでした。昨日の夜中は分かりませんが」

「そうか。どういう手筈《てはず》にするかな」

河津は首をすくめ、早口に言った。

「もうすぐ晩飯の出前が届きます。ラーメン屋の《万寿楼》か、そば屋の《まる八》のどちらかです。やつは出前をドアの外に置かせて、だれもいなくなってから中へ取り込みます。そのときしかチャンスはありません」

木村は海藤を見た。

「六階となれば、ベランダから逃げられる心配はまずないだろう。二人でドアの両脇《わき》に張りつくか」

「いや、開く側はだめだ。ドアがあいたとき、隙間《すきま》から見えてしまう。チェーンがはずれるまでは、見つからないようにしなければならん。二人とも反対側にかくれて、チェーンがはずれたらすぐドアを引きあける。それでどうだ」

木村はうなずいた。

「よし。あんたがドアを押さえてくれ。おれが先に飛び込む」

海藤は首を振った。

「役目が逆だ。おれにチャンスをくれるつもりならな」

廊下の端で待機していると、エレベーターが上がって来た。

扉があき、白い上っ張りを着た長髪の若者が、《万寿楼》の岡持ちを下げて箱から出て来た。

木村が呼び止めて確認すると、やはり六〇三号室の出前だった。木村は身分証明書を見せ、若者に事情を話して協力を求めた。

岡持ちをあけさせると、ラーメン、ライスにギョウザの皿がはいっている。

木村は河津を見た。

「二人分じゃないのか、これは」

河津は訳知り顔に言った。

「二人分にしちゃ、ちょっと中途半端《ちゅうとはんぱ》でしょう。やつは大食漢だから、これくらい一人で軽く食いますよ」

河津をその場に待機させ、木村と海藤は靴を脱いだ。出前持ちと一緒に、六〇三号のドアまで行く。廊下の左側は中庭に面した手すりだった。人影はない。

二人はドアスコープの視野にはいらないように、ドアの蝶《ちょう》つがいの側にしゃがみ込んだ。

木村がうなずくと、若者はインタフォンのボタンを押した。

間をおいて、野太い男の声が答えた。

「はい、どちらさん」

若者が上ずった声で答える。

「万寿楼ですけど、お待ちどおさんでした」

「ああ、外へ置いといてくれ」

「まいど」

若者は岡持ちをドアの外に置き、そのまま廊下の角にいる河津の方へ引き返して行った。ぜんまい仕掛けの人形のような歩き方だった。

一分ほどたった。

ドアの向こうに人の気配がした。ドアスコープをのぞいているようだ。内鍵《うちかぎ》の回される音がする。ドアが細目に開く。続いてチェーンのはずれる音。

木村が手を伸ばし、ドアの縁をつかんで一息に引きあけた。

立ち上がった海藤は、拳銃を握った右手を振りかざし、素早く戸口に回り込んだ。左肩が開いたドアの縁にぶつかったが、意に介するふうもない。

岡持ちの上にかがんでいたのは、髪を茶色に染めた女だった。

海藤は銃口をそらし、思わず汚い言葉を吐いた。木村も罵《のの》った。やはり滝本は一人ではなかったのだ。

女は悲鳴を上げ、たたきに尻餅《しりもち》をついたが、たちまち大声でわめいた。

「あんた、殴り込みよ、逃げて」

海藤は女を押しのけ、廊下を奥へ突き進もうとした。その足に女がしがみついた。しがみつきながら、なおもわめき散らす。

木村は女の足をつかんで、海藤から引き離した。顎《あご》を殴りつけて失神させる。

自由になった海藤は奥へ突進し、正面のドアを力任せに蹴破《けやぶ》った。部屋へ飛び込む。あとを追った木村は、危うく海藤にぶつかりそうになった。海藤が急に動きを止めたのだ。広いスペースのリビングだった。革張りの大きなソファが四つ、真ん中にでんと据えてある。だれもいない。

正面の壁にはめ込まれた大きな鏡に、海藤の姿が映っている。

一瞬海藤はうろたえたように、左腕で頭をかばうような仕種《しぐさ》をした。次の瞬間右腕を上げると、鏡に映った自分を目がけ、立て続けに拳銃を乱射する。

鏡は粉ごなに割れ、ガラスの破片が四方に砕け散った。木村が制止する間もなかった。海藤が弾を撃ち尽くしたとき、左手のいちばん遠いソファの陰から、拳銃を握った腕が現れた。銃口が火を吐き、海藤は一声叫んで床に倒れた。

ソファの後ろから男が身を起こす。滝本貞明だった。

木村はとっさに身をかがめ、ダボシャツの腹に三発銃弾を撃ち込んだ。滝本は後ろざまに吹っ飛び、ふすまごと隣の部屋に倒れ込んだ。

それきり動かなかった。

木村は拳銃を構えたまま、大急ぎでマンションの内部を点検した。どこにも人の気配はない。すぐにリビングへもどった。

異様な唸《うな》り声が部屋を揺るがす。

海藤がこめかみから血を流し、床の上をのたうちまわっていた。体が激しく痙攣《けいれん》する。

口から泡を吹いていた。

16

白鳥笑美《えみ》はカルテに体温を書き込んだ。

「あと少しで退院ね」

本間保春《ほんまやすはる》はシーツから手を出した。

「もうすぐお別れかと思うと寂しいよ」

笑美は顔を赤らめ、尻に回された本間の腕を押しのけた。

「いたずらはやめて、勤務中なんだから」

「退院しても会ってもらえるかな」

笑美は本間の腕をシーツに押し込んだ。

「分からないわ」

会えればうれしいと思う。

本間は胃潰瘍《いかいよう》の疑いで入院し、検査のあと数日前に手術したばかりだった。最初は三十代の半ばくらいかと思ったが、こうして間近にやつれた顔を眺めてみると、もう四十は過ぎているようだ。日焼けした肌が、今は青黒く見える。

職業はギタリストだという。クラブで弾き語りをしたり、客の歌の伴奏をしたりしているらしい。

ベッドの横に、安物のギターが置いてある。

入院して三日目に、笑美が院内の看護婦宿舎の自室から持って来た、古いギターだった。個室なので他の患者の迷惑にはならない。面会時間の終わる、夜九時以降は弾かないという約束で、貸してやったのだ。

本間はそれを、胸の上に寝かせるように抱いて、器用に爪弾《つまび》いた。低い声でフォークソングを歌ったりもした。歌が好きな笑美は、そんな本間に好意を感じた。ヘルパーも頼まず、だれも見舞いに来ない本間に孤独の影を見て、母性本能をくすぐられた。

笑美はこの秋で三十一歳になる。

これまで男友だちがいなかったわけではないが、結婚は半分あきらめていた。スタイルにも容貌《ようぼう》にも恵まれていない。医者に口説かれたこともないし、入院患者から誘いをかけられたこともない。取《と》り柄《え》は世話好きで、よく気が回ることだと思うが、今の男はそんなものに見向きもしないようだ。

それだけに、本間が自分に関心を示してくれたことがうれしく、古いギターを取っておいてよかったと思った。何が結びの神になるか分からない。

最初本間が尻にさわったときは、飛び上がるほど驚いたが、今ではやさしくたしなめるくらいの余裕が出てきた。それも親しみの表れだと思うと、心がはずみさえした。

本間は独身だと言った。結婚していれば妻子が見舞いに来るはずだし、その言葉に嘘《うそ》はないと思った。親兄弟まで姿を見せないのは、おそらく近くに係累《けいるい》がいないのだろう。結婚ということを考えれば、その方が気楽でいい。十歳くらいの年齢差なら、それほど不自然ではないと思う。

「入院すると、男はみんな看護婦が天使に見えるんだってね」

本間がからかうように言った。

笑美は夢想を破られ、どぎまぎした。あわてて話を合わせる。

「そうね、白衣の天使ってよくいうものね。本間さんもそうなの」

「ぼくの天使はきみだけさ」

歯の浮くようなお世辞だが、そうと分かっても悪い気はしなかった。

「本間さんて、歌もうまいけど、口もうまいのね」

「嘘じゃないよ。看護婦ならだれでもいいってわけじゃない。白衣が似合う看護婦って、意外に少ないんだ。きみなんか、数少ない例外だよ」

笑美は本間を横目で見た。

「本間さんも物好きな人ね。もっと若くてかわいい子がたくさんいるのに」

「ぼくぐらいの年になると、外見だけで女に惚《ほ》れるってことはなくなるんだ。やっぱり中身がなくちゃね。きみみたいに、かわいくてやさしい看護婦って、珍しいと思うよ」

笑美は頰《ほお》を染め、形ばかりシーツの具合を直した。この人は本気でそう思っているのだろうか。

　わざと話題を変える。

「一度本間さんが出てるお店へ行ってみたいわ。わたしが行けるようなところかどうか知らないけど」

　本間は眉根《まゆね》を寄せた。すねた少年のような顔になる。

「店はやめた方がいいよ。酔っ払いばかりでさ。公園かどこかで、きみの歌の伴奏をするならいいけど」

「あら、わたしの伴奏だなんて」

　笑美は息をはずませ、今度はキャップの具合を直すふりをした。

　本間はまたシーツから腕を出した。

「公園といえば、たまに外の空気を吸いたくなったな。庭へ出るのに手を貸してくれるとありがたいんだけど」

「まだだめよ。そんなに長くは歩けないわ」

「どこかで車椅子《くるまいす》を調達して来てくれないかな。これだけでかい病院なんだから、一台ぐらい遊んでるだろう」

　結局笑美は言いくるめられ、別の階から車椅子を探してきた。

　本間を助けて椅子に乗せるとき、いかにもギターになじみそうな細長い指が、笑美の肩にしっかりと食い込んだ。笑美はめまいを感じて、もう少しで膝《ひざ》が崩れそうになった。

てくる。

秋の日差しが明るい。隣接する帝国医科大学のキャンパスから、ブラスバンドの音が流れてくる。

中庭の芝生のそばで、車椅子を止めた。

サンデッキで日光浴している患者がいる。ベンチにすわり、鳩《はと》に餌《えさ》をやっている患者も見える。すぐわきの広場では、看護婦と患者が一緒にバレーボールをしていた。

本間はそれを顎《あご》で示した。

「あの連中、とても病人とは思えないね」

「あの人たちは精神科の患者さんよ。ここは開放病棟だから、一般の患者さんと区別しないの。重度の分裂病は別だけど」

「精神科か」

本間はつぶやくように言い、それきり口をつぐんだ。

笑美は目を閉じて深呼吸した。

ほかの患者の世話は、後輩の看護婦に任せてきた。車椅子に付き添っているかぎり、人目を気にすることはない。これがどこかの公園だったら、もっとくつろげるのにと思う。本間の伴奏で歌が歌えたら、どんなにすてきだろう。

本間が突然口を開いた。

「あの人だれ」

笑美は目をあけ、本間の視線を追った。

植え込みの向こう側に、白衣を着た一組の男女が見えた。熱心に話し込みながら、東三病棟の方へ歩いて行く。

「あれは脳神経外科の丸岡先生。日本でも指折りの権威よ」

「どっちが」

「もちろん男性の方よ」

「じゃ、女性の方は」

本間の熱心な口調に、ちょっと驚く。

「精神科の南川先生。きれいな人でしょう。まだ若いけど、優秀な精神科医だって、もっぱらの評判よ」

本間の目がしつこく二人を追う。

「やっぱりそうか」

笑美は本間の横顔を見た。

「どうしたの、南川先生を知ってるの」

本間は抑揚のない声で言った。

「一度会ったことがあるんだ。いつだったか夜遅く、ぼくが弾いてる店へ来たのさ。体格のいい男と一緒でね。その男がまた、下手くそなくせによく歌うんだ。胴間声を張り上げてさ。あげくに席へ呼ばれて、ソロを一曲弾かされた」

好奇心が頭をもたげる。

「男の人と一緒だったの」

「うん。警察官じゃないのかな。酔っ払って、警視庁広しといえどもおれほど歌のうまいやつはいない、と言ってたから」

「お巡りさんと付き合ってるの、南川先生ったら」

あきれて独り言のように言う。

本間はうなずいた。

「けっこう親しげだったよ。彼女の肩に腕を回してさ、この人の職業を正確に言い当てたら、一万円やるって言うんだ。一万円ってとこがせこいけどね」

「それで当てそこなったわけ」

「まあね。作家か弁護士だと思ったんだ。わりとインテリくさいから。そしたらお巡りが彼女に名刺を出させて、正解を教えてくれたわけさ。帝国医大付属病院、精神神経科、南川藍子と書いてあった」

「あいこじゃなくてらんこよ」

わけもなく嫉妬《しっと》を感じ、笑美はそっけなく言った。

「どこの病棟なんだい、精神科って」

「そこの東三病棟よ」

「何階にあるの」

「五階だけど、どうして」

本間はなおもじっと二人を見ていたが、やがて我に返ったように芝生に目をもどした。

「別に。今の二人も、けっこう親しげだったね」

笑美は大きくうなずいた。

「そうなの。科が違うのに、よく一緒に歩いてるの。研究室にも出入りしているみたい。看護婦の間で評判になってるわ。わりと発展家なのよね、南川先生も」

いつもは無視する仲間の噂話を、つい受け売りしてしまう。南川藍子のことが、急にねたましくなった。あの女医には、どこか男を引きつけるものがあるらしい。ただ美しいというだけでなく、何かフェロモンのようなものを分泌《ぶんぴつ》しているようだ。

ふと妙な考えが頭に浮かぶ。もしかすると本間は、南川藍子と会いたいがために、この病院を選んで入院したのではないだろうか。

そんなばかな、と笑美はすぐその考えを打ち消した。

話がとぎれたのをしおに、車椅子を押して本間を病室に連れもどした。本間は極端に口数が少なくなった。南川藍子を見てから、なんだか様子が変わってしまった。

本間がトイレに入っている間に、笑美は戸棚をあけてみた。もし汚れものがあれば、洗濯しておいてやろうと思う。

ルイ・ヴィトンの中型バッグが置いてある。ジッパーが半分あいていた。何げなく中をのぞいてみる。

笑美は口をあけた。

下着や洗面道具に混じって、大きな裁ちばさみがおさまっていた。ここで裁縫でもするつもりだろうか。

トイレで水の流れる音がした。笑美は急いでバッグをもどし、戸棚をしめた。なぜか分からないが、動悸《どうき》が早くなる。

本間がトイレから出て来た。ベッドへもどるのに手を貸す。

そのとき本間の寝巻がはだけ、左の肩がのぞいた。赤茶に変色した傷痕《きずあと》が、笑美の目に留まった。

「どうしたの、その傷」

本間は急いで寝巻を直した。

「なんでもないよ。鉄の柵《さく》にぶつけたんだ。それよりその車椅子、ここに置いといてくれないかな」

笑美は息をついた。

「いいわよ。ほかに何かない」

本間はじっと笑美を見つめた。

「今夜ここへ遊びにおいでよ」

17

遊佐《ゆさ》耕一郎はチャイムのボタンを押した。

しばらく待ったが、返事がない。腕時計を見る。午前十一時だった。もう一度押す。

十秒後にインタフォンから、眠たげな男の声がした。

「どなた」

遊佐はそばに控えた増山清八を見返り、小さくうなずいた。インタフォンに答える。

「警察の者ですが、ちょっとお話を聞かせてもらえませんか」

「警察。なんの用ですか」

声が緊張した。

増山がわきから乗り出す。

「ある事件のことで、お尋ねしたいことがあるんです」

わずかな沈黙。

「ちょっと待ってください」

眠気の覚めた声だった。

一分ほど待たされたあと、内鍵《うちかぎ》とチェーンがはずれ、ドアがあいた。髪の薄くなりかけた、四十過ぎの男がたたきに立っていた。パジャマの上にガウンを引っかけている。遊佐は男が手に何も持っていないのを見定め、たたきに踏み込んだ。男は気圧《けお》されたように、上がりがまちまで下がった。

「北浦さん、歌手の北浦伍郎さんですね」

「ええ」

「警視庁捜査一課の遊佐といいます。こちらは北品川署の増山です。お休みのところをすいませんね」

北浦は髪を掻《か》き上げた。

「ゆうべ遅かったもんですから。聞きたいことってなんですか」

増山が後ろから言った。

「できれば署まで同行してもらえませんか。こんなとこで立ち話もなんだから」

同行という言葉を聞いたとたんに、北浦の顔が引き締まった。

あまり気の進まない様子で言う。

「だったら上がってくれませんか。散らかってますけど」

「同行していただいた方が、ありがたいんですがね。軽い朝食ぐらい用意しますよ」

なおも増山が食い下がると、北浦は不機嫌そうに口をとがらせた。

「理由を聞かせてください。納得がいけばどこへでも行きますから」

遊佐が答える。

「殺人事件の参考人として、出頭してほしいんです」

北浦はぎくりとして顎《あご》を引いた。

「殺人事件」

「そう。例のラブ・ホテルのスチュワデス殺しです。ご存じでしょう」

北浦が唾《つば》を飲む。

「え。ええ、新聞で読んだだけですが。参考人というと、つまり容疑者ってことですか、このわたしが」

「容疑者じゃなくて、あくまで参考人です。同行していただけますね」

「あの事件とわたしと、どういう関係があるんですか」

「それを確かめたいと思って、こうして出向いて来たようなしだいでね」

北浦はガウンのベルトをぎゅっと握り、少しの間考えていた。

溜《た》め息《いき》をついて言う。

「分かりました。着替えるまで待ってください」

遊佐がそこで待っている間、増山は北浦がベランダから逃げ出さないように、下を見張りに行った。

北浦は紺のブレザーに白のスラックス姿で出て来た。一緒に玄関まで下りると、外で増山が車のエンジンをかけて待っていた。

北浦は遊佐が大学生のころ、そこそこに売れていた歌手だが、髪が薄くなったせいか昔の面影《おもかげ》はない。

　車の中で遊佐は世間話に終始し、北浦が事件のことを質問するきっかけを与えなかった。

　北浦伍郎はコーヒーの皿を乱暴に押しのけた。顎を突き出して言う。

「これじゃまるで、犯人扱いじゃないですか。参考人として話を聞きたい、そう言うから時間を割《さ》いて出頭したのに、失礼ですよ」

　遊佐は北浦にのしかかろうとする増山を押しとどめた。増山はベテランの部長刑事で、とかくこわもてを売りものにする癖がある。

　遊佐は穏やかに言った。

「まあ落ち着いてください。殺人事件となると、こっちもつい頭に血が上るもんでね。もう一度確認しますよ。あなたは事件の当日もその前後も、札幌へ行ってないというんですね」

「札幌どころか、その前後二週間は東京を一歩も離れていません。調べてもらえば分かりますよ」

「じゃあ言いますが、事件当日全日航六六便の乗客名簿に、確かにあなたの名前が載ってるんですがね。座席番号は34のH。スチュワデスがすわる席の真向かいだ。そこで被害者の橋詰登美子と知り合ったんじゃないんですか」

　北浦は唖然《あぜん》とした。

「そんなばかな。それは別人ですよ、同名異人ですよ。わたしはそんな飛行機には乗らなかったし、橋詰登美子などというスチュワデスと知り合った覚えもありません」

増山がまた乗り出した。

「チケットを売った旅行会社の窓口の男が、あんたの名前と顔を覚えてるんだ。交通公社の上野営業所。あんたの写真を見て、確かにこの男だと証言した」

「冗談じゃない。どこの営業所だろうと、わたしは自分でチケットを買いに行ったことはないんです。みんな事務所で手配してもらうから」

取調室に短い沈黙が流れた。

今度は遊佐が口を開く。

「死んだ橋詰登美子の胃の中に、未消化のイタリア料理が残っていた。パスタっていうんですかね。これがちょっと珍しいタイプのもので、どこでも食べられるという料理じゃない。そこで現場から、渦巻き状に飲食店を当たって行ったら、浜松町の《アバンティ》というイタリア料理店で出すものだと分かった。ボーイに被害者の写真を見せたところ、確かに彼女が事件当夜男と食事をしたことを認めました。ついでにあなたの写真を見せたら、間違いなくこの男と一緒だったと証言してくれたんです」

北浦の顔から血の気が引いた。唇が震え出す。

「嘘《うそ》だ。そんな店は行ったこともない。何かの間違いだ」

「そうかな。ボーイはその男が、北浦伍郎に似ていると思ったので、よく覚えていると言いましたよ」

「人違いですよ、他人の空似ですよ。さっきも言ったとおり、わたしはその夜桑田まり子という女と、新宿のマンハッタン・ホテルで会ってたんです。彼女に聞いてください」

増山はメモを見た。

「ところがマンハッタン・ホテルじゃ、その夜あんたの予約ははいってなかったと言ってる」

北浦は目を伏せた。

「それは彼女が、自分の名前で部屋を取ったからですよ。まり子に聞けば分かります」

増山はポケットに手を突っ込んだ。

「そのまり子さんとやらが、まだつかまらないんだ」

北浦は目を上げた。ふと思いついたように言う。

「だったら青山のＳＭスタジオに聞いてください。その日六六便が飛んでいた時間には、わたしはスタジオで生徒に歌のレッスンをしてたんです」

「生徒の名前は」

北浦は三人ほど名前を挙げた。

遊佐は北浦が差し出した手帳から、ＳＭスタジオと生徒の電話番号を書き取った。それを持って増山が出て行く。

ついでに遊佐は手帳を繰り、渋谷のラブ・ホテルで最初に事件が起きた日の欄をチェックした。その日をはさんで三日間、《金沢ムーラン》という書き込みがあった。

それを北浦に示して聞く。

「これはどういう意味ですか」

「金沢の《ムーラン》というナイト・クラブですよ。そこに三日間出演したんです」

「東京にはいなかったんですか」

「ええ。歌手の桜木ひとみと、ボードビリアンの横車大八と一緒でした。事務所で確認してください」

「そうさせてもらいます」

遊佐はしだいに肩の力が抜けるのを感じた。

「その日はいったい何があったんですか」

「渋谷でコールガールが殺されたんです。やはり裁ちばさみのようなものでね」

北浦の顔が赤くなった。

「いいかげんにしてくださいよ。何を根拠にわたしを疑うんですか」

「正直に言うと、こちらの事件とあなたとのつながりは何もありません。まあ事件現場が、カラオケ・セットのついた部屋だったことぐらいかな」

北浦は鼻で笑った。

「なるほどね。わたしはそこで歌を歌いながら、女をはさみで切り刻んだというわけですね」

遊佐は耳の後ろを掻いた。

防犯総務課の海藤兼作から聞いた、精神科医の意見とやらを思い出す。フェティシズムが高じて、殺人に発展したとか言っていた。

「あなたは制服を着た女に、何か特別の興味を持ってませんか。婦人警官やスチュワデス、デパートの店員、看護婦といった制服族に」

北浦は苦笑した。

「あいにく持ってませんね。歌手仲間に聞けば分かりますよ。もしわたしがその種の趣味の持ち主なら、連中は喜んでしゃべりますからね」

増山がドアから顔をのぞかせ、遊佐を呼んだ。

廊下へ出ると、増山は小声で言った。

「スタジオと二人の生徒に確認が取れました。やつの言うとおりでした」

「やはりそうか。渋谷の方のアリバイも聞いてみたが、その日は金沢で仕事をしていたそうだ。自信ありげだった。一応裏を取る必要はあるが、どうやら見込み違いだったようだな」

「念のためコーヒー・カップの指紋を鑑識に回しましょう」

「そうしてくれ」

二人は取調室へもどった。

遊佐が軽く頭を下げて言う。

「長時間ごめんどうをおかけしました。今日のところはこれでお引き取りいただいてけっこうです」

北浦の顔がほっと緩んだ。

一抹《いちまつ》の不安を残した声で言う。

「今日のところはというと、また呼び出されるんですか」

「場合によってはね。一応アリバイの裏付けを取らせてもらわなきゃならんし、写真を見てあなただと証言した連中にも、もう一度話を聞く必要がありますから」

「もうこれっきりにしてほしいですね」

増山が口をはさんだ。

「あんたに何か心当たりはないかね。自分とそっくりの人間が人を殺して、大手を振って歩き回ってるかもしれないんだ。気持ち悪いだろう」

北浦は首を振って立ち上がった。

「ありませんね」

しかし戸口のところでふと立ち止まった。

「そういえばだいぶ前だけど、わたしの名前を使って無銭飲食だか、取り込み詐欺《さぎ》をしたやつがいたな。顔がよく似ていたらしい。警察がだいぶ調べてくれたんだけど、結局つかまりませんでした」

遊佐と増山は顔を見合わせた。

遊佐は北浦の肩を叩《たた》いた。

「申し訳ないけど、その話をもう少し詳しく聞かせてくれませんか」

18

膝《ひざ》から本が滑り落ちた。

南川藍子は我に返り、サンデッキから足を下ろして本を拾い上げた。エミール・クレペリンが二十世紀の初頭に書いた本の訳書だった。内容的には古くなった部分もあるが、その古色《こしょく》蒼然《そうぜん》とした雰囲気が好きで、ときどき取り出しては拾い読みすることにしている。

ついうとうとしてしまったようだ。

ふと顔を上げると、少し離れた病棟の大きなガラス窓に、自分の方へやって来るガウン姿の男が映った。見覚えがあるような気がして、藍子は振り向いた。

髪の薄くなりかけた、中年の男だった。確かにどこかで会ったことがある。しかし思い出せなかった。

男は探るような目で藍子を見た。

「南川先生ですね」

「ええ」

藍子が立とうとすると、男はそれを手で押しとどめ、すぐそばのサンデッキに腰を下ろした。

「本間です。その節はどうも」

藍子は曖昧《あいまい》に頭を下げた。前に診察した患者の一人だろうか。

男は笑った。

「こんなとこで会っても、分かるはずありませんよね。いつでしたか、お店の方へ来ていただいたでしょう、警視庁の刑事さんと一緒に」

それで思い出した。海藤兼作に連れて行かれた、池袋の《再会》とかいうクラブのギタリストだ。カラオケの合間に、生の弾き語りを聞かせたり、客の歌の伴奏をしたりしていた。

「ああ、あのときの、本間さんね。思い出したわ。失礼しました」

「いいえ、こちらこそ。いきなり声をかけてすみません。つい二、三日前にもお見かけしたんですが、ほかの先生とお話し中だったので、遠慮したんです」

「入院してらっしゃるみたいね。どこかお悪いんですか」

本間は頭を掻《か》いた。

「ちょっと胃潰瘍《いかいよう》の手術をしましてね。もうすぐ退院なんですが」

「そう、それはたいへんでしたね。お仕事がら、ストレスがたまりやすいのでしょう」

「ストレスなんてありませんよ。毎日好きなギターを弾いたり、歌ったりしてるだけなんだから。ストレスといったら、先生の方がずっとあるんじゃないですか」

「そうでもないわ」

「精神科の先生ともなると、ストレスで自分の精神状態が不安定になる、なんてことはないんですか」

それは素人《しろうと》なりに鋭い質問だった。

「ないこともないけれど、適度に発散しているから。例えばカラオケで歌ったりして」

本間は声を上げて笑った。

「でもあのとき先生は、たった一曲しか歌わなかったでしょう。ほとんどあの刑事さんがマイクを独占しちゃって。確か海藤さんとかいいましたよね」

「ええ。警察官というのも、ストレスのたまりやすい職業だから」

本間は眉《まゆ》を八の字にして、額を掻いた。

「しかし正直言って、あの人の歌にはまいったなあ。音程ははずれるし、リズムは狂いっぱなしだし、聞いてってはらはらしましたよ。カラオケだからよかったけど、伴奏しろって言われたらどうしようかと、本気で心配しちまった。あれで警視庁一番の歌い手だっていうんだから、よほど警察ってのは音痴が多いんですねえ」

「そう伝えておきましょう」

本間はあわてて首をすくめた。

「すみません、冗談ですよ。今のは内緒にしといてください。お客さんの歌をけなすのは、ぼくらの商売ではご法度《はっと》なんですから」

藍子は急に、本間と話すのがわずらわしくなった。しかしぼんやりしているところを見られただけに、急に席を立つ口実を見つけるのはむずかしかった。

そっけなく言う。

「あの人は気が短いから、歌をけなされたと知ったら、逮捕状を執行するかもしれませんよ」

本間の頬《ほお》がなぜかこわばったが、すぐにそれは笑いの中に消えた。

「だから冗談だと言ったじゃないですか。でも先生だって正直なところ、海藤さんの歌がうまいと思ってるわけじゃないでしょう」

「それはまあ、抜群にうまいとはいえないけれど」

そのとき唐突に、最近読んだ脳神経学の専門書の記述が、頭に浮かんだ。丸岡庸三と親しくなってから、ときおりその種の本をひもとくのだ。

右脳を損傷した場合、丸岡が言ったように左半身が麻痺《まひ》し、視空間感覚が著しく損なわれる。専門書はそれ以外に、いくつか顕著な症状を挙げていた。その中に、音楽に対する種々の能力も減退する、という指摘があったのを思い出した。

「先生、どうかしたんですか」

本間が顔をのぞき込む。

藍子は膝の上の本を握り締めた。

「いいえ。さて、そろそろ行かないと」

きりをつけて立とうとすると、本間は押しかぶせるように言った。

「こないだ先生と一緒に、話をしながら歩いていた男の先生がいましたね。丸岡先生でしたか、脳神経外科の」

藍子は立つのをやめた。丸岡の名前が出たことで、心の中を見透かされたような気がした。いやな男だと思う。

「よくご存じね。丸岡先生もお店の常連というわけですか」

「まさか。看護婦に聞いたんですよ。なんでもその分野では、たいへんな権威だとかで」

「脳の具合を診てもらいたいのですか」

冗談めかして言ったつもりだが、つい言葉にとげが出てしまった。

本間はわざとらしく笑った。

「いや、看護婦ってのも、ずいぶん無責任な噂《うわさ》をするものだな、と思いましてね」

「噂って」

本間は一度目を伏せ、それから上目遣いに藍子を見た。

「気を悪くしないでくださいよ。先生のためと思って、一応お話しするんですから」

藍子はいらいらした。

「どうぞ。悪い噂でしたら、もう慣れっこになっていますから」

「丸岡先生と南川先生が、親しくしすぎるというんですよ、科が違うのに。ぼくは大きなお世話だと思うけど、看護婦の間でかなり評判になってるらしい。彼女たち、焼《や》き餅《もち》焼きだから、気をつけた方がいいですよ」

藍子は本間を見つめた。

その種の噂が立っていることは、百も承知している。しかしやましいところがない以上、まったく気にしていない。

「それはご親切にどうも」

本間は悲しそうな顔をした。

「先生には海藤さんというちゃんとした人がいるんだし、もしそんな噂が耳にはいったら、あの人はそれこそ逮捕状を執行するかもしれませんよ」

藍子は唇を嚙《か》んだ。

本間のおためごかしに、むらむらと怒りが込み上げてくる。丸岡との噂をあげつらうならともかく、海藤とのことをそんなふうに持ち出すとは、それこそ大きなお世話だ。

「プライベートなことに立ち入っていただきたくないわ。これで失礼します」

本間は手を上げた。

「待ってください。気を悪くされたのなら謝ります。ついよけいなことを言っちゃって。あまりうらやましかったものだから」

藍子は立ち上がったが、本間の言葉を聞きとがめて足を止めた。

「うらやましいとは」

本間は藍子をまぶしそうに見上げた。

「男が女を好きになる、ということがですよ。ぼくはホモなものだから、うらやましくてしかたがないんです」

「ホモ」

思わず口に出してから、藍子は急いであたりを見回した。幸い近くにはだれもいない。

本間に目をもどす。

「あなたがホモですって」

「そうです。実はそのことで、先生にご相談したかったんです」

藍子はためらった。

本間の言葉に虚をつかれた感じで、足が動かなくなってしまった。

この男がホモだというのか。なるほどそう言われれば、そんな雰囲気がないでもない。職業意識がむらむらと頭をもたげる。

「相談というと」

「ホモというのは性倒錯の一種で、これも精神的な病気なんでしょう」

「病理学的にはね」

「治せるものなら、治した方がいいんでしょうね」

「それはまあね。とくに最近は、エイズの問題もあるし」

本間は目を伏せ、早口に言った。

「先生。胃潰瘍が治ったら、そっちの方の治療をしてもらえませんか」

藍子は本を胸に抱え、足の重心を踏み替えた。

「それはこういう場で相談する問題ではありませんね。正式に科の窓口に来ていただかないと」

本間はじっと藍子の足元を見ていた。

「もちろんそうするつもりです。ただしぼくは、どうしても南川先生に治療してほしいんですよ。先生はまだお若いのに、非常に優秀な精神科医だと聞いています。でもそれだけが理由じゃないんです。万が一ハンサムな男の先生なんかに当たったら、治る病気も治らないと思うから」

奇妙な論理だが、理屈が通っていることは通っている。

藍子は興味を覚えた。

「今までに、どこかの病院で診てもらったことがありますか」

本間の目が、藍子の白衣の上をなめるように移動する。

「ありません。とてもじゃないけど恥ずかしくて、だれにも相談できませんでした。でも先生なら、どんなことでも聞いてもらえるような気がして。この間お店で紹介されてから、いつかは相談に行こうと思っていました。胃潰瘍になってよかった。こうしてふんぎりがついたし」

藍子は白衣の襟《えり》を直した。

「退院して少し体力が回復したら、改めて相談にいらっしゃい。詳しいお話はそのときに聞かせていただきます。じゃ」

きびすを返して、東三病棟へ向かう。

背後に視線を感じたが、振り返らなかった。

建物の中にはいると、急に疲れを感じた。あのなめるような視線が原因だと気づく。虫の好かない男だ。もし実際に治療にやって来たらどうしよう。ほかの医者に振ろうか、それとも仕事と割り切って相談に乗ろうか。

五階までエレベーターで上がり、人けのない廊下を研究室まで歩く。

ドアの前に立ったとき、にわかにうなじの毛がちりちりした。本能的に何か異常なものを感じる。言葉では説明できない、危険な臭《にお》いがあたりに漂っている。

研究室の中にだれかいるのだろうか。

藍子はためらいながらも、思い切って手を伸ばした。用心深くドアを開く。

そのとたん、何か冷たいものが風を切り、藍子の肩をかすめて床に落ちた。ちゃりんと金属的な音が響いた。

はっとして飛びのく。

床を見下ろすと、脳外科手術用メスの鋭い刃が、邪悪な光を放って藍子の目を射すくめた。

19

アスレチック・クラブで一汗流したあと、二人は西口の高層ホテルのレストランで食事をした。

「きみはベンチ・プレスの回数が多すぎるな。もう少し控えめにしておいた方がいいぞ」

海藤兼作がビールを飲んで言う。

南川藍子は肩をすくめた。

「胸の形を整えたいのよ」

「その必要はない。十分形がいいんだから」

「三十を過ぎると、現状を維持するための努力が必要だわ」

「今のペースだと、肩の筋肉がつきすぎちまう。ボディビル大会にでも出るつもりかね」

藍子は口をつぐんだ。

自分の体は少し脂肪がつきすぎていると思う。しかし同年代のほかの女に比べれば、体の線はほとんど崩れていない。それでもまだ不満があり、もっと引き締まった体になりたかった。男には不可解かもしれないが、自分の体は自分で管理したい。

海藤は続けた。

「水泳がいちばんだよ。一部より全身を鍛える方が、体にはいい」

海藤はその日、軽く泳いだだけだった。退院したばかりという状況を考えれば、それでも無理をした方かもしれない。

藍子は手を伸ばし、海藤のこめかみに残るかさぶたに触れた。

「危なかったわね。あと三センチずれていたら、頭蓋骨《ずがいこつ》を撃ち抜かれるところだったわ」

海藤は藍子の指をつまんで下ろした。

「そうなっていたら、おれも今ごろ頭を悩まさずにすんだんだがね」

海藤は指名手配中の暴力団員、滝本貞明に拳銃《けんじゅう》で撃たれ、こめかみにかすり傷を負った。傷自体はたいしたことはなかったが、それが原因でてんかん症状を起こし、つい先日まで入院していたのだ。

海藤は上司に無断で、しかも職務外の滝本逮捕に出向いたことで、一か月の停職処分を食らった。同行した麻薬取締官の木村宏も、同じ処分を受けた。木村に撃たれた滝本は重傷を負ったが、命だけはしぶとく取りとめた。

「ほんとにばかよ、警察官が個人的に仇討《あだう》ちに出向くなんて」

海藤はビールを飲み干した。

「その話はしたくない。おれも木村も頭がどうかしてたんだ」

「でも逮捕できてよかったわね。あれでまた逃げられていたら、一か月の停職ではすまなかったでしょう」

海藤の顔が苦にがしげにゆがむ。

「木村に助けられたよ。あいつが滝本を撃たなかったら、おれは確実にやられていた」

「あのときに何があったの。新聞記事じゃなくて、あなたの口から聞きたいわ」

「だから話したくないと言ったろう」

藍子は腕を組んだ。

「新聞の解説に書いてあったわ。あなたは今年の春、その滝本という男を逮捕しようとして、ビリヤードの玉で頭を叩《たた》き割られたんですってね。確かにそういう事件があったけれど、そのときの警察官があなただったとは知らなかった。頭の傷のことを聞いても、教えてくれなかったわ」

海藤の頬《ほお》がぴくりと動いた。

「きみには関係ないことさ」

「そうかしら。自分が付き合っている男に何が起こったかを、新聞で知るしかない女の気持ちがどんなものか、考えたことあるの」

「おれたちはお互いの過去と付き合ってるわけじゃないだろう」

「自分の過去の失態を知られるのが恥ずかしいわけ。わたしの前ではいつもタフな刑事でいたいわけ」

「議論を吹っかけるのはやめてくれ。せっかく久しぶりに会ったのに、これじゃ気持ちがめげてしまう」

「めげると困ることでもあるの」

「あるね。このホテルを予約したんだ」

藍子はあきれて海藤を見つめた。

「あなたって、それ以外のことを考えられないの。失望したわ」

「失望という言葉は、しんから失望したとき以外に使っちゃいかん。こっちが失望するからな」

「しんから失望したのよ」

海藤は笑った。

「しんから失望したときは、言葉なんか出ないものさ。さあ、部屋へ行こうじゃないか」

ナプキンを丸めて置き、立ち上がる。

藍子はレジに向かう海藤の背中を見つめた。この男は粗野で武骨なだけのように見えるが、心の中にいろいろな葛藤《かっとう》を秘めている。精神科医の立場からも、興味深い対象の一つといえた。それに考えてみれば、もう二週間抱かれていない。

そろそろがまんも限界にきていた。


海藤兼作の体から力が抜けた。

汗まみれになって、南川藍子の上から滑り落ちる。

「くそ、だめだ」

うめくように言う。

藍子は手を伸ばして海藤の股間《こかん》を探った。それは力なく縮んだままだった。

シーツにもぐり、手と口を使って刺激する。しばらく続けてみたが、そこに血液が充満する気配はなかった。

「もういい。やめてくれ」

海藤は低い声で言い、腕を伸ばして藍子の体を引き起こした。藍子は海藤の顎《あご》の下に頭を埋めた。厚い胸板に唇をつける。

海藤は右手で藍子の乳房を包んだ。

「きみのせいじゃない。おれの問題だ」

「そのようね」

海藤は力なく笑った。

「自信があるんだな」

「わたしと寝て機能しなかった男は、今の今までいなかったもの。あなたを含めてね」

眉《まゆ》が曇る。

「なんてことを言うんだ、こんなときに」

「どうして。あなたはわたしの最初の男でもないし、最後の男でもないわ。そうだと思っていたの」

「思っちゃいないが、思いたかったことは認めるよ」

「あなたは心に何かわだかまりがあるんだわ。それを追い出さないと、二度と役に立たなくなるかもしれないわよ」

「威《おど》かさないでくれよ」

「威しじゃないわ。思い切って話してみたら。力になれるかもしれない」

「少し考えさせてくれ」

海藤はそう言って、今度は自分がシーツにもぐった。

藍子は服を着ているときは目立たないが、裸になるとよく脂肪がのっているのが分かる。とくに太股《ふともも》がむっちりしていた。海藤はそこが好きで、いつも丹念に愛撫《あいぶ》する。唇を受けているうちに、しだいにボルテージが上がってきた。ふだんより時間がかかったが、藍子は海藤の舌で絶頂に達した。

達する前に、気持ち悪いほど細かく、体が震え出す。達すると体の動きが停止し、間をおいて腰が何度か大きくしゃくれる。もっともそれは、あとから海藤に聞かされたことで、自分ではほとんど覚えていない。


しばらくして、海藤が話し始めた。

木村と二人で、覚醒剤《かくせいざい》の取引現場を押さえようとして、滝本と格闘になったこと。ビリヤードの玉で頭を直撃され、頭蓋骨が陥没したこと。

「警察病院で治療した。陥没骨折はうまく修復されたんだが、軽度の脳挫傷《のうざしょう》の影響が残ったらしい。ときどき頭痛がして、意識がふっと宙に浮くことがあるんだ」

「最初にアスレチックで知り合ったとき、ボールが頭に飛んで来るのを見て、軽い発作を起こしたわね」

「そう、あれもそうだ」

「それからこの間のてんかん症状も、その後遺症だわ。弾がこめかみをかすめたのが、発作のきっかけだったのよ」

「あのときのことは、自分でもよく覚えていない。これはだれにも言ってないが、ときどき人の顔を忘れることがある。きみの顔を見忘れてしまうことさえあった」

藍子は言葉を飲んだ。

海藤は溜《た》め息《いき》をついた。両手で顔をおおう。

「それだけじゃない。おれは自分の顔さえ見分けがつかなくなった」

「どういうこと」

「滝本の潜伏しているマンションへ踏み込んだときだ。おれはリビングのドアを蹴破《けやぶ》って、部屋の中へ飛び込んだ。そうしたら正面の壁に、大きな鏡がはめ込んであった。いや、そのときは鏡だと知らなかった。そこにだれか立ってると思った。鏡に映った自分の姿だと分からなかった。見知らぬ男が、銃を持っておれを睨《にら》んでいた。てっきり滝本だと早合点《はやがてん》した。だからそいつ目がけてぶっ放した。結果はごらんのとおりさ」

「そのとき滝本の姿は、目にはいらなかったの」

「はいらなかった。鏡を撃ったことはすぐに分かったが、滝本がどこにいるかは分からなかった」

「実際にはどこに隠れていたの、滝本は」

「あとから木村の話を聞いたところでは、奥のソファの後ろに隠れていたらしい。おれが鏡を撃った直後に、顔を出しておれを撃ったそうだ」

「それはあなたから見てどちら側だったの」

「左側だ」

藍子は深く息をついた。

また左側だ。専門書には確か、右脳を損傷すると左視野も不自由になると書いてあった。どうやら海藤の右脳が、なんらかの形でやられていることは、間違いないように思われた。

海藤の左手を取り、ぎゅっと握り締める。

一呼吸おいて、海藤も握り返してきた。少しほっとする。今日は反応があるようだ。

何げない口調で言う。

「どう、一度わたしの病院へ来て、精密検査を受けてみる気はない。脳神経外科に、優秀な先生がいるの。丸岡庸三といって、この分野では最高の権威の一人よ」

「きみが診てくれるんじゃないのか」

「わたしの専門ではないような気がするの。でも検査には立ち会うわ。ちょうど停職中だし、時間はあるでしょう」

海藤は間をおいて言った。

「おれの脳に異常があると思うかね」

「たぶんね。でもそうひどいものではないと思うわ」

「治ると思うか」

「大丈夫、治るわ。少なくとも、わたしの体に反応できる程度にはね」

海藤は笑い、突然藍子の上にのしかかって来た。藍子は胸を押しつぶされ、声を漏らした。

「もっとやさしくして。ただでさえ重いんだから」

海藤の下腹部が、かすかに息づいた。

藍子は体を開き、太股を上げて海藤の腰を受け止めた。育ってきたものに指を添え、かろうじて挿入《そうにゅう》する。

藍子が腰を動かすと、海藤はうめいて左手を右の乳房に当てた。痛いほどに揉《も》みしだく。藍子はさらに腰を揺すりたてた。

海藤の左手が少しずつずり上がり、藍子の喉《のど》にかかった。首を絞められるような形になる。実際指に力が加わった。藍子は咳《せ》き込んだ。

それが下腹部に刺激を与えたのか、海藤は声を漏らした。なおも左手が首を絞める。ふと不安を覚え、藍子はその手を押さえた。びくともしなかった。いつの間にか、海藤の下腹部が充実している。

喉が詰まりそうになったとき、突然海藤の右手が動き、自分の左手を藍子の首から払い落とした。

藍子は大きく息をついた。

いつだったか海藤が冗談まじりに、首を絞めながら交わると具合がいいそうだ、と言ったのを思い出した。

また海藤の左手が喉に来た。力がこもる。

「やめて。苦しいわ」

海藤はうつろな目で藍子を見下ろした。

「何が」

「手よ。首を絞めるのはいや。ちっともよくないもの」

海藤は瞬《まばた》きした。

「首だって」

次の瞬間、また右手が動いて左手を払いのけた。左手がもどろうとすると、右手がそれを阻止する。左手と右手が、藍子の上で複雑にせめぎ合った。まるで独自の意志を持った二つの生き物が、藍子を争って戦いを繰り広げているように見えた。

藍子は海藤を押しのけた。

頭が混乱している。しかしそれを悟られたくなかった。体をずらして、もう一度海藤を口でとらえる。

それはまたもや力を失っていた。

結局その夜海藤の体は機能せず、藍子の口の中で充実しないまま、射精して果てた。

20

丸岡庸三は足を組み替えた。

「それで相談というのは」

「ある神経学的な症状について、ご意見をうかがいたいのです」

南川藍子は白衣の裾《すそ》を引っ張り、丸岡の目から膝頭《ひざがしら》を隠した。丸岡はときどき無遠慮な視線を藍子の上に走らせるのだ。

「臨床上の所見かね」

「いいえ。わたしの日常的な観察に基づくものです。対象はまだ検査も入院もしていません」

丸岡はかすかに唇に笑みを浮かべた。

「それは女性かな」

「男性です」

丸岡は首を曲げ、親指の爪《つめ》で頭を掻《か》いた。

「職業は」

藍子はちょっとためらったが、しかたなく答えた。

「警察官です。今年の春、ある容疑者と争って、頭頂部を陥没骨折しました。頭蓋骨《ずがいこつ》は警察病院でうまく修復されたようですが、脳挫傷《のうざしょう》の影響がまだ残っているらしいのです」

丸岡は顔を起こした。

「それはもしかすると、暴力団員を逮捕しようとして逆にビリヤードの玉で頭をかち割られた、血気盛んな刑事のことじゃないかね」

藍子は驚いて丸岡を見た。

「覚えていらしたのですか、あの事件を」

丸岡は小さく笑った。

「まあね。仕事がら頭や脳に関わる事件は、だいたい記憶に残ってるんだ。それについこないだも、その刑事のことが新聞に出ていた。同じ暴力団員にまたやられて、同行した麻薬取締官に助けられたという記事さ。よくよくどじな刑事だと思わないか。ええと、名前はなんといったかな、確か海という字がついたような気がするが」

藍子はいささか居心地の悪い思いをした。

「海藤です。海藤兼作」

「そうだ、海藤だ。知り合いだったのか」

「知り合いというか、ひょんなことからアスレチック・クラブで、口をきくようになったのです」

丸岡は少し考えてから言った。

「それでその海藤に、神経学的な症状が認められるというわけかね」

「はい。最初のうちは異常があるようには見えなかったのですが、水泳をしていて子供の投げたゴムボールが飛んで来たとき、急に頭を抱えて嘔吐《おうと》しました。ボール状のものに対して、強い恐怖反応を示す傾向があるようです。おそらくビリヤードの玉を連想させるからでしょう」

丸岡は思慮深い目で藍子を見た。

「たぶんそのとおりだろう。しかしそれは精神的な理由によるもので、むしろきみの専門じゃないかね」

「問題はそれ以外に、いろいろと奇妙な症状が出てきたことなのです。おそらく頭部外傷の後遺症だと思いますが」

「例えば」

ホテルのカフェテラスでのことを思い出しながら言う。

「例えば左腕が人とぶつかったとき、そのことに気がつかないらしいのです。左肘《ひじ》でテーブルのナプキン・スタンドを倒したときも、わたしが指摘するまで認識がありませんでした。それから左手に爪を立てられても、眉一つ動かさないのです」

「麻痺《まひ》しているようだったかね」

「いいえ、動くことは動くのですが、感覚がないように見えるのです」

丸岡は腕を組んで少し考えた。

「右脳に軽い損傷があるのかもしれない。前にも言ったように、右脳をやられると体の左側の動きが不自由になる。また視空間感覚が乱れて、体のバランスが悪くなる。だから人や物にぶつかりやすいわけだ。ほかには」

「背広の左袖《そで》についた染《し》みを、なかなかふけないのです。汚れの場所を特定できないようでした」

眉《まゆ》が動く。

「目にはいらないという感じだったかね」

「そうです、そういう感じでした。左手のそばに置いてあった、シュガーポットをしきりに探したりもしました」

「左視野に影響が出ているのかもしれんな」

「左目も左手と同じように、右脳に支配されているのでしたね」

「いや、右脳が支配しているのは左目ではなく、正確には左視野というべきだろう。つまり右脳は、自分の体の左側を見る機能をつかさどっている。人はものを見るとき、片方の目だけじゃなく両方の目で見るわけだが、左視野に見えた情報は右脳にインプットされるということだ」

「いずれにしても、右脳に損傷を受けると左視野が不自由になる、つまり体の左側が見えなくなるということですね」

「そうだ。こうした体の片側を無視する病態を、ネグレクト・シンドローム、無視症候群と呼んでいる。鏡を見ながら化粧をすると、右側だけアイシャドウや頬紅《ほおべに》をして、左側を素顔のまま残したりする。外出するのに右足だけ靴をはいて、左足は裸足《はだし》のままということもある」

無視症候群か。

カフェテラスで海藤を観察した結果は、どうやらそれを物語っているようだ。滝本貞明を逮捕しに行ったときも、海藤は自分の左側に現れた滝本に気づかなかったという。

「その症状は左側に限って出るのですか」

「そうじゃないが、左脳を損傷した場合、右側無視の症状が現れる頻度《ひんど》は、右脳損傷の場合に比べてはるかに少ない。現れたとしても、左側ほど顕著ではない」

「理由があるのですか」

「あるかもしれないが、まだ明確になっていない。しかももっと不思議なのは、この症候群が現実的な視覚情報処理だけでなく、記憶上のイメージ処理にも影響を与えることがある、ということだ」

「イメージ処理」

「ある球場の古参職員が、この症候群に冒されたことがある。わたしは彼に、バックネットを背にして場内に立ったところを想像させ、何が見えるかを報告してもらった。その職員は立場上、球場のフェンスに書かれた広告主の名前を、全部覚えているはずだった。ところが彼は自分の右側、つまり一塁側からライト、センターにいたるフェンスの広告主は一つ残らず想起することができたが、自分の左側にあたるセンターからレフト、三塁側の広告主については、まったく報告することができなかった。つぎにわたしは、バックスクリーンを背にして立ったと想像して、見えるものをすべて報告するよう要求した。すると今度は前に想起できなかったレフトから三塁側にかけての広告主を、完璧《かんぺき》にあげることができたのだ」

興味深いエピソードだが、今の藍子の頭には海藤のことしかない。

話をもとの方向にもどす。

「先生は、海藤刑事が右脳に損傷を受けており、無視症候群に冒されている可能性があるとお考えですか」

丸岡は話の腰を折られ、ちょっと不満そうに頰をふくらませた。

しぶしぶ答える。

「きみの話を聞くかぎりでは、その可能性が強い。左側の視野が不自由になると、それをカバーするための補完動作が出現する。つまり体の左側を見るために、無意識にぐるりと大きく首を回して、対象を右視野の中にとらえようとするんだ。そういう傾向は見られなかったかね」

海藤兼作はあのカフェテラスで、藍子の姿やシュガーポットを目で探し求めるのに、必要以上に大きく頭を動かした。

「そう言われれば、そんな気配があったように思います」

そのほかにも、海藤がベッドの中で、藍子の左半身ばかり愛撫《あいぶ》した事実がある。あれはやはり、海藤の左視野が暗いために、藍子の右半身に対する注意がおろそかになった結果だろうか。あるいは感覚の鈍い左手を使わず、右手だけを使ったことも理由の一つかもしれない。

「ほかにも心当たりがありそうだね」

突然丸岡に指摘され、藍子は我知らず呼吸を乱した。頭の中を見透かされたような気がして、どぎまぎする。

「ほかにですか」

とりあえず考えるふりをした。

いくら症候群の話といっても、ベッドでの奇妙な振舞いまで打ち明けるわけにはいかない。海藤の左手が藍子の首を絞めようとし、右手がそれを阻止したことについても、本当は丸岡の意見が聞きたかった。しかしそれも今の段階では、できない相談だった。

とっさに思い出したことを言う。

「そういえば、海藤刑事は先日の事件のとき、鏡に映った自分の姿を見分けられずに、逮捕しに行った相手と誤認して発砲したと言っていました。これも関係あるでしょうか」

丸岡はじっと藍子を見た。心の動きを少しでも見逃すまいという目つきだ。その視線を受け止めるのに、藍子はかなりの努力を要した。

丸岡は二度うなずいた。

「確かに関係がある。右脳の、それも頭頂葉の部分をやられると、人の顔を認知したり識別することが困難になる。緊迫した場面では、鏡に映る自分の顔を見分けられないことも、十分起こりうるだろう」

「それでは海藤刑事は、間違いなく右脳に病変があるとみていいわけですね」

「ご当人は自分の状態をどう思っているのかね。つまりはっきりした病識があるのかどうかということだが」

「漠然《ばくぜん》とですが、どこかおかしいとは思っているようです」

「右脳損傷でもう一つ顕著なのは、自分の異常に対する認識がほとんどないことだ。人からおかしいと言われても、そのことに気づかない。それどころか、不合理な行動を指摘されると、なんとか屁理屈《へりくつ》をつけて説明しようとする。左脳損傷の場合にはそういうことがなく、すなおに異常を認めてしまう。これが左右の脳損傷の、明確な違いの一つといっていいだろう」

「海藤刑事の場合、そこまでひどくはないように思います。でもどうして右脳損傷者には病識が欠けているのでしょうか」

丸岡は眉を動かした。

「分からない。この分野には分からないことが多いんだ。右脳にも病識はあるのかもしれないが、言語能力がないために聞かれても説明できない。一方左脳は、自分の認識できることだけがすべてと思っているから、右脳の異常に気づかない。そのあたりに原因があるんじゃないかといわれている」

藍子は手をどけて、わざと膝頭を丸岡の目にさらした。

「一度海藤刑事を、検査していただけないでしょうか。ちょうど彼は停職中で、時間だけはたっぷりあるものですから」

丸岡の目が藍子の脚を見つめた。

上の空のように言う。

「本人にその気があるのなら、検査してあげてもいいよ」

藍子はソファを立った。

「それではスケジュールを調整して、ご相談に上がらせます。わたしにもお手伝いさせていただけるとうれしいのですが」

丸岡は瞬《まばた》きして藍子を見上げた。

「いいとも、わたしもその方が助かる」

そう言って立ち上がり、ドアまで藍子を送る。

ドアのところで、さりげなく藍子の腰に腕を回した。藍子は体を固くしたが、そのままにさせておいた。

丸岡を見て、からかうように言う。

「わたしが最近脳神経外科医長室に、不必要に頻繁に出入りすると噂《うわさ》されているのを、ご存じでしょうね」

丸岡の手が藍子の尻《しり》をなでた。

「そういう噂は聞いていないし、聞きたくもないね」

藍子が丸岡の腕をはずそうとすると、反対側の手が顎《あご》にかかった。よける間もなく、丸岡の唇が襲ってくる。

藍子はのけぞり、丸岡を押しもどした。

怒りを込めて睨《にら》みつける。丸岡の目は、少しも動ずるところがなかった。口元に笑いさえ浮かべている。

「海藤という刑事は、きみの特別な男性とみていいのかな。つまり結婚を考えるような、という意味だが。かなり詳しく症状を観察しているようだから、念のため聞いておきたいと思ってね」

まだ腰にかかっている丸岡の腕を、ていねいに押しのける。

「そういう関係ではありません。先生がそんなことを気にされるとは思いませんでした」

丸岡はにっと笑った。

「わたしの脳神経は、きみが考えているほど無神経じゃないんだ」

医長室を出て精神神経科の方へ歩きながら、藍子は急に胸がどきどきし始めた。

海藤とはまた違う、丸岡の柔らかい舌の感触が、唇に残っていた。

21

畑の向こうに夕日が傾いている。

小早川緑は通りを隔てた空き地を眺めた。畑を背にして、のどかな風景とはいささか場違いな、最新式のカー・ウォッシャーが設置されていた。

それを見て、緑は衝動的に言った。

「洗ってもらおうかな」

ガソリン・スタンドの従業員は、汚れたタオルで両手をふきながら、緊張した顔で緑を見た。口には出さないが、どうやら緑の正体に気づいたようだ。なまじサングラスなどかけたために、かえって人目を引いてしまったらしい。田舎に来るときは、むしろ素顔のままの方がよかったかもしれない。

「ワックスはどうしますか」

「洗うだけでいいわ」

従業員は緑からキーを受け取り、車に乗り込んだ。向かいの空き地まで転がして行き、カー・ウォッシャーにセットする。緑は従業員がパネルをあけ、ボタンを操作するのを見ていた。

洗車が始まると同時に、売店から出て来た追分知之が緑のわきに立った。

「あの坊やがきみを横目でちらちら見てたぞ。女優だってこと、分かったんじゃないか」

「みたいね。かまやしないわ、あとを追いかけて来さえしなければ」

「それくらい熱心なファンなら、とっくにサインをねだってるさ」

緑は自嘲《じちよう》めいた笑いを漏らした。

「わたしが最後にサインしたのは、一年と二か月前だったわ。それも近所のラーメン屋の色紙」

追分はあいまいに笑った。本気で笑ったら悪いと思ったようだ。意外にナイーブなところがあり、そこが緑の母性本能をくすぐった。

若く作っているが、緑はもうすぐ四十二歳になる。追分より十歳以上年上で、そのことに少なからず引け目を感じていた。女優としての全盛期はとうに過ぎており、最近は色気づいた年増《としま》女の役しか回ってこない。

それは実生活をそのまま反映しているともいえた。女盛りに差しかかったせいか、最近は男の体が恋しくて気が狂いそうになることがある。ほんの何年か前までは、黙っていても若い男が寄って来たのに、近ごろは金で横面《よこづら》をはたいても言うことを聞かない。容姿の衰えはいかんともしがたかった。

先日追分に、テレビ局の喫茶室で声をかけられたときは、久しぶりに若い男と口をきいたような気がして心が高ぶった。

追分は自己紹介をしたあと、二年ほど前クイズ番組のゲストで緑と一緒になったことがある、と言った。プロ野球のチェリーズの球団職員で、以前はピッチャーをしていたというが、まったく思い出せなかった。どだい野球にも野球の選手にも興味がなく、追分が若くてハンサムであるということだけに気を引かれた。

三度目のデートで、首尾よく追分を自分のマンションに連れ込むことに成功した。

もっともそのときは、追分が早ばやと漏らしてしまったために、緑は中途半端《ちゅうとはんぱ》のまま取り残された。最初のときにそうなる男はよくいるので、緑は不満をおくびにも出さなかった。それはかえってその後のセックスに、悪い影響を残すことになる。

ベッドの中で追分は、シーズン開幕後のある試合の最中に、ちょっとした不祥事を起こして警察に逮捕されたことを打ち明けた。結局は無罪になったが、その事件が原因で現役をはずされ、今は球団職員に身を落としている。ただ周囲にカムバックの声もあるらしく、復帰へ向けていろいろと画策しているという。

めったに新聞を見ず、テレビも自分の出演番組以外に見たことのない緑は、その事件をまったく記憶していなかった。どんな不祥事を起こしたか知らないが、現にこうして刑務所にもはいらずにいることで、すべて解決したものとみなしていいと思った。とにかくハンサムな男なのだから。

緑は売店のカウンターへ行き、洗車代も含めて金を払った。

追分のそばへもどって言う。

「今度はあなたが運転して。少し疲れたわ」

「いいよ」

二人は通りを横切り、カー・ウォッシャーの方へ歩いて行った。大きなブラシが回転しながら前後に移動し、車体を洗っている。見晴らしのいい畑を背景に、細かい水しぶきが宙を舞った。

二人はしぶきを避け、通りの際《きわ》に立ってブラシの動きを見ていた。ウォッシャーの斜め向こうに、水しぶきににじんだ赤い夕日がある。薄く虹《にじ》が浮き上がるのが見えた。

しばらくして緑は口を開いた。

「別荘まであと十キロぐらいかしら。途中で食事して行きましょうよ。別荘には何もないから。ベッド以外に」

最後の言葉が自分でも気に入り、思わず含み笑いをした。追分は黙っていた。

返事がないので、緑はサングラスをずらし、上目遣いに追分を見た。

追分は中空の虹を睨《にら》んでいた。眉と眉の間が寄り、半開きの唇がかすかにひきつる。

「どうしたの、食事する時間も惜しいってわけ」

思わせぶりな冗談を言ってみたが、追分は乗ってこなかった。棒を飲んだように立ちすくんだままだった。緑は少し気分を害し、肘《ひじ》で追分の腕をつついた。

ブラシの音が止まり、洗車が終わった。

追分は緑を見た。たった今目が覚めたというように、せわしげに瞬《まばた》きして言う。

「どうしたの。何か言った」

緑はそっぽを向いた。

「途中で食事でもしようって言ったのよ」

「食事か。でも早く別荘を見てみたいな」

「別荘といっても、小さなロッジよ。あまり期待しない方がいいわ」

従業員が二人の横に車を運んで来た。


追分は黙って車を走らせた。緑もしばらく口をきかなかった。さっき話しかけたとき、追分が返事をしなかったことが、妙に引っかかっていた。そういう無礼な扱いをされたことは、少なくともスターになってからは一度もない。

追分は咳払《せきばら》いをした。ハンドルを握ったまま、シートの上でもぞもぞとすわり直す。何げなくそのあたりに視線を向けた緑は、軽いショックを受けた。追分のスラックスの股間《こかん》が、窮屈そうにふくらんでいた。突然みだらな考えが頭に浮かび、緑は唾《つば》を飲んだ。呼吸が速くなる。

車は畑にはさまれた田舎道を走っていた。対向車はほとんどない。まだしばらくはこの道が続くはずだ。それから小さな森を抜け、渓谷《けいこく》に沿って三キロほど走れば別荘に着く。

緑は思い切って右手を伸ばし、股間に触れた。追分の喉《のど》から声が漏れる。指を使うと、ふくらみはさらに大きく、固くなった。

ファスナーを引き下げ、追分の一物をつかみ出す。緑は息をはずませた。これほど充実した追分を見るのは初めてだった。思わずよだれが垂れそうになる。矢も盾もたまらず、サングラスをむしり取った。唇を開いてそれに襲いかかる。

追分は足を突っ張らせた。車が激しく蛇行《だこう》したが、緑はほとんど気がつかなかった。夢中になってしゃぶり立てる。


どれくらい時間が過ぎたか分からない。

車体が激しく揺れた。舗装された道をはずれたようだった。追分には詳しい道筋を教えていない。どこかへ迷い込んだらしいが、そんなことはもうどうでもよかった。

車が停《と》まった。

緑は顔を起こした。あたりが暗い。樹木が折り重なるように、車の周囲を取り囲んでいる。森の奥へ乗り入れたのだ。どうやら追分もその気になったらしい。

緑は濡れたままの唇を追分にさらし、舌なめずりをしてみせた。

追分の顔は興奮に歪《ゆが》んでいた。まるで怒りを爆発させる寸前のように見える。

緑は追分の代わりにハンドブレーキを引き、エンジン・キーを抜いた。あたりが静寂に包まれる。リクライニングのレバーを操作して、シートの背を倒した。

グリーンのワンピースの裾《すそ》を、思い切りよくまくり上げる。追分の目が見開かれた。緑は尻《しり》を浮かせ、黒のストッキングをパンティと一緒に引き下ろした。黙って見ているだけの追分がもどかしい。

　ストッキングから足を抜くと、体の力を緩めてシートに横たわった。太股《ふともも》に両手を当て、広げて見せる。自分の中心が十分に溶けていることを、追分に分からせたかった。

　突然追分がのしかかってきた。

　緑は驚いて息を詰めた。追分の大きな手が、首にかかった。何をしようとしているのか分からず、緑は追分の顔をぼんやりと見上げた。

　鼻孔がふくらみ、唇がねじれている。食い縛った歯から息がほとばしる。こめかみに血管が浮き出る。

　次の瞬間緑は喉を詰まらせ、舌を吐き出そうとした。追分の手が万力のように、首を絞め始めたのだ。

「ばいた……みどり……ばいため……殺してやる……みどり……殺してやる」

　切れぎれにつぶやく言葉が聞こえる。

　信じられないことだが、追分が自分を殺そうとしている。そう悟ったときには、もう意識が薄れ、頭の中で血が沸騰していた。

　死の直前、緑の耳がかすかに聞き取ったのは、追分が漏らしたママ、ママという甘い呼びかけだった。

22

霧雨が風に舞っていた。

南川藍子は暗い空を見上げた。傘を持って来なかったことを悔やむ。正面玄関にタクシーの姿はない。最寄りの駅まで、歩いて十分ほどかかる。

取りあえずスカーフで髪を包み、コートを体に巻きつけると、思い切って玄関を出た。足早に正門へ向かう。三十秒と歩かないうちに、顔が冷たく濡《ぬ》れ始めた。

正門を出てすぐに通りを渡り、駅へ抜ける近道にはいる。そこは人けのない砂利道で、街灯が少ないために見通しが悪い。片側は町工場のブロック塀で、反対側は鉄材や廃材の置き場になっている。ふだんは歩かない道筋だが、いやな霧雨から早く逃れたかった。

藍子は練馬区富士見台のマンションに住んでいる。帝国医科大学は都下東久留米市にあり、どちらも西武池袋線の沿線だった。通うには便利だが、とかく都心から足が遠のきがちで、ときに刺激がほしくなることがある。週に一度、池袋のアスレチック・クラブへ通うのも、藍子にとっては重要な気晴らしの一つだった。海藤兼作と知り合ったのもそこだ。海藤は大塚に住んでいるので、会うときはだいたい池袋になる。そういえば海藤は、いつ検査を受けに来るつもりだろうか。明日あたり電話して、様子を聞いてみよう。

道を半ばまで来たとき、突然背後に砂利を踏む足音を聞いた。

どきりとする。

振り向きたい衝動に駆られたが、かろうじてこらえた。まだ夜の八時だし、ほかに通行人がいてもおかしくない。

自然に足の運びが速くなる。突き当たりに西武池袋線の線路があり、それに沿って左へ曲がると駅前に出られる。

気のせいか、背後の足音も速くなった。

藍子は背骨のあたりがむずむずするのを感じた。がまんしきれず、ちらりと振り返る。

相手はちょうど街灯の下に差しかかったところで、大きな傘が揺れながら近づいて来るのが見えた。背の高い男のようだが、顔は傘に隠れて確認できない。

ようやく線路にぶつかった。

急いで左へ曲がり、駅へ向かう。行く手ににじむ駅前の明かりが、これほど頼もしく見えたことはなかった。しだいに歩幅が大きくなる。いくらか強迫症状を呈していることは、自分でも意識していた。若いころから、背後に人の足音を聞くと、落ち着きを失ってしまうのだ。

急に足音が近くなった。

藍子はうなじの毛がちりちりと逆立つのを覚えた。身に危険を感じたときはいつもそうなる。コートの襟《えり》をしっかりつかみ、ハンドバッグを胸に抱えて、小走りに駆け出した。

背後で砂利がざくざくと鳴り始めた。男も駆けている。藍子はパニックに陥りそうになり、口をあけた。いつでも悲鳴を上げられるように準備する。

そのとき、パンプスの底が雨に濡れた砂利に滑った。藍子はつんのめり、砂利の上に四つん這《ば》いになった。痛みが体を貫き、思わず声を漏らす。歯を食い縛って立ち上がろうとした。背後に迫る足音に、恐怖感がふくれ上がる。

大きな影がぬっと藍子の横に立った。

「大丈夫ですか、先生」

遠い街灯の光に、男の顔が浮かんだ。

藍子は危うく悲鳴を飲み込んだ。どこかで見たことのある顔だが、とっさには思い出せない。

男は藍子に傘を差しかけ、手を貸して助け起こした。

「驚かしてすいません。先生があまり速く歩くものだから、声をかけそびれちゃって」

その口調で記憶がもどった。

安堵《あんど》の息を吐いて言う。

「追分さんね」

男は以前藍子が精神鑑定をした、追分知之だった。

「そうです。その節はお世話になりました」

追分は頭を下げた。

藍子はハンカチを出して、コートの汚れをふいた。急に怒りが込み上げてくる。

「お世話だなんて、とんでもない。わたしは自分の仕事をしただけですから」

そっけなく答え、駅に向かって歩き出す。

追分は藍子を傘で追った。

「駅まで送りますよ」

藍子は黙って歩き続けたが、結局追分が肩を並べるのを許した。気持ちが落ち着いてみると、恐怖に取りつかれた自分がひどく恥ずかしく感じられた。

それにしても追分は、こんなところで何をしているのだろう。偶然通りかかったとは思えないし、病院に用事でもあったのだろうか。

駅前まで来たとき、追分は思いつめたような目で藍子を見た。

「もしよかったら、お茶でも付き合ってもらえませんか」

誘われるような予感がしていた。

あまり気は進まなかったが、体が冷えていることを思い出し、コーヒーを飲むのも悪くないと考え直した。それにどっちみち、どこかで食事をしなければならない。

二人はパン屋の二階にあるコーヒー・パーラーにはいった。窓際《まどぎわ》の席にすわる。追分はグレンチェックのスーツを着ていたが、ノーネクタイだった。

サンドイッチとコーヒーを頼む。

藍子はおしぼりで手の汚れをふきながら、それとなく探りを入れた。

「病院にご用だったのですか」

　追分は目を伏せた。

「いや、ちょっと先生に会いたかっただけです。それで夕方から、門のあたりをうろうろしてたんです」

　待ち伏せされたと分かると、なんとなくいやな感じがした。

「ご用がおありなら、電話をくだされぱいいのに」

「別に用じゃないんです。先生のおかげで無罪になったのに、まだお礼も言ってなかったものだから」

「さっきも言ったように、わたしは自分の義務を果たしただけです。お礼を言われても困るわ。あなたを無罪にしたのはわたしではなくて、裁判官だということをお忘れなくね」

「でもそれは先生が、ぼくを心神喪失と鑑定してくれたおかげですよ」

　サンドイッチとコーヒーが運ばれて来た。

「あなたはあの事件を起こしたとき、正常な判断力を失っていました。わたしはその事実を裁判所に報告しただけだわ」

「そしてまさにそのことが、ぼくを無罪にしたわけでしょう」

　藍子は肩をすくめ、サンドイッチに手を伸ばした。

「あなたがどう考えようと自由だけど、わたしに感謝したり、お礼を言ったりする必要はないのよ。気が重くなるから、やめていただきたいわ」

追分はコーヒーを飲んだ。

「だったらもう言いません」

藍子は口調を和らげた。

「強い言い方をしてごめんなさい。それよりその後体調はいかが。試合には出てらっしゃらないようだけど」

「体調はまあまあです。カムバックを要請する署名運動はありますけど、少なくとも今シーズンはだめですね。今は球団職員という形で、非公式にトレーニングを続けてます」

「そう。来シーズンでもカムバックできるといいわね。まだ若いんだし」

追分は薄笑いを浮かべた。

「体調だけ聞いて、頭の方の調子は聞かないんですか」

「調子が悪いようには見えないけれど」

笑いが徐々に消える。

「実はあまりよくないんです」

藍子は間をおき、サンドイッチをつまんだ。

「どういうふうに。あれからもときどき、意識がなくなることがあるんですか」

「分かりません。そうなったとしても、覚えてないので」

藍子はサンドイッチを平らげ、コーヒーを飲み干した。追分は自分のサンドイッチに手をつけていない。

真剣な口調で言う。

「先生。一つだけお聞きしたいことがあるんですが、いいですか」

「ええ」

追分は唇をなめた。

「これはあくまで仮の話ですが、もしあの事件のとき、ぼくが正常な意識を持っていたとしたら、当然有罪になったでしょうね」

藍子はじっと追分を見つめた。

「仮定の質問には答えられないわ」

追分も藍子の目を見返した。

「先生はぼくを鑑定するとき、異常を装っているだけじゃないかと疑っていたでしょう。島村橙子の首を絞めたことを、ほんとは覚えているんじゃないかと」

「覚えているの」

二人は少しの間見つめ合った。

追分はゆっくりと首を振った。

「いや、覚えていません。ただ実際は覚えているのに、覚えていないふりをしたとしたら、どうだったでしょうね。先生には分かりましたか」

「たぶん分からなかったでしょうね」

追分は満足そうにうなずいた。

「そう思うと、不思議な気がするんです。そんなちょっとしたことで、人間の有罪無罪が決まってしまうなんてね」

「そう、不思議といえば不思議ね。確かに正気と狂気の区別はあいまいなものよ。正常な人間と異常な人間を取り違えるのは、十分ありうることだわ」

追分はしばらく考えていたが、思い切ったように言った。

「先生、もう一度、ぼくを診察してくれませんか。なんだか気が変になりそうなんです」

「だれでもそういうときがあるわ」

追分は首を振った。

「ほんとなんです。あのとき先生が指摘したように、ぼくは女房とセックスがうまくいってなかったし、今も相変わらず機能しないんです。まだだめになる年じゃないし、心理的なことに原因があると思うんです。つまりその、おふくろのことがね」

言ったあとで、気まずそうに目を伏せる。

追分が子供のころ母親の情事を目撃したことや、その後母親と特別な関係を結んだことは、鑑定の過程で明らかになっている。それを告白したことで、追分の性的なコンプレックスは消失してもいいはずだった。少なくともフロイトならそう考えただろう。

唐突な申し出にいくらか戸惑ったが、精神科医として興味を引かれもした。

藍子は口を開いた。

「そういうことなら、改めて病院の方へ来ていただいた方がいいわね。少なくともこのお店には、寝椅子《ねいす》がないようだから」

追分は弱よわしい笑いを浮かべた。

「精神分析とか心理療法で聞き出したことを、警察に報告したりすることがあるんですか」

「医者には守秘義務があります」

強い口調で言うと、追分はまた目を伏せた。

「仮に殺人を告白してもですか」

藍子はちょっとたじろいだ。

「例外はありません。もっともその場合には、自首を勧めるかもしれないけれど」

追分は肩の力を緩め、初めてサンドイッチに手をつけた。

笑いを浮かべて言う。

「それじゃ、近いうちに病院の方へうかがいます。告白する勇気が出たら」

23

本間保春は眉根《まゆね》を寄せた。

「別の先生に診てもらえというんですか」

「ええ。残念ながらわたしの手に負えないので、しかるべき先生を紹介することにします」

南川藍子がきっぱりと言うと、本間は不服そうに頬《ほお》をふくらませた。

「でもぼくは南川先生に診てもらいたいんです。最初にそう言ったでしょう」

「わたしがこれまで診た限りでは、あなたがホモセクシュアルであることを示唆《しさ》するものは何もありませんでした。ということは、治療することもできないわけです」

本間は口をとがらせた。

「ぼくはホモじゃないというんですか。つまりその、ホモを装っているだけだと」

藍子は間をおいた。

「それはあなたの方がよくご存じでしょう」

「ぼくは間違いなくホモなんです」

本間は言い張った。

藍子は辛抱強く続けた。

「違う観点から診察すれば、また違う見解が出るかもしれません。別の先生に診てもらうようおすすめするのは、そういう意味です」

本間は唇をなめた。

「別の先生って、同じ精神神経科のですか」

「いいえ。今度は脳神経外科になります。あなたもご存じの、丸岡先生です」

本間は目を見開いた。

「丸岡先生。脳神経外科ですって。冗談じゃない。ぼくは頭をどうかされるのはまっぴらごめんですよ」

「ご心配なく。頭蓋骨《ずがいこつ》を取りはずしたりしないように、わたしからよくお願いしておきますから」

本間は探るような目で藍子を見た。

「いったい何をしようというんですか」

「丸岡先生はホモセクシュアルの検査と治療に、独自の方法を開発しておられます。試してみて損はないと思いますよ」

本間は首筋を掻《か》いた。

「どうも、あまり気が進まないなあ」

「どうしてですか。病気を治したくないのですか。それともホモセクシュアルというのはやはり嘘《うそ》だったのですか」

藍子はそれが嘘であることを、ほぼ確信していた。

本間は落ち着きを失い、椅子を立った。

「いや、そんなことないです。治したいと思いますよ、それは。でも脳神経外科というのはねえ」

「名前は仰々しいですけど、精神神経科と親戚《しんせき》みたいなものです。心配ありません。とにかく丸岡先生と、話だけでもしてみたらいかがですか」

藍子は渋る本間をせきたてて、一階上の脳神経外科へ向かった。

丸岡庸三は医長室に隣接した研究室で待機していた。ことさら気むずかしげな態度で二人を迎える。それがあまりにわざとらしいので、藍子は危うく吹き出しそうになった。

丸岡に本間を紹介し、それまでの経過を簡単に説明する。すでに話はしてあるのだが、本間の手前もう一度繰り返した。

丸岡が本間を問診している間、藍子はガラス窓で仕切られた検査室をのぞいた。眼鏡をかけた若い助手が、検査器具を磨いているのが見える。奥の壁にはスクリーンが張られている。その横手にはX線室と標示されたドアがあった。

藍子はガラス窓の前にある、検査器具の遠隔操作パネルを眺めた。それから椅子にすわり、さりげなく本間の様子を見た。

本間は丸岡の質問に対して、ぼそぼそと答えていた。藍子に対するときの勢いはどこにもない。声の調子に強い警戒心が感じられる。丸岡がいつ電気ドリルを取り出すかと、そればかり心配しているように見えた。

ひとしきり質問したあと、丸岡はノートを閉じて、テーブル越しに本間の顔をのぞき込んだ。

「それではちょっとした検査をします。あちらの検査室で準備してもらいましょうか」

「どんな検査ですか」

「スライドを、そう、五十枚ほど見てもらうことになります」

「見るだけですか」

「いや。見る前に性器に電極をつなぎます。まあ心電図のようなものと思ってください」

本間は驚いて体を引いた。

「電極。あそこにですか」

丸岡は厳粛な顔をした。

「そう、あそこにです」

「なんのために」

「スライドの画面が、あなたにどのような性的刺激を与えるか、一枚ごとにチェックするためです。ペニスが充血すると、それが電気反応に転換されて、オシロスコープの画面に出る仕組みになっています」

本間はちらりと藍子を見た。

「あまり気が進みませんね。今回は遠慮しておきます」

「何も危険はありませんよ。これはあなたのホモ度を調べるのに、どうしても必要な検査なんです」

「それについてはもう、南川先生が心理テストをして調べたはずです」

藍子は口を開いた。

「心理テストでは、あなたがホモであることを裏付ける結果は、何も出ませんでした。それでもあなたは間違いなくホモだと主張しています。この検査を受ければ、それが真実かあるいは単なる思い違いにすぎないか、はっきりするでしょう」

丸岡によれば、このスライドは本来異常性愛患者の治療に用いられるものだという。性倒錯や異常性愛の患者のペニスに、鋼鉄でできた螺旋《らせん》状のリングをセットする。その状態で、さまざまな性的異常行為の場面が、スライドで患者に呈示される。患者のペニスに変化が起きると、それを感知したリングに自動的に電流が流れ、電気ショックが与えられる。このセッションを何回か繰り返すことによって、患者はしだいに自分の異常反応を嫌忌《けんき》するようになり、症状が改善されるという。これは行動療法でいう《負の条件づけ》を利用したものだが、効果があまり持続しないともいわれている。丸岡はそのスライドを、本間の検査に転用するつもりなのだ。

本間が背筋を伸ばした。

「分かりました。検査してもらいましょう」

藍子は眉をひそめた。本間がこれほどあっさり検査に応じるとは思っていなかったので、虚をつかれた感じだった。

丸岡の顔にも軽い驚きの色が表れた。

軽く咳払《せきばら》いをして言う。

「ではあちらの検査室にはいって、準備してください」

丸岡は検査室から助手を呼び出し、細かい指示を与えた。助手はスライド・マガジンを用意して検査室へもどった。

丸岡は操作パネルのそばのフロア・スタンドをつけ、研究室の明かりを消した。

藍子がガラス越しに検査室をのぞくと、本間は寝椅子に横たわり、正面のスクリーンに向かっていた。助手がその上にかがんで、本間の股間《こかん》に電極をセットしている。

やがて検査室が暗くなり、スライドの映写が始まった。さまざまな性倒錯、性的異常行為の写真が、十秒ほどの間隔をおいて次から次へと映写されていく。小児愛。獣姦《じゅうかん》。服装倒錯。同性愛。サド。マゾ。

見ているうちに、藍子自身少し妙な気分になった。自分がもしこの検査にかけられたら、どのような反応を示すだろうと思うと、それだけで顔が赤らむ。

丸岡の注意がオシロスコープに集中しているすきに、藍子は研究室を抜け出して洗面所へ行った。それから休憩コーナーへ回り、自動販売機で缶コーヒーを買って飲んだ。

十五分後に研究室へもどると、ちょうど検査が終わったところだった。

藍子は翌週もう一度来るように言って、そのまま本間を帰らせた。

丸岡は藍子を隣の医長室に連れて行った。

ソファにすわり、アウトプットされたオシログラムを広げる。

「やはり詐病《さびょう》だね。この結果から判断するかぎり、ホモの兆候は認められない。きみの診断は正しかった」

「やはりそうですか。どう解釈すればいいのでしょうね。ばれるのを承知で、あっさり検査を受けたりして」

丸岡は下唇をつまんだ。

「実際はホモでないのに、自分はホモだと思い込むことはあるかね。あるいは性倒錯全般でもいいんだが。精神病理学的にどうなんだろう」

「そういうケースがないとはいえませんが、少なくとも本間の場合は違うと思います。彼はただホモを装っているだけです。それも極めて稚拙な方法で」

「ホモを装わなけりゃならんような理由が、何かあるのかね」

「分かりません」

丸岡はにやっと笑った。さりげなく藍子の体に目を走らせる。

「一つだけ心当たりがあるよ。本間はきみ個人に興味を抱いて、接近したかったんだ。きみの患者になりたかったんだ」

「まさか」

「きみはある種の男を引きつける、ある種の危険な匂《にお》いを持っている。外見とは裏腹に、と言ったら気を悪くするかもしれないが」

「ある種の男とは、本間のような男のことですか」

「そうだ。まあわたしもその一人だがね」

丸岡の目の中にふと淫靡《いんび》な光を見て、藍子はたじろいだ。

視線を落とし、白衣の膝《ひざ》のごみを払うふりをする。丸岡が何を言おうとしているのか分かるような気がした。自分の中にそういう要素があることは、薄うす感じている。しかしそれを認めるのはなぜか苦痛だった。

丸岡は一つ咳をすると、藍子の注意を促すように人差し指でオシログラムを叩《たた》いた。

「本間はホモじゃなかったが、それとは別にペニスの反応した箇所がいくつかある」

藍子は気を取り直した。

「どういうカットですか」

「服装倒錯だ。彼は男が女の服を着た写真を見て、かなりはっきりした反応を示した」

興味を引かれる。

「服装倒錯。どんな服ですか」

「ワンピースやらスーツやらいろいろだ。水着もあるし、下着姿もある。あるいは本間には、フェティシズムの傾向があるかもしれない」

フェティシズムか。手が汗ばむ。

「とくにどんな服に、強い反応を示していますか」

丸岡はオシログラムを手繰った。

「そう、ここでは看護婦の扮装《ふんそう》をした男の写真に、いちばん強く反応しているね。それからデパートのエレベーター・ガールの扮装をした写真にも」

そこまで言って、急に顔を起こす。

「なるほど、きみの言わんとしていることが分かったよ。本間には制服願望があるんじゃないかと考えているんだろう」

さすがに鋭い勘をしている。

藍子はうなずいた。

「可能性としてはありうると思います。詐病を使って接近して来たのも、わたしの白衣に興味を抱いたせいかもしれませんね」

冗談めかして言うと、丸岡は薄笑いを浮かべた。

「わたしなら中身の方に興味を抱くがね」

藍子はどきりとした。

丸岡の言葉に驚いたわけではない。同じようなことを、前に海藤兼作が言ったのを思い出したからだった。あれはどこかのホテルで、スチュワデス殺しの話をしたときのことだ。

藍子は海藤に意見を求められて、フェティシズムの犯罪だと答えた。さらに制服に性的興奮を覚えるタイプだと指摘した記憶がある。

そのことと本間の検査結果を重ね合わせて、何か落ち着かない気分になった。

24

頭がくらくらする。

どっちを向いても鏡ばかりだ。鏡の迷路。まったく近ごろの遊園地ときたら、奇抜な仕掛けを考え出すものだ。どでかい迷路がはやり始めてから、まださほどたっていないというのに、少し飽きがきたとみると今度は通路一面に鏡を張り、《大迷鏡》と名づけて人を集める。たいしたアイディアだ。

体が重い。頭が痛い。

このブロックにはあまり人がいない。袋小路にはいってしまったとみえる。

江戸川乱歩の短編小説に、『鏡地獄』というのがあった。あれは確か、球面の内部を鏡張りにして、その中心に身を置くとどのような像が映るだろうか、という考えに取りつかれた男の話だ。男はその模型を作り、内部へもぐり込む。そこで男が何を見たのか分からないが、とにかく中に閉じ込められたまま、発狂してしまうという物語だった。考えるだけでも身震いが出る。

少年が三人、鏡の前に重なり合って、わいわい騒ぎながらピッチングの真似《まね》をしている。そういえば外の広場に、投げたボールの球速を計る器械、スピード・ガンの装置が据《す》えてあった。子供たちがそこに群がり、我先にボールを投げて速さを競っていた。その話をしているらしい。

子供たちの向こうに、女の姿が見え隠れする。白のスパッツに黄色のトレーナー。茶色のジャケット。ポケットに手を入れ、ぼんやりと突っ立っている。道に迷ったに違いない。

絶好のチャンスだ。

あの子供たちさえ行ってしまえば、邪魔者はいなくなる。ウィークデーの夕方で、人の出足も休日に比べて格段に少ない。見咎《みとが》められる確率は低い。

鏡に頭を打ちつけてやるか。頭蓋骨《ずがいこつ》が砕けるかもしれない。あるいはガラスの破片で頸動《けいどう》脈《みやく》を切り、血だらけになるかもしれない。どちらにしても、息の根を止めるのはやさしいだろう。

凄《すご》みをきかせてささやく。

「このがきども、ここは行き止まりだ。さっさと行っちまいな」

子供たちは振り向き、怖いものでも見たようにしんとなった。ぽかんと口をあけている。そろそろと動き始める。

よしよし、いい子だ。そのまま行ってしまえ。逆らいさえしなければ、おまえたちまで殺そうとは言わない。

女がポケットから手を出した。

25

「あのビートルズが、CTスキャンの開発に関係したという話を知っているかね」

丸岡庸三がソファにもたれて言った。

南川藍子は首をかしげた。

「知りません。フォーク・クルセダーズのメンバーの一人が、精神科医になったという話は知っていますが」

丸岡は肩をすくめた。

「CTスキャン、つまりコンピュータ断層撮影法は、一九七〇年代の初めにイギリスで発明されたんだが、その開発資金の一部をビートルズが援助したといわれているんだ」

「それは面白いですね。ビートルズはきっと、彼らの音楽を聞いて頭が痛くなる人間がいるかもしれないと思ったのでしょう」

丸岡は苦笑した。

「きみはビートルズで育った世代じゃないのかね」

「確かにそうですが、わたしには合わない音楽でした」

早く海藤兼作の検査結果を聞きたかったが、あまりせかすとまた何か言われそうな気がして、つい言い出しそびれた。

丸岡はのんびりした口調で続けた。

「CTスキャンが発明される以前は、脳室の拡大度を調べるのに気脳造影法が用いられた。これは脳室から脳脊髄液《のうせきずいえき》を抜き取り、かわりに空気を注入してX線撮影する方法でね。患者は椅子《いす》に縛りつけられたり逆さにされたり、まるでSMショーのような苦痛に耐えなければならない。時間はかかるし、危険度も高い。その上後遺症の心配もある。したがってCTスキャンは、脳神経外科医にとっても患者にとっても、まさに福音ともいうべき発明だった」

藍子はいらだちを隠し、黙って聞いていた。

丸岡はしかし、藍子の顔色を見て話を打ち切り、手にした一連のCT画像をテーブルに並べ始めた。

「さて、そこで海藤兼作の検査結果だが、やはり大脳右半球の頭頂部付近に、いくらか異常が見られるようだ。挫傷《ざしょう》した部分が十分治り切っていないのだろう。血腫《けっしゅ》ができているのかもしれない」

藍子は呼吸を整えた。

「それが左視野における、無視症候群の原因になっているわけですか」

「そう診断して間違いはあるまい」

「ではもう一度頭蓋骨に穿孔《せんこう》して、その血腫を取りのぞけば、症状は消えるということですね」

「理論的にはそうだが、もう一つ問題がある。おそらくもっと大きな問題がね」

藍子は丸岡の顔をうかがった。

「どのような問題ですか」

丸岡は一枚の画像をとり上げた。大脳の両半球の中央部を指で示す。

「これはレベル5の断層面だが、この部分を見て何か気がつくことはないかね」

藍子は画像をのぞき込んだ。

「これは脳梁《のうりょう》ですか」

「そうだ」

脳梁は、左右ほぼ対称に分かれた二つの大脳半球をつなぐ、長さ約二・五センチ、厚さ八ミリほどの人体最大の神経線維束で、両半球間の情報交換を行なう機能を持っている。比較的最近まで、脳梁の役割はあまり重要視されていなかった。中には冗談まじりに、二つの半球がたわまないように支えるだけの役目しかない、と主張する学者もいたという。

藍子は首を振った。

「分かりません。不勉強でお恥ずかしいですが」

「ここを見てみたまえ」

丸岡の示した部分に目を近づける。脳梁のほぼ中央に、亀裂《きれつ》のようなものが走っている。

「これに何か意味があるのですか」

丸岡はうなずいた。

「もう少し調べてみなければ分からないが、脳梁が傷ついている可能性がある」

藍子は眉《まゆ》をひそめた。

「どうしてそんなことが」

「まず考えられるのは、海藤が頭をビリヤードの玉で殴られたとき、ショックで脳梁が断裂したんじゃないかということだ」

「断裂。そんなことがありうるのですか」

「どんな具合に力学が働いたか分からないが、ありえないことではない」

「それなら頭蓋骨陥没骨折の手術のときに、気がつくはずではありませんか」

「脳外科医も人間だ。うっかり見逃すこともあるさ。それに手術当時は、断裂が目立たないものだったかもしれない」

藍子はすわり直した。

「脳梁が断裂すると、どうなるのですか」

「断裂の程度にもよるが、基本的に左右両半球間の神経連絡が断たれる。つまり左脳と右脳が独立してしまうわけだ」

独立という言葉に驚く。

「その場合どんな影響が現れるのですか」

「外目《そとめ》にはそれと分かる顕著な症状は現れない。正常人とまったく変わらないように見える。半世紀近く前、一方の半球に発生したてんかん発作がもう一方の半球に広がらないように、初めて患者の脳梁を切断する手術が行なわれた。それによっててんかん発作は軽減したが、危惧《きぐ》された後遺症はほとんど現れなかった。脳梁切断は、患者の人格にも知能にも、まったく影響を与えないように見えたらしい」

「でも実際には、そうではなかったと」

「そう。今では手術のあとに、いろいろな影響が出てくることが分かっている。もしそれを知りたければ、ぜひ海藤の検査に立ち会ってみることだね」

そう言って丸岡は、いたずらっぽく片目をつぶった。

26

追分知之は寝椅子に横たわった。

診療室の明かりは薄暗く落とされ、窓には厚手のカーテンが引かれている。

南川藍子は寝椅子の斜め後ろにすわった。

「気持ちを楽にしてね。心の垣根《かきね》を取り払ってください。泣きたければ泣き、笑いたいときには笑うように。もし腹が立ったら、好きなだけ怒っていいんですよ」

追分はもぞもぞと体を動かした。

「分かりました」

藍子はしばらく間をおき、追分の呼吸が整うのを待った。

「それじゃ、煙突掃除を始めましょうか」

「煙突掃除ってなんですか」

「記憶の底にこびりついているかすを、こそぎ落とす作業のことよ」

「なるほど、面白い表現ですね。先生が考えたんですか」

「いいえ。昔ブロイアーという精神科医の治療を受けたある女性患者が、分析療法のことをそう呼んだの」

「へえ。ぼくも煤《すす》がうんと出るといいんですがね」

「そうね。さて、始めましょうか。なんでもいいですから、頭に浮かんだことを話してみて」

追分は小さく咳《せき》をした。

思いついたように言う。

「先生は川柳《せんりゅう》がお好きですか」

「川柳ですか。あまりよく知らないわ。あなたは好きなの」

「ぼくもよく知らないんだけど、時実新子《ときざねしんこ》って人の川柳を読んだら、これがなんというか、凄《すご》いんですよ」

「それならわたしも、読んだことがあるわ。『有夫恋《ゆうふれん》』という句集でしょう」

「そうそう。その中にこういうのがあったでしょう、〝凶暴な愛が欲しいの煙突よ〟っていうのが。実は今煙突の話が出たので、思い出したんだけど」

「そういえば、そんな句があったわね。それが気に入ったわけ」

「気に入ったというか、どきりとさせられましたね」

「どんなふうに」

「だってこの場合の煙突は、当然何かを意味してるわけでしょう」

「何かって、何を」

「作者は空に向かって立つ煙突を見て、男性のシンボルを連想したんだと思いますね」

「ええ。長くてたくましい煙突に性的衝動を感じて、荒あらしく犯されてみたいと、そんなふうに思ったんじゃないかな」

「男性のシンボル」

「ずいぶん即物的な解釈ね」

「気持ちが分かるんです。うちの女房もたぶんそうだから」

藍子は追分が拳《こぶし》を握るのを見た。

「それはあなたと奥さんのセックスが、うまくいってないという意味ですか」

「まあね。こないだも言ったように、女房と行為をしようとしても、機能しないんです」

「ほかの女性とはどうなの」

「できるときもあれば、できないときもあります」

「島村橙子とはどうでしたか」

少し間があく。

「ほとんどだめでした。いい体をしていたし、気持ちは興奮するんだけど、立たなかった」

「どういう相手だと機能するんですか」

「しょんべんくさい女子大生とか、田舎から出て来たばかりのウェイトレスとかですね」

「ふつうは奥さんとできても、外ではだめというケースが多いのだけど。機能しなくなったのはいつごろからですか」

「一年ちょっと前かな。島村橙子と関係ができる少し前でした」

「何かだめになるきっかけがあったの」

「あったかもしれないけど、思い出せないんです。とにかく突然だめになってね。橙子と関係したのも、ほかの女ならできるんじゃないかと思ったからです」

藍子は意識的に十秒ほど間を取った。

「少し話を変えましょう。あなたは鑑定のとき、お母さまに男にされたと言いましたね」

追分はベルトを握り締めた。

「ええ。高校一年のときにね」

「どういう状況でそうなったの」

溜《た》め息《いき》をつく。

「言わなきゃいけませんか」

「あなたしだいね」

もう一度溜め息。

「自分の部屋でマスをかいてたんです。そしたら突然おふくろがはいって来て、見つかってしまった。おふくろは顔を真っ赤にしてぼくを叩《たた》きました。それからいきなりおおいかぶさってきて……ぼくの上にまたがって、その――」

言葉がとぎれる。

「お母さまはどうしてそんなことをしたのかしら」

「分かりません。でも酒くさかったのを覚えてる。酔っていたんだと思います」

「それから何度かそういうことがあったの」

「いや、そのときだけです。嘘《うそ》じゃありません。ぼくにとっては衝撃的な体験だったし、そのあともおふくろにずっと性的な興味を抱き続けました。でもそれは頭の中だけのことで、実際にそれがあったのはそのときだけなんです。おふくろもそんなそぶりは二度と見せなかった。ほんとです」

藍子は一息ついた。

話題を変える。

「お母さまは別にして、あなたが最初に体験した女性はだれですか」

「今の女房です。結婚する前のことでした。まだ女子大生で、しかも処女だった」

「そのときはうまくできたの」

「ええ。今思えば不思議だけど」

「あなたは、相手が男性体験の少ない女性だと、ちゃんと機能するようね」

額をこする。

「かもしれませんね」

「奥さん自身が浮気をしたことは」

「まずないですね。ぼく以外に男を知らないと思います」

「そういう意味では、男性体験が少ないといえるわね」

「ええ。だからぼくが機能しないのはおかしいんです。だめになる要素は何もないんです。

女房は自分から積極的に求めるタイプじゃないし、こっちがもどかしくなるくらい――」

　そこまで言って、追分は急に口を閉じた。拳を握り、体を固くする。

　藍子はそれを見逃さなかった。

「どうしました。何か思い出したの」

　追分は両手で顔をこすった。

　指の間からこもった声で言う。

「そうだ、思い出した。一年と少し前、女房がぼくを強姦《ごうかん》したんです」

「強姦した」

「もちろんふざけてですよ。女性週刊誌か何かに、夫婦で強姦ごっこをする遊びが出てたんです。それも女房が男の役を務めて、女役の亭主を強姦するという設定だった。なんでそんな遊びをする気になったのか分かりません。刺激がほしかったのかな」

「それでどうしたの」

「女房はぼくを押し倒して、叩くふりなんかして、それから上にまたがって来ました。そしてぼくのあれを……ぐいと握って、自分のあそこに、あてがったんです」

　追分は拳を口に押し当てた。最後の方はほとんど消え入りそうな声だった。

　おぼろげながら藍子にも、事情が飲み込めてきた。

「それで」

　追分はまた溜め息をついた。

「ショックだった。そのやり方がちょうど、ぼくを男にしたときのおふくろと、そっくり同じ手つきだったんです。その瞬間ぼくは、あれがしぼんでしまった。そうだ、それからだめになってしまったんです。今やっと思い出した」

27

藍子は腕を組んだ。

想像したとおりだった。追分の男性が機能しなくなったのは、母親とのショッキングな性体験の記憶が、妻の予測せざる行為によってよみがえったためなのだ。

「あなたが機能しなくなった理由は、たぶんそれね」

追分はゆっくりと息を吐いた。

「ええ、そんな気がします」

「少し休みますか」

「別にかまいませんよ。続けてください」

意識下の記憶を呼び起こしたことで、追分の性的不能が治るかどうか、今の段階ではなんともいえない。フロイトの理論はともかく、現実の神経症はそれほど単純明快なものではない。追分の意識の底には、もっとむずかしい問題が隠されているような気がした。

「それじゃ、もう少し続けましょう。今度はもっと小さいころのことを聞かせてもらおうかしら。例えば小学校時代、あなたはどんな子供だったの」

追分は腹の上で手を組んだ。

「とにかく野球が好きでしたね。大きくなったらプロ野球の選手になろうと、物心がついたときから決めてました」

「じゃ、初志を貫徹したわけね」

「ええ。幸せといえば幸せな人生でした」

「あら、まだこれからでしょう、あなたの人生は」

追分は力なく笑った。

「そうですね。でも今は気力がわかなくて」

「勉強の方はどうだったの」

「まあまあってとこかな。一応クラス委員もやったし」

「勉強と野球のほかに、何かしたことは」

「追いかけごっことか駆逐水雷とか、子供がやる遊びはだいたいやりましたよ」

「ピアノとかお習字は」

「そういうのはやりませんでした」

「でもそろばん塾には通ったんでしょう」

追分は口をつぐんだ。

藍子は言葉を継いだ。

「鑑定のときに、そろばん塾の先生のことを話さなかったかしら」

「話しましたよ」

怒ったように答える。

藍子は容赦なく続けた。

「学校を早退《はやび》けして家へ帰ったら、そろばん塾の先生がお母さまとセックスしていた。そうでしたね」

「ええ。そのときはまだ、それがセックスとは分からなかったけど」

不機嫌そうに答える。

「早退けした理由はなんですか」

「覚えてません」

その返事はあまりに早すぎた。

「隠してはいけないわ。覚えているはずよ」

追分は足首を重ね合わせた。

きまり悪そうに言う。

「すいません。実は先生に叱《しか》られて、廊下に立たされたんです。だけど途中で立ってるのがばからしくなって、黙って帰ってしまったわけです」

「何をして立たされたの」

「女子用のトイレにもぐり込んだから。同級生の女の子に見つかってね。その子が先生に言いつけて、それでばれちゃったんです」

「どうして女子用のトイレなんかにはいったの」

「お尻《しり》が見たかったんですよ。女の子のお尻がね。白くて丸いのをね」

自嘲《じちょう》めいた口調だった。

「わりにませた子供だったのね」

「そうかもしれませんね。体も大きかったし、女の子にとても興味があった」

「それで家に帰ると、そろばん塾の先生が来ていたのね」

「ええ。おふくろはきっと、前からあいつに目をつけていたんだ。だからぼくを無理やり塾へ入れたんだと思います。あんなにいやだと言ったのに」

「二人は家のどこでそれをしていたの」

「居間です。ぼくは学校を抜け出した引け目があるから、こっそり勝手口から家にはいりました。そしたら居間の方でうんうん唸《うな》り声がするんです。ふすまの間からのぞくと、二人がソファの上で、裸のまま抱き合ってたってわけです」

「セックスを見たのは、それが初めてだったの。ご両親の行為を見たことはないの」

「ありません」

藍子はさとすように言った。

「いやでしょうけど、そのときの光景を思い出すのよ。さあ、目を閉じて。何が見えるかしら」

間髪をいれず答える。

「おふくろの太股《ふともも》です。白い太股です」

「でも小学校二年生なら、お母さまと一緒にお風呂《ふろ》にはいることもあったでしょう。そのとき見なかったの、太股や胸を」

「それはそうだけど、全然違うものに見えたんです。まったく強烈だった。相手の腰をはさみつけるように、ばたばた動いてるのが今でも目の奥にこびりついてるんです。見たくないような、ずっと見ていたいような、変な気持ちでした」

追分が唾《つば》を飲む音が聞こえた。

「のぞいたあと、どうしたの」

「またこっそり勝手口から外へ出ました。足がぶるぶる震えて、自分でもよく歩けたと思いますよ」

「外へ出てからは」

「もう夢中で駆け出しました。どこか人のいないところへ行きたくて」

「どこへ行ったの」

「裏の方に乙女山という小さな山があって、そこへ行ったんです。登り口で転んじゃって、どろだらけになった」

「そういえば雨上がりだったと言いましたね、鑑定のときに」

「ええ、そうです。夕立が降ったあとで、道が濡《ぬ》れてたんです。だから――」

突然言葉がとぎれる。

藍子はしばらく待ったが、追分はそのままずっと口をつぐんでいた。

「どうしたんですか。だから、どうしたというの」

追分は身じろぎした。

「いや、なんでもないんです」

「隠しごとをしてはだめだと言ったでしょう」

少し強い口調で言うと、追分は落ち着きのない様子で顔をこすった。

「ただちょっと、つまらないことを思い出したものだから」

「どんなことを」

答える前に深呼吸をする。

「虹《にじ》が出てたんです」

「虹。どこにですか」

「勝手口を出たところ。正面の空に、くっきりと出てたんです。しかしおかしいな、今の今まで思い出しもしなかったのに。そうだ、あのとき虹が出てたんだ、真正面に」

「どうして今まで思い出せなかったのだと思いますか」

「分かりません。とにかくでかくてきれいな虹だった。赤、青、黄色、緑、橙《だいだい》……。全部の色がはっきり見えたんです。どうして忘れてたんだろう」

追分はしんから不思議そうに言った。

「おそらくそれは、あなたが思い出したくなかったからですよ」

「そうかなあ」

「あなたの中で、母親の情事をのぞき見るという性的なショックと、鮮烈な虹を見た体験が一つに結びついているのね。母親の情事をいまわしいものと思い、忘れようとする気持ちが、虹の記憶を意識の奥に閉じ込めた原因でしょう。つまり虹は、悪い母親の象徴に転化したわけね」

説明しながら藍子は、ふと追分の鑑定事件のことを思い出した。

一件書類によれば、あの日東京球場ではにわか雨のために、試合が一時中断したとあった。そうだ、確か事件が発生する直前、八回の裏のことだ。

「東京球場で島村橙子の首を絞めたとき、どこかに虹が出ていませんでしたか」

追分は口に親指を当て、爪《つめ》を嚙《か》んだ。急に呼吸が速くなった。

独り言のように言う。

「そういえば、何か見たような気がする。そうだ、確かに虹が出ていた」

やはりそうか。

「どのあたりに」

「サードの高井が打球を追うのを、目で追っているときだった。レフト・スタンドの向こうの空に、虹がかかっていたんです。そうだ、間違いない、確かに見た覚えがある」

追分は興奮して上体を起こそうとした。

藍子は素早く声をかけた。

「起きてはだめ。そのまま横になっているように」

また寝椅子《ねいす》にもたれる。

藍子はそっと息をついた。いつの間にか手が汗ばんでいる。

追分が事件のとき、心神喪失だったことは間違いないにせよ、それを誘発したのは島村橙子の太股よりも、むしろ虹であったと考えなければならない。虹を見たことが、追分の正常な精神機能を狂わせたのだ。

ということは、追分が抱いたコンプレックスは、母親と性関係を持ったことよりも、それ以前に母親のみだらな姿態をのぞき見たことに、いっそう強い動因を求めることができるだろう。

鑑定のときに、そこまで分析しきれなかったことは、明らかに藍子の手落ちだった。しかしあの時点で藍子に課せられた仕事は、治療ではなくあくまで鑑定だった。したがって、ある限度を超えてまで、深追いする必要はなかったともいえる。結論さえ間違っていなければ、それでいいではないか――。

しかし寝覚めが悪いことは事実だった。

藍子は自分に言いきかせるように言った。

「どうやらあなたの母親に対するコンプレックスは、虹に象徴化されているようね」

「ええ。なんだか気分が悪くなってきました。虹を見ると、いや、虹の話をするだけでも、落ち着かなくなるんです。そうか、そのせいだったのか」

「今まで虹を見て、意識障害を起こしたことがありますか。東京球場のとき以外に」

追分は長い間黙っていた。

ようやく口を開く。

「分かりません。虹のことは考えたくない。虹が嫌いなんです。一つひとつ色を消してやりたいくらいだ。だいだい……むらさき……あか……きいろ」

口調に抑揚がなくなり、声が低く沈んできた。ぞっとする響きがある。

藍子の頭に、なんの脈絡もなく島村橙子の名前が浮かんだ。橙子の橙は、訓ではだいだいと読む。

一つひとつ色を消してやりたい。

追分が橙子の首を絞めたのは、その名前と何か関係がないだろうか。

追分がむくりと体を起こした。

28

本間保春はそっと胃のあたりを押さえた。

南川藍子は冷たい目で本間を見た。

「どうかしましたか。手術の傷痕が破れたのですか」

本間は手を下ろし、真顔で答えた。

「胃潰瘍《いかいよう》の方はもう大丈夫ですけどね。ぼくがホモじゃないなんて、どうして断定できるんですか」

藍子は白衣の袖《そで》を指ではじいた。

「検査結果がそれを証明しています。あなたは、ホモであれば当然反応すべき何枚かの写真、例えばたくましい男性のヌード写真などに、まったく反応しなかったのです」

本間は髪を神経質になでつけた。

「ペニスに電極をつながれて、反応しろという方が無理ですよ。まったく、動物実験じゃあるまいし。あんな屈辱的な検査で、ほんとのことが分かるはずがない。本人がホモだと言ってるんだから、それでいいじゃないですか」

「どうしてそんなふうに、ホモであることにこだわるのですか。そう主張しなければならない理由というか、目的があるのですか」

本間はそわそわとセーターの袖をたくし上げた。

「何か目的があると思うんですか、先生は」

「わたしが聞いているのですよ。どういうつもりでここへ見えたのですか。ホモを装ってお金と時間を使うほど、今のお仕事に退屈してらっしゃるわけ」

本間は目を細め、頬《ほお》を掻《か》いた。

気の進まない口調で言う。

「やはりぼくの勘違いでしたかね。女に興味がなくなったものだから、ホモだと早合点《はやがてん》しちゃったのかもしれない」

「それほど単純な理由ではないでしょう」

本間はじっと藍子を見つめ、気味の悪い笑いを浮かべた。

「それじゃ、ぼくが先生に個人的に興味を抱いて、接近するためにここへ来たとでも言えばご満足ですか」

藍子は気分が悪くなった。検査のあと丸岡が、同じようなことを言ったのを思い出した。

それを払いのけるように言う。

「冗談はさておき、あなたの診察はこれで打ち切りにしたいと思います。お互いに時間の無駄《むだ》ですからね。ただし検査などの諸費用は、きちんと精算していただきますよ」

本間は、作業机の上に置いたルイ・ヴィトンのバッグを取って、膝《ひざ》に抱え込んだ。

上目遣いに言う。

「別に嘘《うそ》をつくつもりはなかった。ぼくはホモじゃないかもしれないけど、どこかおかしいところがあるのは確かなんです。それが何だか知りたくて、先生に診てもらおうと思ったわけです。信じてもらえませんか」

藍子は本間とそれ以上関わりたくなかった。

しかし精神科医として、好奇心をくすぐられることが一つだけあった。ためらったあげく、思い切って言う。

「実はあなたは例の検査で、ホモとは直接関係のない別のパターンの写真に、かなり敏感に反応しているのです。覚えていますか」

本間は目を伏せ、バッグのつるをぎゅっと握った。それから媚《こ》びるように藍子を見る。

「覚えてませんね。どんな写真に反応したんですか」

「男性が女性の服を着た写真です」

本間は眉《まゆ》を上げた。うれしそうに言う。

「ほんとですか。だったらぼくには女装願望があるわけだ。やはりホモなんでしょう」

「違うと思いますね。あなたが反応したのは、女装という行為よりもむしろ、服そのものに対してじゃないでしょうか」

「服ですか」

「ええ。あなたには、女性の服に対するコンプレックスがあるように見えます。検査結果によれば、特に女性が着る制服に対して」

本間の視線が揺れた。

「制服というと」

「看護婦の白衣とか、デパートのエレベーター・ガールの制服とかです」

口から乾いた笑いが漏れる。

「看護婦か。エレベーター・ガールね。それは気がつかなかった」

「検査結果には、女性用の制服を着た男性の写真に、はっきり反応したと出ています。あなた自身、そういう格好をしたことはありませんか」

「ありませんね」

「したいと思ったことは」

「ありません」

口調に抑揚がなくなる。

本間が正直に答えているのかどうか、藍子には判断がつかなかった。診察を打ち切ると言いながら、つい深入りしてしまったことに気づいたが、今さらやめるわけにはいかなかった。

「いずれにしても、その種の写真にあなたが反応したことは確かなのです。制服に関連して、何か思い出すこと、思い当たることはありませんか」

本間はしばらく黙っていたが、やがて背筋を伸ばして椅子の背にもたれた。

「制服か。そう言われれば、思い当たることがありますね。昔の話ですけど」

「どのような」

視線を天井に向ける。

「あれはまだ小学生のころだった。美人で独身の叔母がいましてね。母親の末の妹で、スチュワデスをしてたんです。気性の激しい女だったけど、ぼくはその叔母が大好きで、よく祖父の家へ遊びに行ったものでした。顔を見るだけでどきどきしてね」

言葉を切り、唾《つば》を飲んだ。目がしだいに輝きを帯びてくる。

「ある日遊びに行くと、その叔母が椅子の上に爪先立《つまさきだ》ちになって、押し入れの天袋から何か取り出そうとしてたんです。仕事に行くところだったのか、制服を着ていました。叔母が天袋に向かって背伸びをすると、スカートがずり上がって、素足の膝の裏と太股《ふともも》がもろに見えたんです。目がつぶれるかと思ったくらい、ショックだった。ひどく興奮しました。どうしてそんなことをしたのか、今はもう分からないけど、いきなり叔母の足にむしゃぶりついて、スカートの中に頭と手を突っ込んだんです」

本間は息をはずませた。唇の端にたまった唾液《だえき》を、指の背でぬぐう。

藍子は白衣の膝に拳《こぶし》を押しつけた。本間の目に、異様な光が宿っていた。

「叔母は悲鳴を上げて、椅子から転げ落ちました。ぼくも一緒に倒れたけど、それでもまだスカートの中に頭を突っ込んだままだった。ぼくは叔母の太股に顔をこすりつけました。柔らかい肉の感触と、甘ずっぱい不思議な匂《にお》いがした」

本間の鼻孔がかすかに動いた。頭の中にそのときの情景が再現されているようだ。

「叔母はぼくを蹴《け》り離して、めちゃくちゃにぶちのめしました。いやらしい子だ、とかなんとかわめきながらね。おやじにも言いつけられて、耳から血が出るほど張り飛ばされました。叔母はそれきり口をきかなくなるし、あんなひどい目にあったのは生まれて初めてだったな」

藍子は腕を組んだ。ようやく納得がいく。

本間が体験した、初めての性的興奮の記憶は、叔母が着ていたスチュワデスの制服に強く結びついたに違いない。成長とともにその記憶は大脳皮質に浸透し、制服全般に対するコンプレックスに汎化《はんか》したとみていいだろう。

「あなたが制服の写真に反応したのは、まさに今のお話に原因があったように思われますね。強烈な性的興奮の体験が、制服を媒介にして記憶の底に刻印されたのです。あなたにとって制服は、性的興奮の象徴になったというわけです。ただ――」

ちょっと言いよどむ。

「ただ、なんですか」

「あなたはそのあと、叔母さまとお父さまから厳しい罰を受けています。ということは、制服はあなたに性的興奮を覚えさせると同時に、ある種の恐怖感や怒りを呼び起こさずにはいないということです」

本間はひきつった笑いを放った。

「おかしな感じですね、自分の気持ちを他人に解説してもらうというのは。でもおかげでだいぶ気持ちが楽になりました。お礼を言います」

そう言って唐突に椅子を立つ。

藍子は本間の額に汗が浮いているのに気づいた。

本間はバッグのファスナーに手をかけた。

「先生。正直に言いますが、ぼくは先生の白衣に引かれたんです。制服かどうか知りませんが、とにかくその白衣が気に入ったんです。これも病気でしょうかね」

藍子は背筋が寒くなった。先週自分から丸岡に、冗談でそう言った覚えがある。

「そうした病気を治す方法もありますよ」

本間は首を振った。

「あそこに電極をつながれるのは、もうごめんですよ。かりにぼくが制服を好きだとしても、それを治す気はないな」

「あなたがそれでいいというなら、かまいませんよ。人さまに迷惑さえかけなければね」

本間は藍子を見下ろし、薄笑いを浮かべた。

「それより、さっきの叔母の話には続きがあるんです。聞きたいですか」

藍子は少しうんざりした。

「話すかどうかを決めるのは、医者ではなく患者自身ですよ。あなたが患者といえるかどうか分かりませんが」

本間はバッグのファスナーをあけた。

「じゃあ聞いてください。叔母にどやされてからしばらくして、ぼくはまた祖父の家に遊びに行ったんです。そのとき叔母は留守だった。それでこっそり叔母の部屋にはいってみました。すると鴨居《かもい》に例の制服がかけてあったんですよ。ぼくは猛烈に興奮しました」

ほとんど舌なめずりをしている。藍子はなぜかうなじの毛がちりちりするのを感じた。

本間はバッグの中に右手を入れた。

頰を紅潮させて言う。

「それからぼくが何をしたか分かりますか」

「いいえ」

本間はにっと笑い、バッグから何か取り出そうとした。

そのときドアにノックの音がした。

本間は体を硬直させ、振り向いた。

「どうぞ」

藍子が声をかけた。

ドアが開き、白衣を着た丸岡庸三がはいって来た。丸岡は本間の顔を見ると、ちらりと口元に皮肉な笑みを浮かべた。

藍子に向かって軽く頭を下げる。

「これは失礼。お仕事中でしたか」

「いいんです。もう終わりましたから」

藍子はほっと救われた気持ちになり、急いで椅子を立った。

本間はバッグから手を出し、ファスナーをしめた。顔色が悪い。藍子を見る目に、暗い怒りの色があった。

本間が挨拶《あいさつ》して研究室を出て行くと、丸岡は無造作にソファの一つにすわった。だらしなく足を投げ出す。

「やっこさん、ホモじゃないことを認めたかね」

「ええ、しぶしぶとですが。制服コンプレックスがあることも認めました」

本間の叔母の一件をかいつまんで説明する。

話を聞き終わると、丸岡は頭の後ろで手を組んだ。

「すると、わたしが邪魔をしたために、最後の部分を聞き漏らしたというわけだね」

「たいしたことではありません。どちらにせよ彼は患者ではないのですから」

「やっこさんが、鴨居にかかった制服を見て何をしたか、わたしには想像がつくよ」

「わたしもです。インクをかけるとか、引き破るとか、制服に対してなんらかの破壊的行為を行なったことは確かです」

「同感だ」

ふと藍子は、さっき本間がバッグの中に手を入れたことを思い出した。

本間はあのとき、いったい何を取り出そうとしたのだろうか。

29

「制服コンプレックスだと。あの《再会》のギタリストがか」

海藤兼作はベッドの端に腰かけ、パジャマの足をぶらぶらさせながら言った。

「そうなの。子供のとき、制服を着たスチュワデスの叔母さんにむしゃぶりついて、こっぴどく叱《しか》りつけられたことがあるらしいの」

南川藍子は、そのときの話を繰り返して聞かせた。

海藤は髪を掻《か》きむしった。

「なるほど、それで本間は制服に執着するようになったわけだ。前にきみが言ったとおりのケースじゃないか。けっこう多いんだな、そういう病気が」

「殺人にまで発展するケースは、めったにないと思うけれど。例のスチュワデス殺人事件は、その後どうしたの」

海藤は顎《あご》を掻いた。

「有力と思われた容疑者にアリバイがあったりして、だいぶ捜査が難航してるらしいよ」

「担当刑事はあなたの同期だと言ったわね」

「そうだ。遊佐という男でね。一応やつに今の話を聞かせてやろう。犯人像を絞り込むのに、参考になるかもしれん」

右手を伸ばして、藍子の腰を引き寄せる。

「やめて。ここは病院よ」

「知ってるさ。しかしおれは病人じゃない。別のことにベッドを使ったらいかんという規則はないだろう」

白衣の上から、尻《しり》に指を食い込ませる。

藍子はその手を力任せにもぎ離し、後ろへ下がった。

それを見計らったようにドアがあき、看護婦が顔をのぞかせた。

「丸岡先生の準備ができました」

藍子は表情を引き締めた。

「すぐ行くわ」

「すぐ行くわ」

海藤は藍子の口真似《くちまね》をして、看護婦を笑わせた。

看護婦がいなくなると、海藤はベッドを下りてガウンを着た。藍子を壁に押しつけ、無造作にキスする。固くなった下腹部が、藍子の腰に当たった。妙な考えが頭に浮かぶ。右脳に損傷があると、ペニスの左半分も麻痺《まひ》するのだろうか。

海藤は唇を離し、体を離した。

「カリガリ博士は、おれにどんな検査をするつもりかな」

カリガリ博士とは、海藤が丸岡庸三につけたあだ名だった。

藍子は身繕いをした。

「さあ、わたしにも分からないわ」

CTスキャンの結果について、海藤には右脳に血腫《けつしゅ》があるらしいことしか伝えてない。脳《のう》梁《りょう》断裂の件は、検査が終わるまで黙っているように、丸岡に口止めされている。

二人はエレベーターで六階へ上がり、丸岡の研究室へ行った。

中へはいると、丸岡が検査室のドアから顔を出した。助手の姿は見えない。

「こちらへはいってください」

丸岡に促されて、二人は検査室にはいった。テーブルの上にいろいろな検査器具が並んでいる。丸岡は海藤を細長いテーブルに導いた。

五十センチ四方ぐらいの、小さなスクリーンが置いてある。スクリーンには、テーブルの表面から十五センチほどの位置に細長い板が取りつけられ、下から手が入れられるようになっていた。

海藤がスクリーンに向かってすわる。

丸岡は手元の箱の中から、万年筆や電卓、はさみ、ライターなどの小物をいくつか取り出し、スクリーンの裏側の海藤から見えない位置に並べた。それからテーブルの端にセットされた、タキストスコープ（瞬間露出器）のところへ行く。この装置は、瞬間的に文字や画像をスクリーンに映写する、特別のスライド・プロジェクターだった。

丸岡がていねいな口調で言う。

「南川先生、照明を落としてくれませんか」

藍子はメイン・ライトのダイヤルを回し、スライドが見やすいように部屋を暗くした。

海藤が質問する。

「先生。これはいったいなんの検査なんですか」

丸岡はクリップつきの豆ランプを点灯し、ノートにセットした。

「大脳が右と左の、二つの半球に分かれていることはご存じですか」

「話に聞いたことはあります」

「左脳と右脳は形こそ似ているけれども、実はまったく別の機能を備えていましてね。左は主に言語機能をつかさどり、右は主として非言語機能、視空間機能を担当しています。左は分析的、デジタル的、右は総合的、アナログ的といってもよい」

「わたしはものを考えるとき、どっちの脳で考えるか迷ったことはありませんがね」

「だれでもそうですよ。今日の検査は、左右の脳が本来の役割どおりに、きちんと機能しているかどうかを調べる検査です。何も心配することはありません」

「左脳は楽天的なんですが、右脳の方がどうも心配症でね」

丸岡はさもおかしそうに笑った。

咳払《せきばら》いして言う。

「方法を説明します。スクリーンの中央に黒い点が見えるでしょう」

「ええ」

「そこをじっと見つめてください。視線を動かさないようにね。スクリーンの右側か左側に、瞬間的に文字や絵が映ります。映ったら、何が見えたか答えてください。いいですね」

「分かりました」

タキストスコープを用いれば、映像の露出時間を正確にコントロールすることができる。

藍子自身は経験がないが、丸岡が試みようとしているのは半視野瞬間提示法と呼ばれる検査だった。左右の視野の一方に瞬間的に画像を提示し、それぞれの視覚機能をチェックするのである。

大脳の左右両半球は、対側性と呼ばれる原理によって、互いに体の反対側の筋肉をコントロールしている。つまり左脳は右手、右足など体の右半身を統御し、右脳はその逆を統御する。

ただし視覚の場合は別で、脳は目そのものではなく、左右の《視野》を統御している。両方の目で一点を凝視するとき、左脳には凝視点の右側（右視野）の情報が投射され、右脳には左側（左視野）の情報が投射される。

この検査では、刺激の入力を一方の視野に限定するため、提示時間を一〇〇ないし一五〇ミリ秒にセットする。もし二〇〇ミリ秒以上提示すると、目が凝視点から動く余裕を与え、視覚情報がもう一方の視野にはいってしまう。

通常はどちらの側の視野にはいった情報も、大脳交連、すなわち脳梁や前交連を介して反対側の半球に伝達される。しかしもし脳梁に異常が発生すると、この情報伝達が正しく行なわれず、各半球が視覚情報に関して孤立する可能性を生じる。

丸岡が検査しようとしているのは、まさにその点に違いなかった。

丸岡は口を開いた。

「じゃあ始めますよ。中央の黒い点をじっと見てください」

藍子は海藤の背後に立った。

スクリーンの右側が一瞬明るくなる。刃を開いたはさみの絵が、かろうじて見えた。よほど注意していなければ見えない速さだ。

丸岡が聞く。

「なんの絵でしたか」

海藤がすぐに答える。

「はさみですね」

間をおいて、また右側が光る。

「今度は」

「鉛筆」

海藤は順調に答え続けた。

しかし途中で、映像がスクリーンの左側に切り替わったとたんに、状況は一変した。そこに映し出されたマッチ箱の絵に対して、海藤は沈黙したままだった。

「どうですか、何が見えましたか」

丸岡に促されて、しぶしぶ答える。

「何か光ったけど、よく見えませんでした」

丸岡はノートにメモを取り、またタキストスコープのボタンを押した。

今度は腕時計の絵。

「早すぎて分かりませんね」

パイプの絵。

「マッチかな」

自転車の絵。

「ええと、眼鏡ですね」

海藤の返事はしだいにぶっきらぼうになった。多少イメージの似た答えもあったが、正答率はゼロだった。

しかし同じ絵が右側に映写されると、また正しく答えることができた。

さらに映像が左側に切り替わる。ライターの絵。

海藤の答えはパイプだった。

丸岡はノートから顔を起こした。

「スクリーンの下に左手を入れて、テーブルの上に載った品物の中から、今見たものを選んでください。いいですか、左手ですよ」

海藤は言われたとおりにした。

藍子は息を飲んだ。海藤の左手が選び出したのは、まさしくライターだったのだ。

丸岡が言う。

「そう、今あなたが見たのはライターでした。ちゃんと見えていたのに、どうしてパイプだなどと答えたんですか」

海藤は当惑したように頭を掻いた。

「いや、つまりその、ライターで火をつけるのはパイプだと思ったからですよ」

まるで連想ゲームのような返事に、藍子は戸惑った。

しかし海藤はふざけているわけではない。一所懸命に答えようとしていることは、背中の緊張ぶりでよく分かるのだ。いったい何が海藤に、こんなとんちんかんな答えを強《し》いるのだろうか。

「ライターをもどしてください。次にいきますよ」

丸岡がボタンを操作すると、今度は左側に電卓の絵が露出された。

海藤はしばらく考えてから言った。

「電話機かな」

「ではもう一度左手で、今見たものを選ぶように」

またスクリーンの下に左手を差し入れる。海藤は今度も正しく電卓をつかみ出した。

「また当たりましたね。どうして電話機だと思ったんですか」

「電話機。おかしいな。電卓と言わなかったですか」

藍子は首筋に冷や汗がにじむのを感じた。

海藤の口調はまじめで、とぼけている様子はみじんもない。それだけに反応の異常さが目立った。

丸岡はタキストスコープのスライドを入れ換えた。

「今度は人物の顔写真をお見せします。有名人ばかりだから、すぐ分かると思います。分かったら名前を言ってください。ではまた中央の点を見つめて」

スクリーンの中央に、奇怪な顔が瞬間提示された。あまりに異様な写真だったので、藍子にはだれの顔か認知できなかった。

しかし海藤はすぐに答えた。

「高倉健」

次のカットも藍子には分からなかった。

海藤が答える。

「王貞治」

やっと仕掛けが分かった。

その写真は、複数の人物の顔を正中線で二分割し、輪郭を揃《そろ》えて別々に継ぎ合わせた合成写真だった。確かこれは、ギリシャ神話に出てくる怪物――頭がライオン、胴体が山羊で尾が蛇――にちなんで、キマイラ写真と呼ばれている。

「美空ひばり」

海藤が三人の名前を答えたところで、丸岡は藍子に部屋を明るくするように言った。

テーブルの下からパネルを出し、海藤のそばへ行ってそれを示す。パネルには普通の顔写真が六枚貼《は》ってある。

「見た順序どおりに、左手で指してくれませんか」

海藤は左手を上げた。

ちょっとためらったあと、三船敏郎、長嶋茂雄、吉永小百合の順に示す。口で答えた三人の写真は無視された。

最初のキマイラ映像は右半分が高倉健、左半分が三船敏郎だった。以下同様に王貞治と長嶋茂雄、美空ひばりと吉永小百合。

海藤は口頭では右側の顔を認知し、左の指では左側の顔を認知したのだ。自分でも納得がいかないらしく、呆然《ぼうぜん》と写真を見つめている。

丸岡はパネルを下ろし、白衣のポケットから目隠し用のアイマスクを取り出した。それで海藤の目をおおう。

「両手を広げて」

海藤が言われたとおりにすると、丸岡は右手に万年筆、左手にはさみを載せた。

「右手に持っているのはなんですか」

「万年筆」

「では左手にあるのは」

海藤は重さを計るように、はさみを上下に動かした。穴に指を入れ、切る動作をする。

やがて唇をなめ、溜《た》め息《いき》をついて言った。

「分かりません」

藍子は愕然《がくぜん》とした。

丸岡は右手から万年筆を取り、左手のはさみをそこへ移した。

海藤は微笑した。

「なんだ、はさみか」

藍子はめまいを感じた。

海藤の左手は明らかにはさみを認知しており、使い方も承知しているように見える。しかしそれがはさみであることを、口で表現することができないのだ。

丸岡はテーブルからスクリーンをどけ、そこに五センチ四方のブロックを並べた。それぞれ赤、青など色が塗ってある。

海藤にそのブロックを組み合わせた写真を見せる。

「この見本どおりに、ブロックを積み上げてみてくれませんか。まず左手でどうぞ」

海藤は写真を見ながら、左手を使ってうまくブロックを組み立てた。

「今度は右手でやってみてください」

右手の動きはぎこちなかった。何度も写真を見ながら試みるが、すぐにブロックが崩れてしまう。しばしば左手がもどかしげに動き、右手の応援に行こうとする。そのたびに丸岡は左手を押しもどした。

結局海藤の右手は、ブロックの積み上げを完成することができなかった。海藤はいらだち、左手でブロックを崩してしまった。

それを見て藍子は、内心ぞっとした。

いつかベッドの中で、海藤の左手が自分の首を絞め、右手がそれを阻止しようと争ったことを思い出したのだ。

30

丸岡庸三は窓際《まどぎわ》を離れ、ソファにもどった。

厳粛な口調で言う。

「海藤兼作の脳梁《のうりょう》は明らかに損傷を受けている。それもかなりひどい」

南川藍子は膝《ひざ》をつかんだ。体が冷たくなる。

「そんなにひどいのですか」

「きみが見たとおりさ。タキストスコープの検査で、彼は左視野に瞬間提示された物品を一つとして正しく報告できなかった」

「それは右脳の血腫《けつしゅ》のためとは考えられませんか」

丸岡はゆっくりと首を振った。

「彼の右脳は、左視野に見たものをちゃんと認識していた。その証拠に、右脳の統御する左手を使わせると、正しい物品を選ぶことができた。それを言葉で報告できなかったのは、脳梁が断裂しているために、右脳にはいった視覚情報が、言語機能を持つ左脳に伝達されなかったからさ。つまり左脳は、右脳が何を見たのか分からなかったんだ」

「彼は口頭ではライターの絵をパイプと間違え、左手ではちゃんとライターを選びましたね。そのとき間違えた理由を聞かれて、ライターで火をつけるのはパイプだからと、おかしな理屈をつけたのはどういうことですか」

「左脳というのは負けず嫌いでね。言葉で説明を求められると、無理にでも推測を働かしてこじつけようとするのさ。いずれにせよこうした物品呼称障害は、離断症候群の典型的な症状の一つなんだ」

「離断症候群」

「そう。合成写真を使ったキマイラ刺激の結果も同様だ。左右の脳は、それぞれ反対側の視野半分を見るだけで、互いに相手が何を見たのか知らない。だから口頭で答えさせると右視野の顔写真に反応し、左手で示すように言うと左視野に見えた顔を指す。両半球とも、半分の顔しか見てないのに全体を認知するのは、残りの半分を補完して判断するからだ」

藍子は体の力が抜けるのを感じた。

「左手にはさみを置かれて、何を持っているか答えられなかったのも、離断症候群の一つですか」

「そのとおり。脳梁の断裂は、左手の触覚呼称障害を引き起こす。あの場合も左手、つまり右脳はそれがはさみであることを知っていた。それは彼の左手が、はさみを構えて切るしぐさをしたことからも分かる。しかしその情報は左脳に伝わらないので、言葉では答えることができなかった。もし彼の右脳に言語機能があれば、答えられただろうが」

「そういう例もあると聞きましたが」

「あることはあるが、きわめて少ない。右利《き》きの人間の九五パーセントは、言語機能が左脳に偏在しているといわれる。左利きの場合でも、いくらか率は下がるが、やはり言語機能は左脳にある者が多い。海藤は強い右利きだと思う。とにかく言葉というのは強いものだ。左脳が優位半球と呼ばれる所以《ゆえん》だよ」

「右脳にも優れた点はあるのでしょう。例えばブロック積みのテストでは、右手よりも左手の方がはるかに成績がよかったわ」

「そのとおりだ。あれを見て分かるように、形を構成する作業をやらせると、視空間機能をつかさどる右脳の方が断然優勢だ。彼が右手でうまくできなかったということは、やはり脳梁断裂のせいで、右脳の持つ機能を利用できなかったためと考えなければならない。こうしてみると、左手というのは右脳が外部の世界と通信するための、唯一のメディアといってもいいだろうね」

藍子は腕を組んだ。丸岡の最後の言葉を反芻《はんすう》する。左手は右脳と外界をつなぐ唯一のメディア。

ふと疑問が浮かんだ。

「一つだけ分からないことがあります。彼の右脳に言語機能がないとすれば、左手で物品を選ぶように言われたり、写真を指し示すように言われたとき、どうしてそれに応じることができたのですか。左手が言葉に反応するということは、右脳にも言語機能があるということではないのですか」

丸岡は眉《まゆ》を動かし、じっと藍子を見た。

「それは鋭い質問だね。その点を明確にした学者は、実はまだいないんだ。左脳から右脳へなんらかの信号が出ているのかもしれないし、右脳自身にわずかながら言葉を理解する能力があるのかもしれない」

「ずいぶんあいまいですね」

「この分野には、まだ分からないことが多いと言ったはずだよ。脳梁が切断された場合、視覚情報はもう一つの線維束である前交連を通じて、反対側の脳に転移すると主張する研究もある。しかし海藤の場合、おそらく前交連は無事なはずなのに、視覚情報は転移しなかった。気を悪くされると困るが、彼は離断症候群を研究する上で、貴重な標本の一つになるだろう」

藍子は奥歯を嚙《か》み締めた。

「脳梁断裂を手術で修復することはできないのですか」

丸岡は首を振った。

「どれだけマイクロサージャリー（顕微鏡外科）の技術が発達しても、それはまず不可能だろう。なにせ脳梁には、二億本にものぼる神経線維束が通ってるんだからね」

藍子は改めてショックを受け、白衣の裾《すそ》を握り締めた。海藤の頭は、もう二度ともとへもどらないのか。

「では彼はどうなるのでしょうか」

「右脳の血腫さえ除去すれば、無視症候群は消えるはずだ。脳梁の断裂も無理をしないかぎり、日常生活にさほど不便はないだろう」

「左右の視野が孤立している点が心配です。何か危険はないのですか」

「それは大丈夫だ。一点を凝視し続ければ別だが、人間は通常頻繁《ひんぱん》に眼球運動を行なうから、左視野を左脳で見ることもできるし右視野を右脳で見ることもできる。心配はいらない」

「それでは、まったく問題ないということですか」

丸岡は下唇を突き出した。

「まったくないとはいえない」

体が引き締まる。

「どんな問題があるのですか」

「彼は二つに分割された脳を持っている。つまり彼の中には今、二人の男が存在するわけだ」

藍子は驚いて顎《あご》を引いた。

「二人の男」

「そうだ。左脳の海藤と右脳の海藤は、互いに情報を交換できないために、まったく別の意識と人格を持つ人間として生きることになる」

「それは――それはどういうことですか」

「片方が聖人君子なら、もう片方は無頼漢かもしれないということさ」

海藤兼作はベッドの上で頭を抱えた。

「ああ、知ってるよ。検査結果は聞かされた。くそ、あのカリガリ博士のやつ、おれをジキル博士とハイド氏みたいに扱いやがって。おれのどこが二重人格だというんだ」

「落ち着いて。血腫を取れば、症状が改善されると思うわ」

藍子は気休めを言い、海藤のがっしりした肩に手を置いた。

打ちのめされた海藤を見ているうちに、今まで抱いたことのない不思議な感情が、自分の中に染《し》みわたるのを感じる。

「元気を出して。丸岡先生も、日常生活に不便はないと言っていたわ」

「しかしもう警察官の仕事はできない」

「あなたらしくもない。仕事なんかいくらでもあるじゃないの。わたしが相談に乗ってあげるから」

「おれはきみのヒモになんかなりたくない」

藍子は笑い飛ばした。

「上等じゃないの。わたしのヒモになりたい男はたくさんいるんだから、気に病むことはないわ」

海藤は顔を起こし、藍子を睨《にら》みつけた。

「こんなときに、よくそんなことが言えるな。冗談にもほどがあるぞ」

藍子は急に胸をつかれた。体をかがめて海藤の唇にキスする。

海藤はそれを邪慳《じゃけん》に押しのけた。

「同情はいらん。おれは愛がほしいんだ」

自分で言いながら笑い出す。

藍子も笑った。

「そういうきざなことを言うのは、左脳のあなたなの。それとも右脳のあなたかしら」

「右脳はしゃべれないそうだから、たぶん左脳だろう」

藍子は口をつぐんだ。

この男の中に、二つの人格が存在しているというのか。いや、信じたくない。

信じたくないが、いやでもあのときの、左手と右手のせめぎ合いが目の裏に浮かんでくる。

あれは二人の海藤が闘っていたと考えるべきだろうか。

海藤がふと藍子の目をのぞき込んだ。

「教えてほしいことがある」

「何よ」

「もし右脳のおれが人を殺したら、左脳のおれも一緒に死刑になるのか」

31

「どうだ、気分は」

遊佐耕一郎は声をかけ、コートを着たままベッドのそばの椅子《いす》に腰を下ろした。

海藤兼作はシーツから手を出し、頭に巻かれた包帯に手をやった。剃《そ》り残された髪の毛がぴんと立っている。

「最高だよ。頭を縫いあとだらけにされて、まるでフランケンシュタインになったような気分だ」

「そんなに具合がいいのか」

海藤は渋い顔をした。

「頭に穴をあけられた人間の心境は、実際に穴をあけられたやつじゃないと分からんよ」

遊佐はうれしそうに笑った。

「そうだろうとも。おれが痔《じ》の手術をしたときの気分が、これで分かっただろう」

「頭とけつを一緒にするなよ。それこそ味噌《みそ》くそじゃないか」

遊佐はもう一度笑った。

「味噌くそはよかったな。それよりどうなんだ、手術したあと少しは血の巡りがよくなったか」

　海藤は苦笑した。

「実は春先に頭をかち割られてから、手術したあとも左半身がずっとおかしかったんだ。左手がしびれたり、左側が見にくかったり、まるで他人の体みたいな感覚だった。今度血腫《けっしゅ》を取ったら、そういうのがきれいさっぱり治った。おかげでピクニックに行きたいくらい、うきうきしてるよ」

　脳が二つに分割されていることは、遊佐にはさすがに言えなかった。そもそも自覚症状がないだけに、自分でもまだ納得していない。

　遊佐は真顔になった。

「とにかくよかった。へたをすると半身不随になるところだったんだからな」

「縁起でもないことを言うなよ。それよりおまえがここへ来たのは、おれの頭が正常に働いてるかどうか確かめるためじゃあるまい。例のスチュワデス殺しのことだろう」

　遊佐はすわり直した。

「実はそうなんだ。おまえがこないだ電話で教えてくれた、本間なんとかいう男のことをもう少し詳しく知りたいと思ってな」

「そいつはあいにくだったな。おれもあれ以上のことは知らないんだ。精神科の女医からざっと話を聞いただけだから」

「その女医に会わせてもらえんかね」

海藤は肩をすくめた。

「会っても無駄《むだ》だな。医者には守秘義務というやつがある。患者の秘密をおいそれとは漏らさんよ」

「しかしおまえには話したんだろう」

「個人レベルの雑談だからさ。警察の事情聴取となれば、話は違ってくる」

遊佐は口をつぐみ、疑わしそうな目で海藤を見た。

海藤は続けた。

「それより捜査の進展状況はどうなんだ。歌手の北浦伍郎の線が消えた話は聞いたが」

遊佐は右の足首を左膝《ひざ》に載せた。

溜《た》め息《いき》をついて言う。

「北浦は嫌疑《けんぎ》濃厚だったんだが、あれだけアリバイがはっきりしてちゃどうしようもない。しかしおかげで、ホシが北浦の名をかたってることが分かった」

海藤は眉《まゆ》を上げた。

「名をかたると言ったって、そう簡単にひとを騙《だま》せるものかね。昔はそこそこに売れた歌手なんだろう。おれはよく覚えてないが」

「問題はそこなんだ。ホシを見たレストランのボーイは、北浦の写真を見てこの男に間違いないと断言した。それくらいホシは顔や体つきが北浦に似てるんだ。北浦の話によると、何年か前にも自分になりすまして、取り込み詐欺《さぎ》をやったやつがいるという。未解決に終わったんだが」

「同一犯人かもしれんというわけか」

「そういうことだ。念のためおれは、そのときの被害者に会って話を聞いてみた。すると犯人は顔どころか、声までそっくりだったと言うんだ」

「テレビか週刊誌で、そっくりさんを募集してみたらどうだ。のこのこ顔を出すかもしれんぞ」

海藤が冗談を言うと、遊佐は真剣な顔でうなずいた。

「実はおれの相棒が、同じことを言った。それで思い当たったんだ。十四年ほど前、ちょうど北浦が売れていたころのことだが、テレビ関東で《そっくり大賞》という番組をやっていた。タレントや歌手のそっくりさんを選ぶコンテスト番組さ。そのときもしかすると、北浦伍郎のそっくりさんも何人か出たんじゃないかと、ふとそう思ったわけだ」

遊佐はテレビ関東まで出向き、当時の番組担当ディレクターを訪ねた。

その男は今取締役になっていたが、遊佐の用向きを聞くと自分で資料室の倉庫をあけ、古い段ボール箱を片端から調べてくれた。

その結果《そっくり大賞》関係の資料の中から、予選通過者のリストが出てきた。写真はすでに処分されたのか、見つからなかった。

遊佐はコートのポケットから、折り畳んだ紙を取り出した。

「週一回で一年続いた番組でね。思ったとおり、北浦のそっくりさん候補も何人かいた。ここに書き写してある。全部で十三人だ。今相棒と二人で、この十三人の追跡調査をやってるところだ。あまりあてにはしてないけどな」

「成果はあったのか」

「それはこれから分かる」

「はっきり言えよ」

遊佐は少し間をおいて答えた。

「おまえが教えてくれた、本間なんとかいう男じゃないかと思われる名前が、このリストの中にあったのさ」

海藤は枕《まくら》から頭を起こした。

「ほんとか」

「そう祈ってるよ。本間の下の名前を知ってるか」

顎をつまんで考える。

「字は知らないが、確かヤスハルといったな。本間ヤスハルだ」

遊佐は目を光らせ、リストを指で追った。

押さえつけた声で言う。

「副島《そえじま》保春。保つに季節の春と書く」

「副島。本間じゃないのか」

「おまえが電話をくれたあと、副島の母親の旧姓が本間だということが分かったんだ。本間保春。ここまでくれば、何か臭《にお》うだろう」

　遊佐は海藤にリストを見せた。

　なるほど、副島保春の名前がある。年齢二十七歳。十四年前とすると、現在四十一歳という勘定になる。クラブ《再会》の本間も、そんな見当だった。

　住所は世田谷区深沢となっている。

「世田谷区か。いいとこに住んでるな」

「それはやつの実家の住所だ。電話したら母親が出て来て、息子は十数年前父親に義絶されて、今どこにいるか分からないと言うんだ。ぐうたら息子だったんだろう」

「どういう家なんだ」

　遊佐は別の紙を取り出した。

「父親は副島新太郎。警察官僚上がりの代議士だ」

　海藤は目をむいた。

「民政党の副島新太郎か」

「そうだ。それに母親は、財閥の本間一族の出ときている」

　あきれて首を振る。

「そんなごたいそうな家に育った男が、テレビのそっくりショーなんかに出るかね」

「歌が好きで、芸能界にあこがれていたらしい。義絶されたのもそのあたりに原因があるんじゃないか」

「それでしがないギター弾きなんかやってるわけか」

遊佐は口をあけた。

「ギター弾きだと。それはどういう意味だ」

「本間は池袋のクラブで、ギターを弾いてるんだ」

「おまえ、本間を知ってるのか。女医から話を聞いただけだと言わなかったか」

「知ってるというほどじゃない。一度会っただけだからな」

海藤は南川藍子と一緒に、クラブ《再会》へ行った話をした。

「ただちょっと気になるのは、やつがここへ入院したとき、個室にはいったらしいことだ。ギター一本の稼《かせ》ぎで、そこまでぜいたくができるかどうか。義絶されたといっても、だれかが陰で援助してるのかもしれん。もう一度母親に当たる必要があるぞ」

「なるほど」

遊佐は少し考えていたが、やがて思い出したように内ポケットに手を入れた。

手帳の間から写真を出し、海藤に示す。

「これがだれだか分かるか」

海藤はそれをためつすがめつした。じっと見つめると、どうも目がくらくらする。やはり脳が分離しているせいだろうか。

「北浦伍郎か」

「そうだ。本間と比べてどうだ」

遊佐が食い入るように海藤を見る。

海藤は写真を返した。

「確かによく似てるよ」

遊佐は大きく息をついた。興奮を抑えて言う。

「どうやら間違いなさそうだな。北浦伍郎によく似ていて、しかも制服コンプレックスを持ってるとなると、本間を引っ張る根拠は十分にある」

海藤は天井を睨《にら》んだ。

「制服コンプレックスか。今思えば、やつはあのとき、彼女に一目惚《ひとめぼ》れしたのかもしれんな」

「彼女とは」

「女医さ。やつは胃潰瘍《いかいよう》の手術をするのに、わざわざこの病院へ入院したあげく、彼女にホモの治療をしてくれと申し出たんだ。なんとかして接近したかったに違いない」

「どんなべっぴんか知らんが、やつは女医の白衣が気に入ったんだろう。入院中に殺されなくて幸いだったよ」

それを聞くと、海藤は何かいやな予感がして、口をつぐんだ。

遊佐は海藤の顔色をうかがった。

「どっちにしてもおれは、やつの現住所が知りたい。入院手続きの書類に書き込んであるはずだ」

海藤はむずかしい顔をした。

「こういう場所でその種の書類を見るには、ちゃんとした令状がいる。おれがクラブの場所を教えてやるよ。やつをつかまえるにはその方が早い。つかまらなくても、マネージャーが住所を知ってるだろう」

地図を書いて遊佐に渡す。

遊佐は立ち上がった。

「もし本間がホンボシなら、その女医に協力してもらうことになる。おまえからも頼んでおいてくれ。守秘義務がどうのこうのと言わないように」

「手強《てごわ》い女だから、約束はできんな」

「一度会わせてくれよ。おまえがどんな女に惚れたのか、この目で見てみたいからな」

海藤はたじろいだ。

「だれが惚れてると言った」

「フランケンシュタインさ」

遊佐はウィンクして病室を出て行った。

32

産婦人科の鳴海医師は、黒縁の眼鏡を押し上げて言った。

「郡司《ぐんじ》幹子《みきこ》ですか。ええ、ぼくが診てますが、それがどうかしましたか」

「先生は彼女の胎児が、XYY染色体を保有しているので中絶した方がいい、と言われたそうですがほんとうですか」

南川藍子が切り口上で言うと、鳴海は急に落ち着きを失い、カルテをのぞき込むふりをした。

ことさら平静を装って言う。

「郡司さんとどういうご関係ですか、南川先生は」

「高校時代の友人です。たまたまここで出産する予定になっていたところ、鳴海先生に中絶するように言われたといって、わたしのところへ相談に来たのです」

「あなたは産婦人科じゃないでしょう」

「違いますが、友人として相談にのったのです。彼女は高齢出産に差しかかっています。ここで中絶してしまうと、あとがむずかしいように思われますが、どうなんですか」

「どうと言われても、羊水穿刺《せんし》で胎児がXYY染色体を保有していると分かった以上、中絶するしかないでしょう」

「なぜですか」

　わざと意地悪く聞いてみる。

　鳴海は頬《ほお》を紅潮させた。

「知ってるくせに聞くんですか」

「XYY染色体を持った男性が、暴力的、攻撃的な性格になりやすいという迷信のことですか」

「迷信じゃない、事実ですよ。Yがよけいに一つぶらさがった染色体異常の男性に、犯罪の発生率が高いことは統計的に立証されています」

「わたしが読んだ本には、その種の統計はあてにならないと書いてありました。それどころか、XYY染色体の保有者が犯す犯罪は、正常なXY染色体の男性の犯罪の数に比べて、むしろ少ないくらいだとする調査結果もあるそうです」

「だからどうだというんですか」

「XYY染色体を保有しているからといって、中絶する理由にはならないと言っているのです。お分かりでしょう」

　鳴海は回転椅子《いす》の上で体を左右に揺らした。

「ダウン症候群も同様ですが、染色体異常の胎児を生むのは、いろいろな意味で避けるべきだと思いませんか」

藍子は鳴海を睨《にら》みつけた。

「産婦人科の先生のお言葉とも思えませんね。ダウン症の胎児を中絶することにも、わたしは反対です。ダウン症だからといって、不幸な人生を送ると決めつける権利が、だれにあるのですか」

「しかし胎児がダウン症と分かった場合、多くの親が中絶を要求しますよ。それに黙って応じるのが、医師としての現実的な対応というものです」

「生むように説得するのが、医師の務めではないのですか」

鳴海は冷笑した。

「あなたは経験がないから簡単に言うんだ。育てる身にもなってみなさい」

弱点をつかれた形で、藍子は唇を噛《か》み締めた。もし自分が結婚していて、そういう状況に直面したら、絶対に生んでみせる。しかし今それを言っても、空《むな》しく聞こえるだけだろう。

「いずれにしても、XYY染色体の存在が中絶の理由にならないことだけは、はっきり申し上げておきます。郡司さんにも、黙って中絶に応じる必要はないとアドバイスします。先生も本人の意志を尊重してください」

「生まれた男の子が将来犯罪を犯したとしたら、先生は責任を取りますかね」

藍子はむっとした。

「そういう言い方は卑怯《ひきよう》だと思います。かりに——」

そのとき急に背後のドアがあいたので、言葉を切った。

振り向くと、丸岡庸三が顔をのぞかせていた。

藍子を見て、びっくりしたように言う。

「何を議論してるんだ、こんなところで」

ここに丸岡が現れるとは思っていなかったので、驚いて言葉が出なかった。

丸岡はからかうように続けた。

「気分が悪そうだね。まさか妊娠の相談に来たんじゃないだろうな」

藍子は赤くなった。

挑戦するように言う。

「ちょうどいいわ。お尋ねしたいことがあります。ダウン症やXYY染色体の胎児を中絶するという考え方に、先生は賛成ですか、それとも反対ですか」

丸岡はちらりと鳴海を見やり、中へはいってドアをしめた。

「ずいぶん愛想のない聞き方だね。それにきわめて答えにくい質問だ。それは結局、両親の判断を優先するしかないんじゃないかね。わたし自身は反対でも賛成でもない。どちらかの立場を取るほど、はっきりしたモラルが形成されていないからね」

ずるい答えだと思う。

「わたしの友人の胎児が、XYY染色体保有者ということで、中絶されようとしているのです。わたしはXYY染色体の保有者に、潜在的犯罪者の烙印《らくいん》を押すのは間違いだと思います。ましてや生まれもしないうちに、闇《やみ》へ葬《ほうむ》るのはモラルに反しています」

丸岡はもっともらしくうなずいた。

「同感だね。鳴海君もたぶん考慮してくれるだろう」

鳴海は奇妙な顔をして丸岡を見上げた。

丸岡はそれを無視して、ドアをあけた。

「部屋へもどるなら、そのあたりまでご一緒しよう」

藍子は軽く鳴海に頭を下げ、ドアへ向かった。丸岡もあとについて出て来た。

エレベーターに向かいながら言う。

「鳴海先生にご用がおありだったのでしょう」

丸岡は肩を並べた。

「きみはいつになったら、その馬鹿ていねいな言葉遣いをやめるんだね」

「やめるつもりはありません」

「たとえベッドの中でもかね」

藍子はその質問を無視した。

エレベーターを下り、建物を出て東三病棟へ向かう。構内の木はほとんど裸になっていた。

丸岡が言う。

「鳴海君にはあまり無理をしないように言ってあるんだがね」

「何をですか」

「中絶のことさ。彼は中絶すると金になるものだから、つい張り切ってしまうんだ」

藍子は驚いて丸岡を見た。

「どういう意味ですか、それは」

「わたしは彼に金を払って、中絶した胎児をもらい受けているんだ」

愕然《がくぜん》として足を止める。

「ご冗談でしょう」

丸岡も立ち止まった。周囲にはだれもいない。

「冗談じゃないさ。わたしは今パーキンソン病の治療法を研究している。特効薬といわれるLドーパも、使い続けると効果が薄れてしまう。もっと抜本的な治療法が求められているんだ」

「それと胎児とどんな関係があるのですか」

丸岡は遠くを見た。

「パーキンソン病の原因は、中脳の黒質に異常が生じて、神経伝達物質のドーパミンが減少することからきている。最近になって中国で、中絶胎児の黒質組織を患者に移植する方法が開発された。日本でも動物実験ではすでに成果を上げているが、人体での応用はまだ行なわれていない」

「それを先生がなさろうというのですか」

「そうだ。これまでにも、脳に副腎《ふくじん》細胞を移植する方法など、いろいろな治療法を試してきた。その中で黒質移植がもっとも期待できることが分かった」

「それで鳴海先生から、胎児を買っておられるわけですか」

「そういうわけだ」

藍子は吐き気を覚えた。

「でもそれは倫理的に許されないことです。いくら中絶した胎児の脳でも、人体実験に変わりはありません」

丸岡は藍子に目をもどした。

「抵抗や反対があることは、百も承知している。しかし医学に冒険と非難はつきものだ。始末される胎児を利用して、難病を救うことができるなら、わたしはどんな非難も甘んじて受けるつもりだ」

立ちくらみがした。額に手を当て、じっと息を整える。

藍子はようやく顔を上げた。

「どうして急にそんなお話をされたのですか。よりによってこのわたしに」

「分からない。理解者がほしかったのかもしれない」

「わたしは理解者ではありませんし、なるつもりもありません」

丸岡は複雑な笑いを浮かべた。

「いかにもきみらしいな。それでいいんだ。鳴海君にはもう頼まないことにする。彼はわたしの研究に協力するより、金のやり取りの方に興味を持ってしまったようだ」

いつだったか鳴海が、ダウン症云々《うんぬん》を口にしながら、丸岡の部屋へはいって来たことがある。そのときのことを思い出すと、胃の中が熱くなった。

「その研究を中止していただくわけにはいきませんか。お話を聞いた以上、このままにしておくことはできません」

「それなら院長に報告したまえ。わたしはまた病院を移ることになるだろう。別にかまわないさ、慣れているからね」

藍子は白衣のポケットに手を入れ、拳《こぶし》を握り締めた。自分はただ、幼稚な正義論をふりかざしているだけではないか、という迷いがちらりと頭をかすめる。

いや、丸岡がどう理屈をつけようとも、そのような非人道的な実験が許されるはずがない。病院をやめればすむという問題ではない。

「院長にもほかの人にも言うつもりはありません。お願いですから中止してください。残酷すぎます。きっとほかに治療法があるはずです。わたしにはそれだけしか申しあげられません」

丸岡は視線をそらし、ぶらぶらと歩き始めた。藍子もあとを追う。

「医学というのは、もともと残酷さの上に成り立っているとは思わないかね。胃癌《いがん》を取り除くためには腹を切り裂かなければならないし、脳腫瘍《のうしゅよう》を取り除くためには頭蓋骨《ずがいこつ》を叩《たた》き割らなければならない。残酷さも治療のためには必要なときがあるんだ」

「それとは次元が違うと思います。倫理的な問題です」

丸岡は眉《まゆ》をぴくりとさせ、藍子を見た。

「倫理的問題か。人間は状況によっていくらでも非倫理的になりうるし、残酷にもなりうる存在だ。たとえそれが山羊のようにおとなしい人間であってもね」

「わたしはそこまで悲観的な見方をしたくありません」

今度は丸岡が足を止めた。

じっと藍子を見て言う。

「スタンリー・ミルグラムの実験を知っているかね」

唐突な質問に、藍子は瞬《まばた》きした。

ミルグラムの実験。記憶のページを急いでめくる。そうだ、思い出した。あの非人間的な実験のことだ。

「詳しくは知りませんが、本で読んだことはあります。非常に批判の多い実験だと聞きましたが」

丸岡はかすかに顎《あご》を動かした。

「それは考え方によるね。その実験をきみに見せたい。あしたの午後二時に、わたしの研究室まで来てくれないか。人間がどれだけ残酷かつ非倫理的になりうるか、その目で確かめたらいいだろう」

33

翌日の午後、南川藍子は丸岡庸三の研究室で、二人の男に紹介された。

一人は柴崎信二といい、帝国医科大学が契約している営繕会社の営業課長だった。眼鏡をかけた丸顔の男で、五十を二つか三つ過ぎているように見える。頭の天辺《てっぺん》がはげており、ぼってりした唇が人のよさそうな印象を与えた。

もう一人は大学付属病院のボイラーマンで、福島勝巳と名乗った。四十代の前半で、いかつい下駄《げた》のような顎をしている。髪のこわい、いかにも愚直な感じの男だった。

丸岡は柴崎と福島をソファに導き、藍子を自分の隣にすわらせた。

テーブルに置かれた『学習の効果』という本を、さりげなく示しながら言う。

「さて、今日お二人に手伝っていただく実験について、簡単に説明しておきましょう。これは人の学習力を高める、心理学上のある理論を立証するための、非常に重要な実験でしてね」

重要な実験と聞いたとたんに、二人が緊張するのが見てとれた。

丸岡は言葉を継いだ。

「その理論というのは、人が学習するに際して、間違った答えを出すたびに罰を与えられれば、それを避けるために学習効果が上がるのではないか、という考え方です。つまり罰が成績向上につながることを、実験的に検証しようというわけですね。まあ親が子供の成績を上げようとして、ときに尻《しり》を叩《たた》くのと同じ理屈ですが」

柴崎と福島は申し合わせたようにうなずいた。

丸岡はさらに続けて、学習と罰に関する理論をもっともらしく説明した。最後に言う。

「そこでこの実験のために、お二人にそれぞれ学習する生徒役と、問題を出したり罰を与えたりする教師役を務めていただきたいのです。どちらにどちらの役をやってもらうか、じゃんけんで決めることにしましょう。二人でじゃんけんをしてください」

柴崎と福島は、真剣な顔つきでじゃんけんをした。柴崎が勝った。

丸岡がすかさず言う。

「それじゃ、柴崎さんに教師役、福島さんに生徒役をやってもらうことにします。検査室へ移りましょう」

揃《そろ》ってガラス張りの検査室へはいる。

隅《すみ》のデスクの上に、小さなスイッチが横一列にずらりと並んだ、ショック送電装置が置いてある。柴崎と福島はそれを不安そうに眺めた。

丸岡は学習実験の説明用紙を取り出し、質問と回答の方法を二人に示した。

まず教師役は生徒役に向かって、《赤い・花》《高い・ビル》《広い・野原》など、二語の組み合わせの言葉を何十組か読み上げる。つぎに最初へもどり、今度は「赤い――ポスト・夕焼け・花・ペンキ」「高い――税金・ビル・タワー・青空」などとダミーの単語を加えて、もう一度復唱する。そして生徒役に一組ごとに、もとの正しい組み合わせを指摘するように要求する。

生徒が正しく「花」「ビル」と答えられれば、順次先へ進む。もし間違えると、教師は送電装置のスイッチを押し上げ、電気ショックを送って生徒に罰を与える。

これが実験の基本的な仕組みだった。

つぎに丸岡は、柴崎にスイッチの図解表を渡し、送電装置の前にすわらせた。

「これが生徒に罰を与える装置です。このスイッチで、弱から強へ三十段階に分けて、電気ショックを送ることができます。いちばん左が最小の一五ボルト、それから右へ順に一五ボルトずつ電圧が上がっていき、いちばん右で最大の四五〇ボルトになります」

図解表にはさらに、ボルトが何段階か上がるごとに、《微少なショック》から《普通のショック》《かなり強いショック》《強烈なショック》《激烈なショック》などと注釈がつけられていた。そして最終段階の四三五ボルト以上は、赤鉛筆で《×××》と印がつけてあるだけだった。何か意味ありげな印に見えた。

説明が終わると、丸岡は福島を見返り、柴崎の斜め後ろの椅子《いす》を示した。肘掛《ひじか》けに革ベルトのついた、ごつい椅子だった。

福島がいかつい顎をなでながら言う。

「これがぼくの席ですか。まるで電気椅子みたいですね」

丸岡はにこりともせずに答えた。

「みたいというより、電気椅子そのものです。上着を脱いで、ワイシャツの腕をまくってください」

福島は言われたとおりにした。

丸岡は福島を椅子にすわらせ、腕を革ベルトでしっかり縛った。手首に軟膏《なんこう》を塗りつける。

福島が聞いた。

「これはなんですか」

丸岡は軟膏を塗り終わると、そこに電極をセットした。

「ただの軟膏です。電圧が高くなると、火ぶくれができるおそれがあるのでね」

福島はかすかに喉《のど》を動かした。

「危険はないんでしょうね」

「大丈夫ですよ。いくらか苦痛はありますが、体に傷がつくことはありません」

「それならいいですけど」

「ショックを受けずにすむ方法がありますよ。あなたがつねに、正確な答えを出しさえすればいいんです」

「あまり自信がないな」

丸岡は福島の言葉を無視した。

「ところで、与えられるショックの度合ですが、生徒の学習効果を高めるために、間違えるごとに一段階ずつ電圧を高くしていくことにします。最初に間違えると一五ボルト。次に間違えると三〇ボルトという具合にね」

柴崎が丸岡を見た。

「それでどこまでやるんですか。つまりその、電圧の限界のことですが」

「もちろん最大の四五〇ボルトまでです。もう一度言いますが、皮膚が傷ついたりすることはありませんから、ご心配なく」

「どれくらいのショックなんでしょうね」

「低いレベルで試してみますか」

丸岡は福島の電極をはずし、柴崎の手首にセットし直した。その状態で無造作に四五ボルトのスイッチを押し上げる。

パネルのパイロット・ランプが光り、ブザーが耳ざわりな音をたてて鳴った。

柴崎は体をびくりとさせた。

「おっと。痛くはないけど、気味が悪いですね、このショックは。いや、教師役でよかった。福島さん、がんばってくださいよ」

それを聞くと、福島は無理に作ったような笑いを浮かべて言った。

「ぼくは記憶力が悪いですからねえ」

丸岡は二人に少し時間を与え、質問と回答のリハーサルをさせた。

二人が要領を飲み込むのを待って、丸岡は一歩下がった。

柴崎に新しい問題用紙を渡して言う。

「それでは始めましょう。わたしたちは外へ出て、ガラス越しに指示を出すことにします。柴崎さんはショックを与えるたびに、ボルトの数字を口で言うのを忘れないように。間違えるといけないのでね。何かあればその場で言ってください。マイクで外に聞こえるようになっていますから」

丸岡と藍子は検査室を出て、ガラス窓の前の椅子にすわった。

丸岡は藍子にささやいた。

「どうだね、柴崎は最大何ボルトまで上げ続けると思うかね」

藍子はためらった。

ショック送電装置に向かう柴崎の横顔が見えた。福島はその斜め後ろに、こちらを向いてすわっている。

「二五〇ボルト前後でしょうか」

そう答えたとき、柴崎がガラス越しに丸岡を見てうなずいた。丸岡がうなずき返すと、柴崎の声がスピーカーから流れ始めた。

「厳しい・寒さ――短い・夏――爽《さわ》やかな・風――」

福島は目をつぶり、柴崎の読み上げる問題に耳を傾けた。無意識に口を動かしている。

読み上げが終わると、柴崎は質問にはいった。福島は出だしの数問に正しく答えた。いくらか時間のかかるものもあったが、間違いはない。

やがて先に進むにつれ、誤答が出始めた。そのたびに柴崎が電圧の数字を読み、スイッチを入れて福島にショックを与える。

最初のうち福島は、ほとんど反応を示さなかった。しかし五つめの間違いで七五ボルトのショックを与えられたとき、初めて身じろぎした。そのあと九〇、一〇五、一二〇とボルトが上がるにつれ、スピーカーから少しずつ声が漏れ始めた。かなりがまんしているように見受けられる。

一五〇ボルトを加えられると、福島は体をよじり、唸《うな》り声を上げた。

「あいたた。かなり強くなってきたぞ」

柴崎はちらりとガラス越しに丸岡を見たが、何も言わずに出題を続けた。

福島はすぐにまた答えを間違え、一六五ボルトを食らった。体を突っ張らせ、顔をゆがめてうめく。

柴崎は額の汗をこすり、パネルを睨《にら》みつけた。機械的な口調で問題を読む。

「黄色い──ドレス・チューリップ・ハンカチ・ベレー」

沈黙が続く。柴崎が唾《つば》を飲むのが見えた。

やっと福島が口を開く。

「ベレー」

正答だった。柴崎はほっとしたように肩を揺すった。

藍子も息をついた。実験の中身は承知しているつもりだが、実際にそれを見る緊張感は予想以上のものだった。

次の答えを間違え、福島は一八〇ボルトを受けて大声を発した。

肩で息をしながら言う。

「もうだめだ。これ以上電圧を上げないでください。とてもがまんできない」

柴崎は眼鏡を押し上げ、丸岡を見て言った。

「どうしましょう」

丸岡はマイクのボタンを押し、抑揚のない声で応じた。

「決めたとおりに続けるように」

柴崎は問題用紙に目をもどした。

「錆《さ》びた——釘《くぎ》・ナイフ・包丁・レール」

福島は椅子の上でもがいた。

「分からない。思い出せない」

また柴崎が丸岡を見る。

丸岡は事務的に指示した。

「思い出せない場合は誤答とみなしてください。十秒以内に答えない場合も同様です」

福島が叫んだ。

「先生、電圧を下げてください。これ以上は無理ですよ」

「これは重要な実験なんです。もう少しがまんするように。柴崎さん、続けてください」

柴崎は口元を手の甲でこすり、気の進まない調子で問題を読み上げた。

福島の正答率はどんどん下がり、電圧はうなぎ上りに上昇した。福島は恥も外聞もなく、わめいたり叫んだりした。

「痛い——電圧を下げて——実験をやめてくれ、もうだめだ」

柴崎は汗だくになり、しきりに顔をこすった。紙を持つ手が激しく震えている。しかし実験をやめようとはしなかった。

電圧が二五五ボルトに達すると、福島は体をのけぞらせて絶叫した。

「もうやめてくれ——これ以上やると死んじまう」

スピーカーが壊れそうな声だった。

柴崎はまたガラス越しに丸岡を見た。眼鏡がずり落ちそうになっている。

「先生、やめた方がいいんじゃないでしょうか。福島さんに何かあると——」

丸岡はそれをさえぎった。

「大切な実験だと言ったはずです。途中でやめたのでは意味がない。最後まで続けてください」

柴崎は不安そうに応じた。

「しかしこの人はもう、気を失いかけてますよ。どこか具合が悪いんじゃないですか」

「大丈夫です。ショックで傷つくことはありません。さあ、続けて」

「万一のことがあったら、だれが責任をとるんですか」

「責任はわたしがとります。あなたはただ続けるだけでいいんです」

柴崎は唇をなめ、また汗をふいて送電装置に向かった。

34

南川藍子は肩を落とした。

柴崎信二のようなタイプの男は、二五〇はおろか二〇〇ボルトも行かないうちに神経がまいり、実験を続行することができなくなるとみていたのだ。しかしその予想はもろくも打ち砕かれてしまった。

たとえどれほど善良な人間であろうと、心の葛藤《かっとう》と戦いながらもなおかつ、権威の命令に服従してしまうものなのだろうか。いや、善良な人間こそむしろ、権威の力に屈しやすいのではないだろうか。そんな疑問とやり切れなさが、頭の中を駆け巡る。

三〇〇ボルトを越えると、福島は体を痙攣《けいれん》させるだけで、柴崎の出す問題に反応しようとしなくなった。ときどき思い出したように、やめてくれと哀願する。

柴崎の顔が白くなった。打ちひしがれた様子がありありと見える。三七五ボルトを福島に与えたあと、柴崎は丸岡を見返って言った。

「完全に意識がなくなったようですよ。やめた方がいいんじゃないですか。当人もやめたいと言ってますし。もう限界を越えてますよ、どうみても」

丸岡は首を振った。

「彼がなんと言おうと、完全に学習効果が上がるまで、続けなければなりません。あなたにはわたしの指示に従ってもらいます」

柴崎はちょっとためらったが、しぶしぶ仕事にもどった。自分自身の残酷さに驚きながら、忠実に義務を果たそうという意志がそこに現れていた。

椅子の上で体をよじり、肩で息をしている福島を相手に、柴崎は機械的に問題を読んでショックを送り続けた。指先が汗で滑るらしく、しばしばスイッチを入れそこね、数字の呼称も間違えた。

電圧が四〇五ボルトに達すると、柴崎はスイッチに指をかけたまましばらくじっとしていた。それを押し上げるまでに長い時間がかかった。ちらちらと丸岡を盗み見るが、やがて溜《た》め息《いき》をついて指をはね上げる。

四二〇、四三五をへて最後の四五〇ボルトを送ると、福島は椅子の中で飛び上がっただけで、もう叫び声も発しなかった。

柴崎はまるで自分が電気ショックを受けたように、ぐったりとテーブルに突っ伏してしまった。背中が激しく上下していた。

実験が終わって十五分後、藍子が医長室のソファにすわって待っていると、丸岡が研究室からもどって来た。

向かい側に腰を下ろして言う。

「どうだね、感想は」

藍子はねばねばする唾《つば》を飲み下した。

「聞きしにまさるひどい実験ですね。人の心を踏みにじるものとしか言いようがありません」

丸岡は薄笑いを浮かべた。

「あのショック送電装置から、電流などかけらほども流れていなかったことは、きみも承知していたはずだ」

藍子は唇を引き締めた。

「頭では分かっているつもりでした。でも福島さんの演技があまり真に迫っていたものですから、実際にショックが加えられているのではないかと不安になりました」

「心配しなくていい、福島君はただの一ボルトもショックを受けていない。たいした演技力だった」

ミルグラムの実験は、実験者と生徒役が示し合わせて、教師役の権威に対する服従度を試す仕掛けになっている。最初のじゃんけんでどちらが勝っても、柴崎が教師役になることは決まっていたのだ。

福島は丸岡に因果を含められ、単に苦痛の演技をしたにすぎない。送電装置もただ音と光を発するだけで、実際には電流など送られていなかったのだ。

藍子は重い口を開いた。

「だからといって、あの実験が無害であることにはならないでしょう。確かに福島さんは傷つかなかったかもしれません。ですが柴崎さんは、自分の中の残酷さを引きずり出された形で、とても傷ついていると思います。もちろん柴崎さんには、あの実験がお芝居であることをお話しになったのでしょうね」

丸岡はなぜかその質問に答えず、話をそらした。

「きみは柴崎君が送電する最大限度を、二五〇ボルト前後と予想したね。ところが彼は、悩みながらも結局、最後の四五〇ボルトまで上げてしまった」

「だから人間は、いくらでも残酷になりうるとおっしゃるのですか。予想がはずれたのは残念ですが、それだけでわたしは人間に失望したりしません」

「ミルグラムの実験結果によると、教師役の六〇パーセント以上が、極限の四五〇ボルトまでスイッチを上げているんだ。ところが心理学の専門家でさえ、事前に四五〇ボルトまで行くと予測したのは、わずか〇・一パーセントにすぎなかった。予想がはずれたからといって、がっかりすることはないよ」

丸岡の言葉はなぐさめにならなかった。人間に対して急に不信感を覚える。

藍子は顎《あご》を上げた。

「どちらにしてもあのテストは、実験心理学の許容範囲を越えていると思います」

「しかしあの実験によって、ごく普通の善良な市民が、権威の命令に従うという形で、いくらでも残忍かつ冷酷になりうることが立証されたわけだ。たとえきみといえどもね」

藍子は丸岡を睨んだ。

「わたしが——。それはどういう意味ですか。わたしも柴崎さんと同じように、いくらでも残酷になりうるとおっしゃるのですか」

「そうさ。きみが教師役なら、自分で何ボルトまで上げると予想したかね」

「わたしなら、実験を拒否します」

「それは実験の中身を知っているからだ。何も知らずに参加を求められた場合を考えてみたまえ。それでも拒否するというなら、医者をやめて修道院にでもはいった方がいい」

藍子はわずかにためらった。

状況がどうあれ、そうした実験は断固拒否する自信があるが、それを主張するのも何かおとなげないような気がした。

いやいや歩み寄る。

「せいぜい四五ボルトが限度です」

丸岡は含み笑いをした。

「柴崎君は四五ボルトでも、かなりショックを受けたようだったがね」

丸岡はあのときだけ、柴崎に実験が本物であると思わせるために、実際に電流を流してみせたのだろう。

「そういえば、まだ答えていらっしゃいませんね。柴崎さんに実験がお芝居だったことをお話しになったかどうか」

丸岡は真顔にもどった。

「まだ話してないし、話すつもりもない」

頰《ほお》に血が上る。

「なぜですか。それはひどすぎます。適切なアフターケアをしなければ、柴崎さんは精神的に傷ついたままで――」

丸岡は無遠慮にそれをさえぎった。

「話す必要はないんだ。彼は最初から承知しているんだからね」

藍子は眉《まゆ》をひそめた。丸岡が何を言っているのか分からなかった。

「それは、どういうことですか」

「福島君と同様、柴崎君もまたお芝居をしていたということさ」

あっけにとられて丸岡を見つめる。柴崎も芝居をしていたというのか。頰に上った血が、すっと引くのを感じる。ようやくあることに思い当たった。

藍子は声を抑えて言った。

「それはつまり、わたしをだますつもりだったということですか」

少し間をおいて、丸岡はおもむろにうなずいた。

「きみには悪いが、そのとおりだ」

愕然《がくぜん》として丸岡を見つめる。

「いったいなんのために」

丸岡は腕を組んだ。

「きみは福島君が、電気ショックを受けて苦しんでいるのを見ても、実験を中止しようとは言わなかった」

「それは演技だと承知していたからです」

「そうだろうとも。しかし柴崎君まで演技をしていたとは、さすがのきみも気づかなかった」

目を伏せ、口をつぐむ。

「つまりきみは、柴崎君の心の葛藤を本物だと思っていたわけだ。にもかかわらず、彼が苦しみながら極限のスイッチを押し上げるまで、助け船も出さずに黙って見ていた。途中でただの一度も、実験を中止すべきだとは言わなかった」

目を上げずに言う。

「それは先生が実験のあとで、彼に真相を話すと思ったからです」

「生徒役の苦しみが芝居だったと分かったくらいで、自分の残酷さをさらけだした教師役の心の傷が癒《いや》されると思うかね。それほど単純なものじゃない。この実験に批判が集まる最大の理由はそこにある」

藍子は関節が白く浮き出すほど、指をしっかりと握り合わせた。何か言い返そうとしたが、口が開かなかった。

丸岡は容赦なく続けた。

「きみは無意識のうちに、柴崎君がどこまで残酷になりうるのか、見届けようとしたのだ。それは実験中止を申し出て、彼を苦しみから解放するよりも、興味のあることだった。そうしたきみの対応は結局、無慈悲な教師役が四五〇ボルトまで電圧を上げ続けるのと、残酷さにおいてなんら変わりがないんじゃないかね」

丸岡の一言ひとことが、鋭い針のように胸に突き刺さった。ひどい。こんなアンフェアなやり方があるだろうか。

残酷さを引き出すための、残酷なテスト。人間の非人間的な部分をあばくための、非人間的なテスト。その実験台にされた怒りと屈辱に、体中が熱くなった。

藍子はソファを立った。

「先生はナチスのなんとかいう医師にそっくりですね」

丸岡は一瞬ぽかんとしたが、すぐにさもおかしそうに笑い出した。

「メンゲレかね。そうだな、わたしもときどき、生まれて来る国と時代を間違えたかもしれないと思うことがあるよ」

35

空が暗くなってきた。

多摩《たま》ティンバーランドは、ウィークデーのせいか思ったほど混雑していなかった。それでも並の人出ではない。ここはその名のとおり、多摩湖畔《こはん》の森林《ティンバーランド》地帯に造成された巨大な遊園地だった。

海藤兼作は振り向き、入り口の方を見た。

南川藍子は海藤の腕をつついた。

「どうしたの、さっきからきょろきょろして。顔見知りの婦人警官でも探してるの」

海藤は首を捻《ひね》った。

「どうも電車に乗ったときから、あとをつけられてるような気がしてしょうがないんだ」

「そんな物好きがいるわけないじゃないの。気のせいだわ」

「おれはデカだぞ。勘だけは鋭いんだ」

「左の勘、それとも右の勘」

「やめてくれ。おれが二人いるなんて話は聞きたくもない」

藍子はやめなかった。

「わたしを気に入っているのは、どちらのあなたなの」

「くそ」

海藤は罵《ののし》り、ビールを飲み干した。空き缶を右手でいとも簡単に握りつぶし、くずかごに投げ込む。

海藤は近ぢか退院する予定だった。すでに頭の包帯も取れ、傷口はガーゼと絆創膏《ばんそうこう》で留めてあるだけだ。もっとも見てくれが悪いので、似合わないハンチングで隠している。

「たまの休みに遊園地とはなあ。もっと気のきいた場所を思いつかなかったのか、せっかくのデートだというのに」

「一度来てみたかったのよ。それにわたしは、一緒に来てほしいと頼んだ覚えはないわ。あなたが勝手に病院を抜け出して、ついて来たんじゃないの。見つかったときわたしのせいにしたら、その頭をアイスピックで穴だらけにしてやるから覚悟しなさい」

「分かった分かった。きんきん声でしゃべるのはやめてくれ。傷口に響くから」

藍子は空を見上げた。

「日が傾いて来たわ。暗くならないうちに、《大迷鏡》にはいりましょうよ」

「なんだ、それは」

「鏡張りになった大きな迷路よ。今評判なんだから」

海藤は顔をしかめた。

「鏡が苦手なことは知ってるだろう。きみも意外に冷酷な女だな」

冷酷という言葉を聞いて、藍子ははずんだ気持ちに水をさされた。ミルグラムの実験のことを思い出し、肩が重くなる。

どうにか気を取り直して言った。

「血腫《けっしゅ》を取ったから大丈夫よ」

藍子は海藤の腕を取り、子供広場の方角へ引っ張って行った。迷路はその向こう側にあるのだ。

広場の中央に大噴水があった。高く噴き出した水が、霧雨になってあたりに降りかかる。海藤は大きな体をすくめた。

「冷たいな。これじゃ風邪を引いちまう。ここのやつは何を考えてるんだ、まったく」

「いいじゃないの、風情《ふぜい》があって。それより上を見てごらんなさいよ。虹《にじ》が出ているわ」

夕日を浴びて、噴水の水が七色に輝いている。しかし海藤はお義理のように一瞥《いちべつ》をくれただけで、さっさと噴水の降りかからない場所へ移動してしまった。

藍子は溜《た》め息《いき》をつき、もう一度虹を振り仰いで、海藤のあとを追おうとした。

そのとき、噴水をはさんだ向こう側に、ちらりと人の顔が動いた。見覚えのある顔だと思い、急いで見直した。

背の高い男の後ろ姿が、ホットドッグの屋台の陰に隠れた。それはすぐ人込みに見えなくなった。しばらく目で探し求めたが、男の姿は二度と視野にはいって来なかった。

あの顔はだれだったか。

追分だったような気がする。そうだ、確かに追分知之の顔だった。しかしどうして追分がこんなところにいるのだろう。

いや、見間違いかもしれない。はっきり見たわけではないのだ。

藍子は小走りに霧雨の壁を抜け、海藤のあとを追った。海藤は広場の端に立っていた。子供たちがネットを張ったブロックに群がり、しきりに喚声を上げている。

「どうしたの」

声をかけて海藤の顔を見上げる。

海藤は口元をだらしなく緩め、ぼんやりと立ちすくんでいた。放心状態のように見える。

藍子は子供たちの頭越しに、ネットの中をのぞき込んだ。

野球帽をかぶった少年が、奥の標的目がけて白いボールを投げる。ボールが標的を直撃すると、上の電光表示板に数字が現れる。それを何度も繰り返す。八十七キロ。九十二キロ。

そのたびにどっと喚声が上がる。

スピード・ガンとかいう、球速を計る器械だと分かった。

「どうしたの。あなたも投げてみたいの」

言ってからはっとした。

海藤がボールに弱いことを思い出す。頭をビリヤードの玉で殴られて以来、海藤はボールを見ると気分が悪くなるのだ。

藍子は海藤のこめかみに汗が浮いているのを見た。急いで肘《ひじ》をつかみ、体を反対の方向に押す。海藤は押されるままに、ぎくしゃくした歩き方でその場を離れた。

藍子は海藤を《大迷鏡》の入り口のそばまで連れて行った。柵《さく》にもたれて一息つく。いつの間にか藍子も冷や汗をかいていた。

海藤は口をきかなかった。呼吸が浅く、目の焦点も定まらない。血腫を取り除いても、この病気だけはまだ治っていないとみえる。

「どうする。少し休みましょうか」

海藤は我に返ったように、深く息を吸い込んだ。

「なんだって」

「休みましょうかって言ったのよ」

ハンチングを押し上げ、両手で顔をこする。

「いや、大丈夫だ。早く迷路にはいろう」

「もういいの。帰りましょうよ」

海藤は手を下ろして藍子を見た。

「おいおい、気まぐれはよしてくれ。どうせあとで、ほんとははいりたかったのに、とかなんとか言うに決まってるんだから」

「だって気分が悪そうなんだもの」

「おれか。おれは平気さ。ボールのことは心配しなくていい。どれだけがまんできるか、試しただけだから」

「よく言うわよ、死人みたいな顔をしてたくせに。中へはいって、鏡を見たとたんに発狂したらどうするの。あなたを担《かつ》いで迷路をさまよい歩くなんて、わたしはごめんだわ」

「きみの世話になんかなるものか。さあ行くぞ。きみがいやならおれ一人でもはいるからな」

海藤はそう言って列の後ろに並んだ。

藍子はあきれながらも、海藤の腕につかまった。そういう強気なところが好きだった。

「そういえば、噴水のところで知ってる人を見かけたの。人違いかもしれないけれど」

「だれだ」

「チェリーズの追分。今年の春に事件を起こして、わたしのところへ鑑定に回されて来た人。前に話したでしょう」

「ああ、そんなことがあったな」

「さっきだれかにつけられているような気がすると言ったわね」

海藤は藍子を見下ろした。

「その追分がつけて来たとでもいうのか」

「分からないわ」

「つけられる理由があるのか」

「別に。ただの偶然でしょ」

ふと噴水のところで見た、虹のことを思い出す。

追分は虹を見ると意識が混濁し、自制心を失う。しかしそうした神経症状は、この間の分析療法の際、幼時体験を思い出したことで消失したはずだ。少なくともフロイトの理論はそう主張している。

もっとも藍子は、フロイトの全面的な信奉者ではない。丸岡庸三に指摘されるまでもなく、現在の精神医学はむしろ生物学的アプローチや薬物療法の方向に傾いている。しかしそれを検討する以前に、追分は来院をやめてしまった。したがって今追分が、どういう状況にあるのか分からない。

追分の言葉が断片的に思い出される。

追分は駅前のコーヒー・パーラーで、殺人を告白したら警察へ通報するのか、というようなことを聞いた。あれには何か意味があったのだろうか。実際に追分は人を殺したことがあるのだろうか。

分析療法で虹のことを思い出したあと、追分はこんなことも言った。

《虹が嫌いなんです。一つひとつ色を消してやりたい》

追分が首を絞めた島村橙子の名前は、だいだい色を連想させる。追分は色を消す行為を、人を殺す行為に置き換えようとしているのではないだろうか。

不意に足元が揺らいだ。

藍子という自分の名前が、藍色《あいいろ》を連想させることに気づく。そういえば何度めかの鑑定のとき、追分が藍子の名前を確認したことがあるのを思い出した。

《先生の名前は藍色の藍という字を書くんでしたね》

海藤が肩に手を置いた。

「どうしたんだ、顔色が悪いぞ」

藍子はハンカチを出して額をふいた。現実に引きもどされる。

「大丈夫よ。ちょっとめまいがしたの」

海藤は首を振った。

「めまいがするほど、この迷路を楽しみにしてたとはなあ」

ようやくチケットを買う順番が回って来た。

二人はタイムレコーダで入場時間を打ち出した。場内に五か所のチェックポイントがあり、順番どおりにそこでスタンプを押さなければならない。一定時間内に迷路を出ると、何か賞品がもらえるらしい。

入り口の混雑を抜けると、しだいに人の数が少なくなった。通路はタイル張りで歩きやすい。両側のフェンスはすべて鏡で、空間が広がって見えるせいか、気をつけて歩かないとぶつかりそうになる。

通路が三つ叉《また》になったところで、海藤が藍子の方を振り向いた。

「ここで別れようじゃないか」

「どうして」

「どちらが早く出られるか、競争するんだ。二人でちんたら歩いてたって面白くない」

藍子は眉《まゆ》をひそめた。

「大丈夫なの。鏡に囲まれて、頭がおかしくなっても知らないわよ」

「そっちこそ、迷子にならないように気をつけるんだ。うまく出られたら、外のカフェテリアで落ち合うことにしよう。おれは三十分で出る自信がある。一時間だけ待ってやるから、せいぜいがんばるんだな」

そう言い残して、海藤はさっさと右の通路に姿を消してしまった。

一人になると、藍子は急に不安が込み上げてきた。

しかたなく左手の通路に足を踏み入れる。

昔何かの本で、かならず迷路から出られる方法というのを読んだ覚えがある。

入り口をはいると、すぐどちらか一方の壁に腕を伸ばして、そこから指先を離さずに進む。行き止まりがあってもその法則を崩さない。そうやって進むと、時間はかかるがかならず外へ出られるという。もっともそれは入り口から試みなければだめで、途中からうっかり島になった壁を伝ったりすると、同じ場所をぐるぐる回るはめになる。

フェンスの高さは二メートルほどあり、よほどジャンプ力がないと向こう側を見ることはできない。下部は二十五センチほどの隙間《すきま》があいていて、体をかがめると隣の通路を歩く人の足が見える。しかし幼児でもないかぎり、くぐり抜けるのはむずかしい。

最初のチェックポイントはすぐに見つかった。しかし二番目が見つからない。途中で小高い展望ブロックに上がり、場所を確かめたが、通路へ下りるとまた迷ってしまう。

空がますます暗くなって来た。

まだ日没には時間があるはずだが、いつの間にか黒い雲が広がっている。一雨来そうな空模様だ。全部のチェックポイントをクリアする余裕はない。早く出口にたどり着き、ギブアップした方がよさそうだ。

途中何か所かに、一度外へ出るともどれない《降参口》というのがあると、入り口に表示が出ていた。場合によってはそこからリタイアしてもよい。

すっかり方向感覚を失ってしまった。

迷子になった子供が泣いている。藍子も泣きたくなった。最初のうきうきした気持ちは、すっかりしぼんでしまった。足が棒のようになり、ひどく喉《のど》が渇いた。

角を一つ曲がると、少し広いブロックに出た。子供が三人、鏡の前に並んでボール投げの格好をしている。さっきスピード・ガンで遊んでいた子供たちかもしれない。

突然藍子は、うなじの毛がちりちりと逆立つのを感じた。

36

枯れ葉が一枚、白衣の膝《ひざ》に舞い落ちた。

白鳥笑美はそれを払い落とし、遊佐耕一郎に写真を返した。

「本間さんによく似てますけど、違う人じゃないかしら」

遊佐は写真をしまった。

「そう、北浦伍郎という歌手です。聞いたことありませんか、学生のときに」

笑美は芝生を見た。

「名前には覚えがありますけど、顔は思い出せません。でも、どうして」

「本間さんはね、顔が似ているのをいいことに、北浦の名前で飛行機に乗ったり、女性を誘惑したりしてる形跡があるんです」

驚いて遊佐に目をもどす。

「ほんとですか」

本間がそんなことをしているとは信じられなかった。

「そう。歌も北浦そっくりに歌えるらしい。聞かされませんでしたか」

「さあ、歌はよく歌いましたけど、その人の歌を歌ったかどうか覚えていません」

そう答えて唇を嚙《か》む。この刑事が言うことはほんとうだろうか。

遊佐はベンチから背を起こした。

「担当の看護婦さんの目から見て、本間さんはどんな人だったですか」

笑美は膝の上でもじもじと手をこすり合わせた。つい目を伏せる。

「ごく普通の人だったと思います。とてもギターが上手でした。どこかのお店で弾いてると言ってました」

「それは知ってます。池袋の《再会》というクラブです。もっともついこないだ、やめてしまったらしいけど」

笑美は目を上げた。

「やめたんですか」

「急に姿を見せなくなったそうです。マネージャーに住所を聞いて、十条のマンションにも行ってみたけど、ここにもしばらく帰った形跡がない。どこかへ雲隠れしてしまった」

笑美は遊佐の顔色をうかがった。本間がクラブをやめたことも、雲隠れしたことも初耳だった。

「どうして姿を隠す必要があるのかしら。本間さんは何をしたんですか」

遊佐はたばこに火をつけた。

「もうだいぶたつけど、品川のラブ・ホテルで起きたスチュワデス殺しを知ってますか」

「ええ。詳しくは覚えてませんけど」

「その事件のことで、本間さんに聞きたいことがあるんですよ」

「何か関係があるんですか、本間さんと」

遊佐は地面に灰を落とした。

「新聞で読んだかもしれないけど、これはただの殺人事件じゃない。殺されたスチュワデスは、着ていた制服をずたずたに切り裂かれてるんです。犯人は制服を着た女性に、異常な関心を抱いている。精神科医の話では、制服コンプレックスというらしいが」

「本間さんがその事件の犯人だというんですか」

「そうと決まったわけじゃありません。ただ犯人が北浦伍郎によく似た男だということが分かったのでね。一応本間に会って、話を聞かなくちゃならないんです」

笑美は生唾《なまつば》を飲んだ。遊佐が本間を呼び捨てにしたことに気づく。

遊佐は笑美の顔を見ながら続けた。

「制服といえば、看護婦さんの白衣もその中にはいる。どうかな、本間は入院中、何か妙な振舞いをしませんでしたか」

「妙な振舞いって」

遊佐はこめかみを掻《か》いた。

「白衣を破いたり、切り裂いたりしなかったかな」

笑美は息を吸った。

「そんなことしません」

「インクをかけたり、マジックでいたずら書きをしたりとかは」

「しません」

答えながらふと頭に浮かんだのは、本間の戸棚にあったルイ・ヴィトンの中型バッグのことだった。あの中に大きな裁ちばさみがはいっていたのを思い出す。

遊佐がまた顔をのぞき込んだ。

「どうしたんですか。何か思い出したの」

「いえ、なんでもありません」

制服を切り刻む。裁ちばさみ。なんとなく気分が悪くなる。

遊佐はじっと笑美の顔を見た。

「本間の体のどこかに、傷痕《きずあと》があるのに気がつきませんでしたか。比較的新しい刃物傷のようなものだと思うけど」

笑美は動揺を隠すのに一苦労した。

「気がつきませんでした。どうしてですか」

遊佐はとがった顎《あご》にゆっくりと指を滑らせた。

「犯人はスチュワデスを殺したとき、自分も怪我《けが》をした可能性があるんです。残っていた血痕《けっこん》の中に、被害者以外のものがあることが、最近分かってね。もし本間に傷痕があって、血液型が一致するということになったら、彼が犯人である可能性が強くなる」

笑美は口をつぐんだ。

遊佐はすでに半分、本間を犯人と決めつけているようだ。しかしまさかあの本間が、そんな残酷な犯罪に手を染めるとは、とうてい考えられなかった。裁ちばさみも傷痕も、単なる偶然にすぎない。北浦伍郎に似ているのも、ただの他人の空似だ。ギターのうまい人間に悪人はいない。

遊佐は念を押すように言った。

「彼が今どこにいるか、心当たりはありませんか」

「ありません」

それは嘘《うそ》ではない。本間はどこに住んでいるかすら教えてくれなかった。

遊佐は未練がましく続けた。

「雑談の中で、本間が立ち回りそうな友だちや、恋人の話が出なかったかな」

恋人という言葉に胸をつかれる。

わたしは本間の恋人になれると思っていたのではなかったか。本間があのいけすかない精神科の女医に関心を移すまでは。

いや、まだ分からない。わたしにもまだ機会がある。それを確かめるまでは、結論を出すのはやめよう。

笑美は息をついた。

「そういう話は聞いていません」


その夜笑美が、病院の敷地内にある看護婦寮の自室でテレビを見ていると、外から電話がかかってきた。

「もしもし、本間です。その後どうしてる」

本間保春だった。

笑美は受話器をしっかり握った。まるで昼間の出来事を見透かしたように、本間が電話をしてきた。

「元気よ。あなたこそどうしたの。ずっと電話をくれなかったじゃない」

「ごめんごめん、ちょっと取り込みがあったもんだからね」

「お店をやめたんですって」

返事がない。

「マンションにも帰ってないらしいわね」

「店に電話したのか」

本間は怒ったように言った。

笑美は声をとがらせた。

「するわけないでしょ、お店の名前も教えてくれないくせに」

「そうだったっけ。じゃあだれに聞いたの」

「刑事よ。今日わたしのところへ、警視庁の刑事が来たのよ」

電話の向こうが静かになる。

「もしもし、聞いてるの」

「ああ、聞いてるよ。刑事がいったい何しに来たんだ」

「あなたのことをしつこく聞いて行ったわ」

「どんなことを」

一思いに言ってしまう。

「白衣を切り裂かなかったかとか、居場所を知らないかとか」

長い間があいた。

「それはどういう意味かな。ぼくになんの用があるんだろう」

「品川のスチュワデス殺しのことで、あなたに話が聞きたいと言ってたわ」

また間があく。

「スチュワデス殺し。心当たりがないな。ぼくに容疑でもかけてるのかね」

受話器を握り締める。

「分からないわ。なんでも犯人は歌手の北浦伍郎に似た男で、しかも制服コンプレックスなんですって」

「制服コンプレックス。刑事がそう言ったのか」

「精神科医が言ったらしいわ。どうしたのよ、急に怖い声出して。思い当たるふしでもあるの」

本間はわざとらしく笑った。

「あるわけないだろ」

黙っていると、本間は続けた。

「それできみはなんて答えたんだ」

受話器を握り直す。

「別に何も」

「ほんとに」

「だってあなたのこと、何も知らないもの。それより今どこにいるの。どうしてマンションにもどらないの。何も心当たりがないのなら、刑事に会って説明した方がいいんじゃないかしら」

一呼吸おいて答える。

「実はこないだおふくろから電話があってね、刑事がぼくを探してると知らせてくれたんだ。確かに北浦の名前を使ったことはあるけど、別に悪いことをしたわけじゃない。痛くもない腹を探られるのはいやだから、マンションにもどってないんだ」

「お母さんの話は初めて聞いたわ」

「いろいろ事情があってね。とにかく一度会わないか。あしたの夜でも、どこかで食事しようよ。そのつもりで電話したんだ」

笑美は少し考えた。

複雑な気持ちで答える。

「いいわ。でも白衣は着て行かないわよ」

37

子供たちの姿が見えない。

いつの間にかそのブロックには、だれもいなくなっていた。

南川藍子は不安に襲われ、右手のフェンスを見た。思わず口をあける。フェンスのへりに、長い指がかかっていた。その指が手がかりを求めて、鏡の表面を掻《か》きむしる。

突然フェンスの上に、男の上体が現れた。肘《ひじ》をへりにかけ、フェンスをよじ登ろうとしている。藍子は一瞬目を疑った。

それは追分知之だった。

息が止まりそうになる。さっき広場で見た男は、やはり追分だったのだ。追分が隣の通路から、このブロックへ侵入しようとしている。端整な顔がこわばり、物《もの》の怪《け》に憑《つ》かれたようだった。

鳥肌が立った。例の発作が起きたのだと直感する。追分はあの虹を見たに違いない。もし藍子の診立てに狂いがなければ、追分は藍子を殺そうとするだろう。そう思ったとたんに、背筋を冷たいものがはいのぼった。

追分の足がフェンスにかかる。

藍子は本能的に反対側のフェンスまで後ずさりした。すぐにこの一角が袋小路だということに気づく。

追分がフェンスに馬乗りになった。こちら側へ飛び下りようとする。

藍子はタイルを斜めに突っ切り、もと来た通路へ逃げ込もうとした。

追分がフェンスから飛び下りた。腕を広げて行く手をさえぎる。藍子は足を止め、とっさに身構えた。ほかに逃げ道はない。虚勢を張って追分を睨《にら》みつける。追分は白いジャンパーにスラックスをはき、手にビニールの袋を下げていた。

不意に冷たいものが頰《ほお》に当たる。

雨だ。大粒の雨が落ちて来たかと思うと、たちまち激しい降りになる。恐ろしいほどの雨足だった。見る間にタイルにしぶきが立ち始める。

場内放送が耳を打った。急いで《降参口》から退避するように言っている。逃げ惑う入場者の声が、あちこちから聞こえる。しかしこの一角には、藍子と追分しかいない。それを考えると、ぞっと怖《お》じ気《け》立った。喉《のど》がからからに渇く。

追分がじりじりと近づいて来る。仮面のように無表情な顔に、雨に濡《ぬ》れた髪が張りつく。目だけが異常に輝いている。

体がすくんだ。

そばまで来ると、追分は長い右腕を伸ばし、藍子の首をつかもうとした。藍子は手にしたハンドバッグを追分に叩《たた》きつけ、かろうじてその腕をかいくぐった。間一髪、追分の背後へすり抜ける。ジャケットの裾《すそ》をつかまれたが、振り切って通路に飛び込んだ。

そのとたん藍子は、壁のようなものにぶつかって跳ね返された。衝撃に声を上げ、濡れたタイルに尻餅《しりもち》をつく。

藍子の目に映ったのは、そこに立ちふさがる海藤兼作の大きな体だった。藍子は海藤の胴に突き当たったのだ。安堵《あんど》のあまり、胸が熱くなる。

夢中で飛び起き、腕にすがりついた。

「助けて」

海藤は答えなかった。藍子は海藤の背後に逃れた。追分は一度足を止めたが、すぐにまた距離を詰めて来た。

「どうしたんだ」

藍子は啞然《あぜん》とした。

海藤が間延びした声で言う。つかまった背中に、まるで緊張感がない。

「追分よ、発作が起きたの。早くつかまえて、殺されるわ」

息をはずませながら言う。しかし海藤の反応は異常に鈍かった。

追分が迫ってくる。

「どうしたの、なんとかしてよ」

金切り声で叫んだとき、追分が海藤を押しのけ、藍子に襲いかかった。

藍子は足を滑らせ、また尻餅をついた。追分がのしかかろうとする。ようやく体勢を立て直した海藤が、追分の肩を背後から押さえつけた。

追分はそれを振り払い、ビニールの袋を横殴りに海藤の頭に叩きつけた。ハンチングが吹っ飛び、海藤は唸《うな》り声を上げて膝《ひざ》をついた。袋から丸いものがこぼれ、固い音をたててタイルにはずむ。

それは野球のボールだった。スピード・ガン・コーナーの刻印が押してある。

海藤は頭を抱え、タイルの上にうずくまった。藍子は唇を噛《か》んだ。海藤は鏡の間を歩き回ったために、正常な判断力を失ったに違いない。そこへ今度は苦手なボールときた。もはや海藤をあてにすることはできない。藍子は跳ね起き、身をひるがえして通路を駆け出した。

雨が激しく頬を叩く。何度かタイルに足を取られ、転びそうになった。いつ点灯したのか分からないが、場内の照明灯が明るく輝いている。空は真っ暗だった。

後ろを振り向くと、角を曲がって追って来る追分の姿が見えた。恐怖が身を貫き、藍子はやみくもに走り続けた。鏡の間を駆け抜けるのが、これほどむずかしいとは思わなかった。四方に映る自分の姿が、あとを追って来る追分のように見え、恐慌《きょうこう》をきたしそうになる。

入場者は全員退避したのか、通路にはまったく人影がない。場内放送もやみ、雨の音だけが響いた。助けを呼びたかったが、それは同時に追分に、自分の位置を知らせることになる。声が出せなかった。

危うく鏡に衝突しかかり、藍子は体を引き止めた。伸ばした手の平が鏡にぶつかる。行き止まりだった。三方をふさがれている。

鏡に映る自分の姿を見た。雨に打たれて、ジャケットもスパッツも泥だらけだった。今にも追分に追いつめられそうな気がして、新たな恐怖が込み上げる。

膝をがくがくさせながら、大急ぎで通路を引き返した。少し手前に、左へ行く道があったはずだ。それよりどこかに《降参口》がないものだろうか。外に出れば、いくらでも助けが求められるのに。

通路の分かれ道までもどる。

左へ進もうとしたとき、突然耳元を何かがかすめ、目の前の鏡に激突した。ガラスが割れ、破片が体に降りかかる。藍子は悲鳴を上げ、その場にうずくまった。

腕の下からあたりをうかがう。

少し離れた展望ブロックの上に、人影が見えた。追分だった。ビニール袋からボールを取り出し、藍子めがけて投げつける。

物凄《ものすご》いスピードで飛んで来たボールが、肩に当たった。突き飛ばされたような衝撃を受け、藍子はタイルに倒れ込んだ。激痛に歯を食い縛る。やっとの思いで体を起こし、フェンスに密着して追分の視野から逃れる。

少し間をおいて顔をのぞかせると、追分の姿は展望ブロックから消えていた。またあとを追おうとしているに違いない。

藍子は肩を押さえて立ち上がった。位置を知られてしまった以上、ぐずぐずしているわけにはいかない。早く移動しなければならない。それにしても、海藤がこれほど頼りにならないとは思わなかった。もしこの危機を切り抜けることができたら、きっと償いをさせてやる。

水溜《みずた》まりに足を取られながら、必死に走った。分かれ道へ来るたびに、左へ左へと曲がる。迷路はますます入り組み、鏡に映る自分の姿が目まぐるしく前後左右を駆け抜ける。

しだいに速度が落ちる。足の筋肉が突っ張り、肺が破裂しそうだった。

とうとう力が尽きて、藍子は走るのをやめた。鏡に背中をもたせかけ、上を向いて荒い息を吐く。胃袋がひっくりかえりそうだった。開いた口に雨が流れ込む。通路の左右に目を配り、追分が追って来ないかどうか確かめる。どこにも人の姿はない。どうやら振り切ったようだ。ひとまずほっとする。

いきなりむずと足首をつかまれ、藍子は心臓が止まりそうになった。バランスを崩してタイルに膝をつく。

フェンスの下の隙間《すきま》から、毛むくじゃらの手が突き出され、藍子の右の足首をしっかりつかんでいた。白いジャンパーの袖《そで》が見える。

追分だった。

追分が力任せに、藍子を自分の通路に引きずり込もうとしていた。足首がフェンスにこすれ、スパッツをはいた右足が膝まで引き込まれる。

藍子は大声で叫びながら、フェンスのへりにしがみついた。体がねじれ、苦痛にうめく。鏡に手を突っ張ったが、追分の力は強かった。フェンスにかけていた左足がはずれ、一気に腰まで引きずり込まれる。

とてもすり抜けられないと思った隙間に、いともたやすく体がはいって行く。雨でタイルの滑りがよくなっているのだ。藍子は動転し、死に物狂いで鏡に肘を張った。追分がスパッツの膝をつかんで引っ張る。ホックがはじけて、スパッツが太股《ふともも》までずり落ちた。

はっとして力を緩めると、そのすきに追分は藍子の体を通路に引き出した。反射的に腕で顔をかばう。肘がフェンスのへりにぶつかり、指先までじんとしびれた。

追分がのしかかってくる。人相が一変している。悪魔が乗り移ったようだ。

「だいだい。むらさき。みどり……あい」

追分の口からかすれた声が漏れる。

藍子は膝を曲げ、追分の腹を蹴《け》りつけた。追分はどかなかった。むき出しになった藍子の腰を、両手で鷲《わし》づかみにする。

肺一杯に空気を吸い込み、声をかぎりに助けを呼ぶ。しかしそれは、タイルに叩きつける激しい雨音に、半分以上かき消された。

急に追分の力が緩む。

藍子の頭越しに、前方を睨んでいる。藍子は追分を突きのけ、フェンスの際《きわ》に転がって逃げた。急いでスパッツをはき直す。

振り向くと、通路の端に海藤の姿があった。よろめきながら近づいて来る。藍子は四つんばいになり、海藤の名を呼んだ。

海藤が怒鳴った。

「逃げろ」

追分が立ち上がった。落ちていたビニール袋を取り上げる。

はって逃げようとした藍子は、追分がボールをつかみ出すのを見て思いとどまった。

海藤は足を止めた。

追分がボールを投げつける。ボールは凄《すさ》まじい勢いで海藤の腰に命中した。海藤はよろめいたが、鏡に手をついて体を支えた。たじろぎながらも、また歩き出す。

追分が腕を振り上げた。

藍子は追分の足に飛びつき、スラックスの上から思い切り爪《つめ》を立てた。追分はうめき声を上げ、藍子を蹴り離した。

二つめのボールは左肩に当たった。

海藤は腕を上げて頭を守りながら、よけようともせず、一歩一歩追分に迫った。

もう一度海藤が怒鳴る。

「逃げろ」

三つめのボールが腹を直撃する。

海藤は体を折り、胃の中身を吐きもどした。藍子は後ろから追分に体当たりを食らわせた。

追分は海藤にぶつかり、二人は折り重なってタイルの上に倒れた。

助けを呼ぶのだ。

藍子は叫びながら通路を走った。突き当たりにランプがついている。よかった、《降参口》と書いてある。ドアに飛びつき、取っ手を押しあけた。

外は広場の横手の雑木林だった。左手に事務所の灯《ひ》が見える。藍子は明かりに向かって駆け出した。とたんに何かにつまずき、激しくぬかるみに叩きつけられる。

起き上がろうとしたとき、後ろからジャケットの襟首《えりくび》をつかまれた。凄い力で引き起こされ、次の瞬間今度は仰向けに押し倒される。追分の顔が間近に迫った。大きな手が喉にかかり、万力のように絞めつけてくる。

「ママ……ママ」

追分は唇の端からささやきながら、藍子の首をじわじわと絞め始めた。

かすかな明かりの中に、追分の目が恍惚《こうこつ》と光るのが見えた。死の戦慄《せんりつ》に体が震える。藍子は口をあけ、叫ぼうとした。喉がつぶれ、声が出なかった。

意識が薄れる。かすんだ目の中に、海藤の顔を見たと思った。

藍子は気を失った。

38

海藤兼作はベッドの中で漫画週刊誌を読んでいた。

南川藍子は後ろ手にドアをしめた。

「いい年をして、もう少し教養のつくものを読んだらどうなの」

海藤は週刊誌を伏せた。

「さっきカリガリ博士が回診に来て、なるべくむずかしいことを考えないように、と言ったんだ。お堅い本は頭によくないらしいよ」

「今度からカリガリ博士じゃなくて、メンゲレ博士と呼ぶことにしましょうよ」

「どうして」

「わけは聞かないで」

藍子は後ろに隠したテニスのボールを、ぽいとベッドにほうった。海藤はすばやく右手を上げ、うまくそれを受け止めた。

「どうやらボール恐怖症は治ったようね」

海藤はボールを見た。驚いたように目をぱちぱちさせる。

「ほんとだ。どうしたんだろう」

藍子はベッドの端に腰を載せた。

「追分投手の豪速球に、果敢に立ち向かったからよ。すてきだったわ。わたしのために勇気を奮い起こしてくれて」

海藤はボールを床に投げ捨てた。

「うぬぼれるんじゃないよ。おれはただ、自分がスピード・ガンの標的じゃないってことを、やつに思い知らせたかっただけだ」

藍子はくすくす笑った。

「それだけ強がりが言えれば、心配することはないようね」

海藤は迷路で腹にボールを受けたあと、追分に顎《あご》を殴られて束の間《つかま》気を失った。しかしすぐに意識を取りもどし、二人のあとを追いかけた。

追分は雑木林の中で、藍子の上に馬乗りになり、首を絞めていた。それを海藤が後ろからぶちのめし、やっとのことで藍子から引きはがしたのだった。

海藤はシーツの上から腹をさすった。

「しかしここへ来た一発はきいたよ。まるで大砲の弾を食らったみたいだった」

「もう少し下だったらよかったのに」

「よく言うぜ。そうしたらきみは、永久におれのデリンジャーとおさらばだったぞ」

「何よ、デリンジャーって」

「かわいらしい拳銃《けんじゅう》のことさ」

「あら、ずいぶん謙虚じゃないの。今のはたぶん右脳が言わせたのね」

「あの一物を支配してるのは、左脳と右脳のどっちかなあ。右半分が左脳で、左半分が右脳だと思うか」

藍子は前に自分も同じようなことを考えたのを思い出し、おかしくなった。

「たぶん中立ね」

「真ん中で立つ、とね。そいつはいい」

海藤は藍子を引き寄せてキスした。

肩を強く抱かれて、藍子は声を上げた。

「痛いわ。そこにボールが当たったのよ」

手を放す。

「そうだったな。しかしよく骨が折れなかったもんだ。やつの球もどだいその程度のものだってことか」

　藍子は体を起こし、髪を直した。

「どちらにしても、もうカムバックは無理でしょうね」

　海藤は深刻な顔をした。

「小早川緑を殺したのは、間違いなく追分だろう。ガソリン・スタンドの従業員が、一緒にいるところを見たと証言してるからな」

「ほかにも殺してるかしら」

「いま全国の警察署に手配して、未解決の殺人事件を洗い直してるとこだ。被害者が女で、名前に色がはいってるケースをな」

「どれくらいあると思う」

「一件だけそれらしいのがあると聞いた。長崎のバーの経営者で、北野紫津という女が殺された事件だ。紫の津と書くんだ。店の名前も《紫》で、ちょうどその日にチェリーズが県営球場で試合をしてる。追分も球団職員として、一緒に長崎へ行ってるんだ」

　藍子は腕を組んだ。

「きっとあの人は、七つの色を全部消すつもりだったのね。橙《だいだい》、紫、緑。そして藍《あい》」

「あとに残ったのは、赤青黄の三原色か」

「後味が悪いわ。かりにわたしが、鑑定のときにそこまで読み取っていたら、事件を未然に防ぐこともできたのに」

「そいつはどうかな。考えすぎだよ」

藍子は首を振った。

「彼自身も薄うす、自分の異常に気づいていたのよ。だからわたしのところへ相談に来たんだわ」

「そいつは無意識に、殺すための下調べに来たんだと思うね、おれは」

「そうは思いたくないわ。彼は異常だったかもしれないけれど、それは彼だけの責任じゃないもの。ある意味では彼も被害者なのよ」

海藤は藍子の太股《ふともも》をぎゅっとつかんだ。

「あまりきみがやさしいので、患者はだれでもここに泣き伏したくなるんじゃないかね」

藍子はその手を払いのけた。

「よしてよ、皮肉は」

海藤は頭の後ろで手を組んだ。

「一つ質問がある。かりにまた追分が、裁判所からきみのところへ精神鑑定に回されて来たら、今度はどう鑑定するつもりだ」

藍子は海藤を睨《にら》みつけた。

「心神喪失で無罪」

39

真っ暗だ。

切り裂かれた白衣の裾《すそ》が、音もなく風に踊るのがかすかに見える。何をぐずぐずしているのだ。いまがチャンスではないか。待ちに待ったチャンスではないか。

金網のフェンスは腰のあたりまでしかない。後ろから突き飛ばすのだ。そうすればひとたまりもなく地上へ転落する。頭も体もつぶれて、それで決着がつく。

いよいよそのときがきた。足音を殺して忍び寄るのだ。この手で突き落とせ。

刺された脇腹《わきばら》が痛い。だいぶ出血しているようだ。しかしすぐに楽になる。女を殺してしまえばそれですべては終わりになる。

頭が痛む。体が重い。

母親の顔が浮かぶ。

「あんたのことを思って言ってるんだよ。あんたがかわいいからこうしてるんだよ」

嘘《うそ》だ。

口ではそう言っても、顔には別のことが書いてある。言葉だけを聞くと騙《だま》されるが、顔つきを見れば分かる。目は正直だ。息遣いも嘘をつかない。それらはすべて言葉を裏切っている。本心は殺したいほど憎いのだ。それくらい見抜けなくてどうする。しかし——しかし優しい言葉に心が揺らぐ。

どうしたのだ、今はそんなことを考えているときではない。女に気持ちを集中しろ。そうだ、おまえは死ぬのだ。死んで自由になるのだ。生まれ変わるのだ。

一歩。一歩。あと少しだ。

さあ、背中を突き飛ばせ！

40

急患の緊急手術が終わり、白鳥笑美が内科病棟の裏口へ向かったのは、ちょうど午前零時を回るころだった。

一緒に手術に立ち会った看護婦は、今夜ナース・ステーションで当直することになっている。したがって笑美は、一人で看護婦寮へもどらなければならなかった。寮は裏口を出てから、二分ほどのところにある。たった二分とはいえ、暗い砂利道を一人で歩くのは気が進まなかった。

裏口まで来た。

薄暗い非常灯の外は深い闇《やみ》だった。笑美は無意識に深呼吸して、ドアをあけた。冷たい風が頰《ほお》を打つ。白衣の上に羽織ったカーディガンを、しっかりと体に巻きつける。

二、三歩踏み出したとき、すぐ横の暗がりで人影が動いた。足がすくむ。

非常灯の明かりの中に、ぼんやりと男の姿が浮かんだ。

あっけにとられて相手の顔を見つめる。

それは本間保春だった。

「どうしたの。今ごろこんなところで、何してるの」

本間は茶のズボンをはき、鶯色《うぐいすいろ》のブルゾンを着ていた。右手にルイ・ヴィトンのバッグを下げている。

「寮に電話したら、緊急手術だというんでね。ここで待ってたんだ」

本間とはつい一週間ほど前、呼び出されて一緒に食事をしたばかりだ。今どこかのアパートに仮住まいをしていると言い、赤羽駅前の安食堂でトンカツ定食をおごってくれた。そのあと近くの飲み屋で酒を飲んだのだが、いずれにしても四十にもなった男が、デートで女を連れ歩くコースではない。一流レストランやホテルのバーを期待していた笑美は、ひどく失望した。しかも話すことといえば、あのお高くとまった女医のことばかりだ。

そっけない口調で言う。

「なんの用なの」

「ちょっと話がしたかったんだ」

笑美は顎《あご》を突き出した。

「南川先生のことなら、もう話すことないわよ」

「あんな女医のことはもういいんだ。おれたちのことで、ちょっと話があるんだ」

笑美は瞬《まばた》きした。興味を引かれる。

「おれたちのことって」

本間は裏口のドアをあけた。

「こんなとこじゃなんだから、中へはいろうよ。すぐそこに、だれもいない部屋があっただろう」

守衛室のことだ。

以前はそこに夜十一時まで守衛が詰めていたが、最近は人手が足りなくなって、一日中あいていることが多い。

笑美はしぶしぶ中へもどった。本間について狭い守衛室にはいる。部屋中にたばこの臭《にお》いがこびりついている。胸がむかむかした。

本間は椅子《いす》を窓口から見えない位置へ引き寄せ、笑美をすわらせた。自分はドアにもたれる。

「その後刑事は訪ねて来なかったか」

「ええ。何か思い出したら、連絡するように言われてるけど」

そうだ、いっそ電話して、裁ちばさみや傷痕《きずあと》のことを言いつけてやればよかった。どうして電話しなかったのだろう。本間に対して、まだふっきれないものがあったからか。

本間は表情を緩めた。

「こないだは悪かった。今度はぱっと豪華にごちそうするからさ」

「それより、ちゃんと説明してよ。こないだも言ったけど、やましいところがないのなら、何も逃げ回ることはないじゃない」

「警察は何か誤解してるのさ。ほとぼりがさめるまで、だれにも居場所を知られたくないんだ。そのうち犯人もつかまるだろうし」

「でもわたしにまで隠すなんて。信用してほしかったわ」

本間は頭を掻《か》いた。

「もう少し時間をくれよ。こう見えてもおれはちゃんとした家の出なんだ。事情があって一人暮らしをしてるけど。きみとのことも、いずれきちんとするつもりだ」

頭が混乱する。

この男が金持ちのぼっちゃんに見えるだろうか。もしほんとうにそうなら、もう一度よく考える必要がある。

「わたしたちの話ってなんなの」

本間はバッグを胸に抱えた。笑美はバッグから無理やり目をそらした。

「こないだ会ったとき、確か南川先生の当直が今夜だって言ってたろう」

笑美はむっとした。

「ローテーション表にはそう書いてあったけど。何よ、またあの先生の話なの」

本間は取り合わなかった。

「予定どおり当直してるかな。新聞で読んだけど、多摩ティンバーランドで殺されかかったらしいじゃないか」

「八時ごろ寮の当直室で見かけたわ。でもあの先生の話をするんなら、わたしもう行くわよ。約束が違うじゃないの」

「まあ待てよ。実はおれは、あの女医に腹を立ててるんだ」

笑美は本間の顔を見直した。

「腹を立ててるって、どういうこと」

「刑事に制服コンプレックスのことを話したのは、あの女医に違いないんだ。おれを検査した結果を刑事にしゃべりやがったんだ」

検査。どういう意味だろう。

「何を検査してもらったのよ」

本間は聞こえなかったように続けた。

「そのことを知ってるのは、あの女医だけだ。医者が患者の秘密を、勝手に外部に漏らしていいと思うか」

笑美は拳《こぶし》を握り締めた。

「それじゃあなたは、ほんとに制服コンプレックスなの」

本間は笑美を見つめ、にっと笑った。

「制服が好きなことは認めるよ。婦人警官。スチュワデス。それに看護婦の白衣もね」

急に不安に衝《つ》き動かされる。

笑美は腰を上げた。

「もう行かなくちゃ。あしたの朝早いの」

本間は右手で笑美を押しとどめた。

「待ってくれ。一つだけ頼みがある。あの女医に電話してほしいんだ」

笑美は眉《まゆ》をひそめた。

「電話。どういうつもりよ」

「呼び出して文句を言うんだ。患者の秘密をばらした責任を取ってもらうのさ」

「だったら自分でかければいいじゃない。当直室の番号、教えてあげるわよ」

「おれがかけたんじゃ、警戒して出て来ない。きみに呼び出してもらいたいんだ」

笑美は憤然とした。

「いいかげんにしてよ。どうしてわたしが、電話の交換手みたいなことをしなきゃいけないの。あの先生の話はもううんざりだわ」

本間を押しのけ、ドアをあけようとする。

本間は右足を戸口にかけ、あかないようにした。右手でバッグのジッパーを開き、中から大きな裁ちばさみを取り出す。

笑美は驚いて後ろへ下がった。心臓が縮み上がる。

「何するの」

本間ははさみの先を笑美の喉《のど》に向けた。

「静かにするんだ。言われたとおりにしろ」

今まで聞いたこともない恐ろしい声だった。病室でのぞき見た、あの裁ちばさみが笑美を睨《にら》んでいる。体が震え出す。

「どうしようっていうのよ」

「黙っていうことを聞けばいいんだ。さもないとこいつで体を切り刻んでやる」

笑美は喉をひっと鳴らした。頭から追い出した考えが、いちどきにもどって来る。

「やめて。気でも狂ったの」

「黙れ。言われたとおりにするんだ。スチュワデスみたいになりたくなかったらな」

頭を殴られたようなショックを受ける。

今度こそ思い知った。あの刑事が言ったことは、やはりほんとうだったのだ。この男はスチュワデス殺しの犯人だったのだ。

頭の中では薄うす察していたのに、どうして認めようとしなかったのだろう。まさかという淡い期待が、刑事に電話するという考えを追い払ってしまった。本間を恋人にできるかもしれないと思ったのは、結局夢物語にすぎなかったのだ。

笑美はへなへなと椅子に腰を落とした。

本間はデスクの院内電話に顎をしゃくった。

「さあ、かけろ。いいか、こう言うんだ。丸岡先生が、大学校舎の七階の階段教室で待ってるとな」

笑美は唾《つば》を飲んだ。

「丸岡先生ですって」

「そうだ。あいつの名前を出せば、あの女は絶対来る」

「でも校舎の出入り口は全部しまってるわ」

「大丈夫だ。この建物から校舎へ直結する、職員用の地下通路がある。知ってるだろう」

唇を噛《か》む。下調べが行き届いているようだ。

「なんの用事だと言えばいいの」

「海藤が病室を抜け出した。探したら階段教室に倒れていたと言うんだ」

海藤。今入院している、南川藍子と親しい刑事だ。

「入院患者がどうしてそんなところへ行かなくちゃいけないの」

なんとか時間を稼《かせ》ごうとする。

「知るもんか。とにかくそう言えばいいんだ。丸岡と海藤の名前を聞けば、間違いなくやって来るさ」

「来なくても知らないわよ」

つい強い口調で言い、はっとする。

本間ははさみを動かした。

「そのときはこっちから出向いて行く。さあ、かけるんだ」

椅子ごと笑美をデスクに押す。

笑美はしかたなく受話器を取り上げた。手が汗でぬるぬるしている。震える指でダイヤルを回す。

五回めのベルで相手が出た。

「お休みのところをすみません。内科の看護婦の白鳥です。南川先生ですか」

「はい。急患ですか」

「いいえ。あの、丸岡先生から言づてを頼まれたんです」

「丸岡先生から」

不審そうな声になる。

はさみの先が首筋に押しつけられ、笑美は体を固くした。

「はい。海藤さんという患者さんが、病室からいなくなったらしいんです」

「ほんとうに」

きつい口調で聞き返す。

「大学校舎の階段教室に倒れているという連絡がはいったそうです。これからそっちへ向かうので、南川先生にも来ていただきたいということでした」

「階段教室なんかにどうして行ったのかしら」

「分かりません。わたしは地下通路の入り口で呼び止められただけですから」

沈黙がある。笑美は緊張のあまり、受話器を取り落としそうになった。

「分かったわ。すぐ行きます」

「すみません」

笑美は受話器をもどし、大きく息をついた。

本間も溜《た》め息《いき》を漏らした。

「よし、うまくやった」

「もういいでしょ」

はさみが首筋から横腹へ移る。

「まだだ。さあ、行くぞ」

「どこへ。もう用はないはずよ」

「あの女医が来るまではだめだ。階段教室まで付き合ってもらう」

笑美はめまいを感じた。

かすかな希望も消える。スチュワデス殺しを認めた以上、本間が自分を生かしておくとは思えない。

そのことに気づいたとたん、笑美は椅子の上に小便を漏らしてしまった。

41

南川藍子は受話器を置いた。

そのまま手を離さず、考えを巡らせる。何かおかしな電話だ。壁の時計を見ると、午前零時半になろうとしている。

白鳥という看護婦に心当たりはない。それに丸岡庸三が、こんな時間に院内にいるのもおかしい。医長だから当直ということはないはずだ。

念のため丸岡の研究室の番号を回してみる。

返事がない。もっとも、実際階段教室へ向かったとすれば、部屋にいないのは当然かもしれなかった。

フックを押し、今度は海藤兼作の病室がある階のナース・ステーションへかける。

若い看護婦が出て来た。

「はい、四階ステーションです」

「精神神経科の南川ですが、海藤さんがいなくなったというのはほんとうかしら」

「は。いなくなったといいますと」

戸惑っている。

「病室からいなくなったと聞いたんだけど」

「そんなことはないと思いますが」

やはりおかしい。

「悪いけど、病室を見て来てくれないかしら。このまま待ってますから」

「はい」

不服そうな声だった。受話器をデスクに置く気配がする。

音楽が聞こえる。ラジオでも聞いていたのだろう。

一分ほどして、緊張した声が返って来た。

「ほんとです、病室にいません。どこへ行ったんでしょうか」

受話器を握り締める。

「大学の階段教室の方らしいの。いいわ、わたしが行きますから」

電話を切り、急いでパジャマを脱ぎ捨てる。セーターとスカートを身に着け、その上に白衣を着た。

足もとがふらつく。三日前から生理が始まり、腰のあたりが重い。もともと不順なタイプで、その期間はいつも憂鬱《ゆううつ》だった。一度そのさなかに海藤に抱かれたことがあるが、あとでだいぶ出血した。

当直室を出て、階段を下りる。

寮を出ると、外はかなり冷え込んでいた。小走りに砂利道をくだり、いちばん近い内科病棟の裏口に向かう。地下の連絡通路から、隣の敷地にある大学校舎へ抜けられるのだ。

　裏口から建物にはいり、階段を駆け下りる。屋内は空気が暖かく、いくらか気持ちが落ち着いた。

　連絡通路には売店や本屋が並んでいるが、もちろんこの時間はシャッターが下りている。非常灯に照らされた無人の通路は、無気味なほど静かだった。

　大学校舎のエレベーターは停止していた。やむなく階段を上り始める。あまり急いだので、五階まで来たとき下腹がしくしく痛み出した。踊り場で少し休む。

　それにしても海藤は、なぜこんなところまでやって来たのだろう。階段教室で倒れているとあの看護婦は言ったが、夢遊病でも併発したのだろうか。

　やっと七階に着き、廊下を階段教室の方へ向かった。非常灯がついているだけなので、ひどく見通しが悪い。

　階段教室の窓は暗かった。明かりがついておらず、人の気配もない。おかしい。うなじの毛がちりちりする。

　藍子は本能的に危険の臭《にお》いを嗅《か》いだ。だれか呼んで来た方がよさそうだ。

　引き返そうとしたとき、入り口の引き戸がわずかにあいているのに気づいた。一瞬ためらう。吸い寄せられるように足が向いてしまう。

　ガラス越しに中をのぞくと、階段状に並ぶ机がぼんやりと見えた。学生のころ、この教室で講義を受けたことを思い出す。

引き戸をあけた。

生ぐさい臭いが鼻をつく。昼間動物実験でもやったのだろうか。

「丸岡先生」

呼んでみたが、返事はない。

藍子は壁に手を滑らせ、スイッチを探った。蛍光灯があちこちで瞬《またた》き、室内が明るくなった。階段を上から下まで見渡す。

だれもいない。

もう一度呼ぼうと口を開きかけたとき、細長い教壇の演台の陰から、白い靴がのぞいているのが目にはいった。

急に動悸《どうき》が早まる。

だれか倒れている。看護婦の足のようだ。藍子は自分を励まし、おずおずと教壇に近づいた。怖いもの見たさで、恐るおそる演台の陰をのぞいた。

驚愕《きょうがく》のあまり、思わずのけぞる。体に電流が走った。胃を吐き出しそうになる。叫ぼうとしたが、喉《のど》が詰まって息ができない。

看護婦が教壇の上に倒れていた。

裸の胸と腹に、赤黒い穴があいているのが見える。白衣が下着と一緒に真ん中から断ち切られ、両側に垂れている。白衣も血だらけだった。

あの生ぐさい臭いは、血の臭いだったのだ。

藍子は演台にしがみついた。何かにつかまらなければ、その場に倒れてしまう。歯をがちがちさせながら、なんとか向き直ろうとする。早くだれかに知らせなければならない。そう思いつつ、足が震えていうことをきかなかった。

ようやく体の向きを変え、入り口に踏み出そうとした。

そのとき、いちばん手前の机の陰から、むくりと男が起き上がった。

藍子は心臓が飛び跳ね、演台に腰をぶつけた。

それは本間保春だった。


海藤が休憩コーナーで缶ジュースを買ってもどると、ナース・ステーションから看護婦が駆け出して来た。

「海藤さん、どこへ行ってらしたんですか」

口をとがらせている。

海藤は缶ジュースを示した。

「喉が渇いたから、こいつを仕入れに行ったんだ。だめだと言うんなら、自動販売機を窓から投げ捨てるぞ」

看護婦は冗談に取り合わなかった。真剣な顔で言う。

「おかしいわね。南川先生が探してらっしゃいましたよ。海藤さんが病室からいなくなったと言って」

「ちゃんとここにいるじゃないか」

「大学の階段教室へ行ったんじゃないんですか」

「行かないよ。だいたいどこにあるかも知らない」

看護婦は溜め息をつき、腕を組んだ。

「どういうことかしら。南川先生は海藤さんが、階段教室の方へ行ったとおっしゃったけど」

「先生は今どこにいるのかね」

「自分も階段教室へ行くと言ってらしたわ」

「どこにあるんだ、その階段教室は」

「大学校舎の七階です」

「おれがどうしてそんなとこへ行くんだ。夜中に講義でも受けると思ったのかな」

看護婦も首を捻《ひね》った。

「おかしいですね。何かあったのかしら。急いでらしたみたいだし」

急に胸騒ぎがした。

「階段教室にはどうやって行けばいいんだ」

「校舎はもうしまってると思いますけど——あ、そうだ。地下の連絡通路を行けば、内科病棟を経由して大学校舎に抜けられるわ」

海藤は看護婦に缶ジュースを投げ渡した。

「ちょっと見て来る。代わりに飲んでくれ」

そのままエレベーター・ホールへ向かう。

地下一階まで下り、矢印にしたがって連絡通路にはいった。足早に歩いて行く。

海藤は途中から駆け出した。


本間は机を乗り越え、床に下りた。

本間が右手に握っているものを見て、藍子は目が飛び出しそうになった。それは血まみれの裁ちばさみだった。

藍子は演台につかまり、よろめきながら反対側へ逃げた。看護婦を見ないようにして、そろそろと教壇へ上る。

本間ははさみを構え、じりじりと近づいて来た。

「先生。よくもおれのことを刑事にしゃべってくれたな。医者のくせに、患者の秘密をばらしやがって」

藍子はあえいだ。

「なんのことだか、分からないわ」

「とぼけるんじゃない。刑事におれが制服コンプレックスだってことをしゃべっただろう。隠しても無駄《むだ》だよ」

「しゃべってないわ。思いすごしよ」

藍子は演台の上に視線を走らせた。しまい忘れた実験器具の箱が置いてある。身を守る武器にはなりそうもない。

本間がまた一歩近づく。

藍子は哀願した。

「そばへ来ないで」

「おかげで刑事に追い回されてるんだ。おとしまえをつけてもらうよ、先生」

「何を——何をするつもりなの」

本間はにっと笑った。

「その看護婦を見ただろう」

はさみの刃先を閉じたり開いたりする。そのたびに床に血がしたたり落ちる。

藍子は吐き気をこらえた。

「あなたは病気なのよ。お願いだから、落ち着いてちょうだい」

「落ち着いてるさ。病気がひどくなったのは、女たちのせいだよ。婦人警官もスチュワデスも、おとなしく服を切らしてくれたら、どうってことはなかったのさ。それをぎゃあぎゃあ騒ぎやがるから、殺すはめになったんだ」

藍子は身震いした。

婦人警官。スチュワデス。まさかこの男が、例の事件の犯人だったとは——。よく似たケースがあると思い、参考になるかもしれないと思って、海藤に話をしただけなのに。

本間の位置を考えると、引き戸から逃げ出すのは不可能だ。ちらりと教室の後方に目をやる。いちばん上にガラス張りのドアがあり、蛍光灯を反射しているのが見える。外は屋上だが、非常階段がついていたはずだ。あそこまで駆け上がればなんとかなる。

藍子は気力を奮い起こした。

「聞いてほしいの。あなたのことはだれにも話してないわ。自分が病気だということ、分かってるんでしょう。だったらもう一度治療しなおさなくちゃ。警察には言わずにおくから、わたしの言うことを聞いて」

本間はせせら笑った。

「やめなよ、先生。そんな子供騙《だま》しが通用すると思うのか。おれは頭がおかしいわけじゃないんだ。つかまったら死刑になることぐらい分かってる。その前に先生とやりたいんだ。先生の白衣をずたずたにして、あそこにこいつを突き立てたいんだよ」

そう言って裁ちばさみを振りかざす。頬《ほお》が赤くなり、目がうるんでいた。

興奮に鼻孔が広がる。

本間は歯をむき出し、はさみを振り下ろした。刃先が演台の縁に当たり、血のしずくが藍子の顔に振りかかった。

藍子は度を失い、金切り声を上げた。夢中で器具箱を演台から突き落とす。箱はまともに本間の胸にぶつかった。本間は声を上げて床に尻餅《しりもち》をついた。箱の中身が散乱する。

そのすきに藍子は教壇を飛び下り、机の間に突進した。本間が床をはい、藍子の足に飛びつく。

足首をつかまれ、藍子は転倒した。床に激しく肘《ひじ》を打ちつけ、大声を上げる。仰向けになり、床をすさって逃げようとした。その上に本間がのしかかった。はさみが喉元に突きつけられる。

藍子は息を詰め、顎《あご》を引きつけた。

わたしは死ぬ。はさみに切り刻まれて死ぬのだ。固く目を閉じ、不思議な解放感に身を委《ゆだ》ねる。

じょきりと音がする。

じょきり。じょきり。

薄目をあけて見る。目を血走らせた本間が、左手で藍子の腹を押さえつけ、白衣をはさみで切っている。裾《すそ》から下腹部へ向かって、スカートごと白衣を切り裂こうとしている。

ぬるぬるした刃先が、裸の太股《ふともも》をこする。ぞっとする感触だった。

藍子は気が狂いそうになり、我知らず床を掻《か》きむしった。

その指先に、冷たいものが触れた。夢中でそれを探る。はっとする。

メスだ。実験器具の箱からこぼれたメスだ。

藍子は上体を起こした。メスを握り締めると、躊躇《ちゅうちょ》なく本間の脇腹《わきばら》を突き刺した。

本間は叫び声を上げ、のけぞった。腹を押さえた手が離れる。

そのすきに藍子は跳ね起きた。靴を脱ぎ捨て、転がるように階段を駆け上がる。

「くそ、待て」

机の列が激しく揺れる。本間が机に飛び乗り、あとを追って来る。

階段を途中まで上ったとき、本間の左手が藍子の白衣の襟《えり》にかかった。一息に引きもどされ、机の上に引き上げられる。白衣が裂けた。

藍子は泣きわめき、死に物狂いで右腕を振り回した。メスが本間のどこかを切り裂いた。顔に血しぶきがかかる。

本間は一声叫び、裁ちばさみを藍子の脇腹に突き立てた。藍子は激痛に悲鳴を上げた。無我夢中で本間の体を突き飛ばす。本間は白衣に指を食い込ませたまま、頭から後ろへ倒れ込んだ。それに引きずられて、藍子も机の上を滑り落ちる。

二人は一つにつながったまま、段になった机の上を転がり落ちて行った。

頭を打った。

意識が遠のく。

42

頭が割れるように痛い。

海藤兼作は踊り場の手すりにもたれ、頭を抱えた。階段を全力で駆け上がって来たせいか、立っていられないほど目が回った。

大きく息をつきながら、また一歩ずつ上り始める。体を酷使するにはまだ早すぎるが、そんなことを気にしている余裕はない。何かいやな予感がして、一秒でも早く階段教室にたどり着きたかった。

ようやく七階まで上がる。標示板を見ると、階段教室の矢印は右になっていた。息を整え、歩き出そうとした。

そのとき、かすかな悲鳴が聞こえた。

びくりとする。何か争うような物音も響いていた。海藤は廊下を駆け出した。すぐに息が上がりそうになる。歯を食い縛り、ひたすら走った。めまいがして、二度ほど壁に肩を打ちつけた。

廊下の端に明かりが漏れている。あそこだ、あそこに違いない。

足がもつれ、しだいに速度が落ちた。

やっとのことで階段教室にたどり着く。肺一杯に空気を吸い、引き戸から中へはいった。肩で息をする。だれもいない。床に箱や実験器具のようなものが散乱している。

教壇に目を向け、我知らず呼吸を止める。だれか倒れているのが見えた。

「藍子」

名前を呼び、教壇に行く。

白衣を切り裂かれた看護婦が、血に染まって倒れていた。背筋に冷や汗が出る。息のある気配はなかった。自分の目が信じられない。これはいったいどういうことだ。

死体が南川藍子でなかったことに、ひとまずほっとする。海藤は振り向き、教室を見回した。室内は階段状に後方が高くなっている。

いちばん上の右手にガラス張りのドアがあり、それが細めに開いていた。

机の間の階段を上ろうとして、そこに点々と血がこぼれているのに気づいた。それは階段の上まで続いていた。

「藍子」

もう一度名前を呼び、我を忘れて階段を駆け上がる。いちばん上まで来ると、ベンチを蹴《け》りのけてドアへ向かった。

戸口に手をかけ、荒い息を吐きながら外を見渡す。屋上だと分かる。真っ暗だった。

教室から漏れる明かりの端に、白衣が見えた。低いフェンスのすぐそばだった。海藤は一息ついた。やっと見つけたぞ。

屋上に一歩踏み出したとき、すぐ横の暗がりからだれかが飛びかかって来た。身構える余裕はなかった。

海藤は脇腹を何かで突かれ、後ろへよろめいた。ドアの枠《わく》に頭をぶつけ、バランスを失う。

顔中血だらけの男が、ものも言わずにおおいかぶさって来た。

左の肘《ひじ》でそれを押しのけ、顎《あご》を目がけて思い切りパンチを繰り出す。男はがくりと頭をのけぞらせ、あっけなくコンクリートの上に崩れ落ちた。

海藤はドアの取っ手につかまり、ふらふらと立ち上がった。頭を振り、倒れた男を見下ろす。

明かりの中に浮かんだのは、《再会》のギタリスト本間の顔だった。海藤は呆然《ぼうぜん》とそれを見つめた。どうしてこの男が、ここにいるのだろう。

本間は少しの間もがいていたが、やがて動かなくなった。左の耳の下を鋭い刃物で切り裂かれている。コンクリートに新たな血溜《ちだ》まりができ始めた。

海藤は本間の右手を踏みつけ、握られた裁ちばさみを遠くへ蹴り飛ばした。パジャマの脇を押さえる。穴があき、血が吹き出していた。頭が錐《きり》を差し込まれたように痛み、考えることができない。

めまいと闘いながら、フェンスの方へ向かう。足が震え、目がくらんだ。喉の奥がひりひりする。自分が自分でないような錯覚に陥る。脇腹が痛い。

藍子を助けるのが先決だ。何より藍子を助けるのが先決だ。

藍子の白衣が裂け、風になびいているのが見える。どうしてあんなところに立っているのだろう。万が一転落したらどうするのだ。

息が苦しい。目が回る。手を伸ばそうとする。どちらの手だろう。右手か、それとも左手か。頭が痛い。左脳か、右脳か、どちらの頭が痛むのだろう。おかしい。意識がなくなりそうだ。

やっとそばまで来た。

もう大丈夫だ。おまえを殺そうとしたやつは、おれが片付けた。

海藤は藍子の肩に手を置いた。

つんざくような悲鳴が藍子の口から漏れた。上体がすとんと前へ倒れ、腹を支点にフェンスの上で半回転した。足が宙を蹴り、体が屋上のへりに滑り落ちる。

「藍子」

海藤は叫び、斜めに落ちかかる藍子の左腕をつかんだ。体が振り子のように揺れ、藍子は真っ暗な中空へ投げ出された。海藤はフェンスの金網に左手の指を食い込ませ、からくも右手一本で藍子の体を引き止めた。そのまま足を踏ん張る。体中の筋肉がひきつった。

渾身《こんしん》の力を振り絞り、少しずつ引き上げる。金網をつかんだ左手が血糊《ちのり》で滑り、指が離れそうになった。自分でもなぜか分からないが、左手がむずむずしていうことをきかない。指の力が抜けていく。

あっと思う間もなく、海藤の左手は金網を離れた。次の瞬間それは、藍子の左腕をつかんだ自分の右手に添えられた。

海藤は両手を使い、力一杯藍子をコンクリートのへりまで引きもどした。

藍子の目が闇《やみ》に光った。

その口から恐ろしい言葉が漏れる。

「くそ、じゃましやがって。もう少しでかたがついたのに」

43

放射線科医の岡村は指を上げ、丸岡庸三に合図した。

「右頸動脈《けいどうみゃく》にはいりました」

丸岡は息をこらし、モニター・テレビをのぞき込んだ。

南川藍子の太股《ふともも》の動脈に挿入《そうにゅう》されたカテーテル（導液管）は、岡村の巧みな操作によって今右頸動脈に達した。距離からいえばわずか数十センチだが、動脈の複雑な袋小路に迷い込むことなく、モニター・テレビだけを頼りにカテーテルを目的地まで導くには、かなり熟練した技術がいる。

藍子は目を開いたまま、検査着を着て電動検査台の上に横たわっていた。腹部を鉛のカバーで保護してある。

検査台はボタン操作で前後左右に動き、頭上にセットされたX線カメラによって、あらゆる位置から被検者を撮影できるようになっている。

海藤兼作も二人の医師にならい、放射線防護用の鉛製エプロンを装着してだいじなところを守っていた。エプロンは見た目よりも重く、自由に動くことができない。

本間に刺された脇腹の傷は、もう癒《い》えている。藍子も脇腹を刺されたが、こちらもたいした傷ではなかった。本間は藍子の反撃を受け、重傷を負った。しかし命だけは助かり、まだ警察の監視下で治療中だった。

丸岡の説明によれば、この検査は被検者の言語機能が左右どちらの脳半球にあるかを調べるためのもので、和田法と呼ばれているという。なんでも二、三十年前、和田淳という脳外科医が開発した、この分野では画期的な手法らしい。

「このテストは通常、脳手術をする際にしか行なわないんだが、今回は特別です。よく見ておくように」

丸岡は海藤に向かって重おもしく言った。医学生に講義するような態度だった。

「いったいどうやるんですか」

興味を引かれて、海藤が聞く。

「ほとんどの場合、言語機能が左脳に偏在していることは知ってますね」

「ええ。わたしもその典型的な例だった」

「そう。このテストはそれを検証する、生理学的手法の一つなんです。まず南川君の右頸動脈にアミタール・ソーダを注入する。一種の麻酔薬ですがね。薬は血液の流れに乗って、右脳に到達します。その結果右脳は薬の力で眠ってしまい、左脳だけが覚醒《かくせい》している状態になる。もし南川君の言語機能が左脳ではなく、右脳に偏在しているとすれば、口がきけなくなるはずです」

検査台から藍子が言った。

「そういうケースは、非常に少ないのでしょう」

「統計上はそうだが、これはばかりはやってみなければ分からない」

丸岡はカテーテルに接続された注入器を取り上げた。

藍子に声をかける。

「肘《ひじ》を台につけたまま、両手を九十度に立てて。そう、それでいい。そのままの姿勢で、数を数えてもらうよ。一から始めて、順に三つずつ足しながら数える。一、四、七というふうにね。分かったかな」

藍子は腕を上げたまま答えた。

「分かりました」

「よし、それじゃ始めて」

「一。四。七。十。十三。十六。十九……」

丸岡はアミタール・ソーダを注入し始めた。海藤はかたずを飲んで藍子を見守った。

十秒とたたないうちに、藍子の左手がぱたりと検査台に落ちた。早くも薬が右脳に回ったとみえる。

「二十八。三十一……」

数字の呼称も中断する。

しかしそれはほんの数秒のことで、藍子はまた数え始めた。

「三十四。三十七。四十。四十三……」

口ごもるような調子に変わる。

海藤が藍子の顔をのぞいて見ると、唇の左半分がこわばり、動きが止まっている。左のまぶたも垂れ下がっていた。

驚くほどの効果だった。藍子はどうやら今、左脳だけの人間になったらしい。

丸岡は注入器をワゴンのトレイに置き、藍子の右脇に立った。

「もう数えなくてもいい」

藍子は口を閉じた。

「今度はいくつか質問をしよう。フロイトの精神分析を徹底的に攻撃している、イギリスの心理学者はだれかね」

即座に答える。

「アイゼンク。ハンス・アイゼンクです」

「では弦楽器を三つ挙げてくれたまえ」

「バイオリン。チェロ。ギター」

「李下《りか》に冠を正さず、の意味は」

「疑わしい行為は避けた方がよい、ということですね」

脈絡のない質問が続いたが、藍子は苦もなく応じた。左脳の働きはほとんど完璧《かんぺき》だ。

「一箱二百六十円のたばこを三箱買うといくらになるかね」

「……七百八十円になります」

「らくだとこたつの共通点は少し間があく。

「……どちらも木に登れません」

海藤はくすりと笑いを漏らした。なかなか機転のきく左脳ではないか。

丸岡がポケットから、四角いライターと円い懐中時計を取り出した。藍子の右腕を寝かせ、見えないように手の中に置く。

「今いくつ品物を渡したかな」

「二つです」

「では円い方をわたしに返してくれたまえ」

藍子は二つを手の上でもてあそび、それから懐中時計を丸岡の手にもどした。

「今手に持っているのは」

「……ライターかしら」

丸岡はライターと懐中時計をポケットにしまい、藍子の右手を立て直した。

また質問を変える。

「アスレチック・クラブは楽しいかね」

「え。さあ、どうでしょうか。まあまあですね」

意外な返事だった。海藤の目には、大いに楽しんでいるように見えたからだ。

「きみはお母さんが好きかな」

藍子はぎこちなく唇に舌を滑らせた。

「ええ、好きでした。だいぶ前に亡くなりましたけど。わたしをとてもかわいがってくれました」

丸岡は手鏡を取り出し、藍子の目の前にかざした。

「これがだれだか分かるかね」

藍子は小さく笑った。

「わたしです。視空間機能もちゃんと働いているようですね」

言葉がしだいにはっきりしてくる。

それにつれて、死んでいた左手も動き始めた。やがて少しずつ立ち上がり、右手と同じように九十度にもどった。どうやら麻酔が切れてきたようだ。

丸岡は咳払《せきばら》いをして言った。

「楽にしていい。第一ラウンドは終わりだ」

藍子はほっとしたように手を下ろした。

海藤も一息ついた。

「これで彼女の場合もやはり、左脳に言語機能があることがわかったわけですね」

「そうです。しかし左脳だけにあると決まったわけではない」

「というと」

「右脳の方もテストしてみなければ、結論は出せないということです」

十分ほど休憩したあと、第二ラウンドが始まった。

岡村がまたモニター・テレビに向かい、今度は藍子の左頸動脈にカテーテルを挿入した。同じ手続きをへて、アミタール・ソーダが注入される。丸岡はさっきと異なり、百から三つずつ引いて数えるように指示した。

七十九まで下がったとき、藍子の口調に変化が現れた。右手がすっと落ちる。

数字の呼称がとぎれる。

言語機能が左半球に偏在しているとすれば、左脳が眠った今、藍子はこのまま口がきけなくなるはずだった。

しかし藍子はまた数え始めた。

「……七十六……七十三……七十」

声のトーンが低い。

丸岡は唇をすぼめ、一人納得したようにうなずいた。

海藤は驚き、あきれた。もし自分がテストされたら、右脳は一言もしゃべれないに違いない。

丸岡が口を開く。

「質問するよ。行動主義心理学を創始した、アメリカの心理学者は」

藍子が答えるまでに、少し時間がかかった。

「J・B・ワトソン」

「南半球にある国を三つ挙げて」

「オーストラリア……ブラジル、アルゼンチン」

「朱に交われば赤くなる、の意味は」

「……友だちを選べってこと」

藍子は多少つかえながらも、同じように正確な答えを出した。口調は前よりぶっきらぼうだが、藍子の右脳が左脳と同レベルの言語機能を備えていることは明らかだった。

藍子はどちらの脳でも、しゃべることができるのだ。

「千五百円で一箱二百六十円のたばこがいくつ買えるだろうか」

長い間隔があく。

「……五箱。二百円余る」

「らくだとこたつの共通点は」

うんざりしたように溜《た》め息《いき》をつく。

「分かりません」

海藤は唾《つば》を飲んだ。どうもさっきと様子が違う。藍子の右脳にはユーモアの感覚がないようだ。

丸岡はまたライターと懐中時計を取り出し、今度は左手の触覚のテストをした。それは右手の場合と同様、正しく反応した。

丸岡は手を後ろに組み、藍子の顔をのぞき込むようにして尋ねた。

「ところで、アスレチック・クラブは楽しいかね」

間髪をいれず答える。

「もちろん。体ががっちりするから」

海藤はあっけにとられた。さっき藍子は、あまり楽しくなさそうなことを言ったではないか。どうなっているのだ。

「きみはお母さんが好きかね」

藍子は急激に息を吸い込んだ。唇がわなわなと震える。

「どうなんだね」

丸岡が追い討ちをかける。

藍子は叫ぶように言った。

「嫌いだね、あんな女は。早くくたばりゃいいんだ」

海藤は衝撃を受け、まじまじと藍子を見つめた。耳を疑う。

それはまぎれもなく、男の話し言葉だった。一か月前、大学校舎の屋上で藍子を助け上げたとき、その口から漏れたのとまったく同じ男の口調だった。

丸岡の冷静な声が響く。

「お母さんはだいぶ前、亡くなったんじゃなかったのかね」

「まだ生きてるんだ。命令するんだ」

「なんと言って」

「女を殺せと」

「きみは男かね」

「そうだ。おふくろがそれを望んだんだ。女を殺せば、男になれるんだ」

海藤は唖然《あぜん》としてその場に立ち尽くした。いったい藍子に何が起こったのだ。

丸岡が藍子の顔に手鏡を突きつけた。

「これはだれだ」

藍子は唸《うな》り、言葉を吐き出した。

「おまえは藍子だ。おふくろだ。おまえは死ぬんだ――」

藍子の左手が動いた。

それにつれて、ぐったりしていた右手もかすかに動く。

左脳の麻酔が切れようとしている。右手が少しずつ上がっていく。

やがて二つの手が顔をおおった。

藍子は静かに泣き始めた。

44

丸岡庸三はＣＴスキャンの画像を示した。

「これはきみの脳の、レベル5の断層面を撮影した画像だ。一つは三週間前、もう一つは今日の午前中撮影したものだ。どこが違うか自分の目で確かめてみたまえ」

スラックスとカーディガンに着替えた南川藍子は、テーブルの上に並んだ画像をのぞき込んだ。下半身が重い。カテーテルの傷痕《きずあと》を止血するため、二キロもある砂袋を太股《ふともも》に載せられたせいだった。

海藤兼作も肩越しにのぞいた。

藍子は長い間二つの画像を見比べた。海藤のCTスキャンと同じ断層面で、中央に映っているのは脳梁《のうりょう》の部分だった。三週間前のものに比べて、この日撮影した画像は脳梁の前部が異常に細くくびれている。

「この部分がずいぶん細くなっていますね」

丸岡はそこを指で叩《たた》いた。

「そうだ。理由ははっきりしている。周囲の脳組織に圧迫されて、一時的に脳梁梗塞《こうそく》を起こしているんだ」

脳梁梗塞。

藍子は体が冷たくなるのを感じた。脳梁梗塞とはどういう意味だろう。

海藤が丸岡の顔を見る。

「一時的……脳梁梗塞。どういうことですか、説明してください」

「南川君の脳は、ふだんは正常に機能しているが、ある特定の時期にかぎって、脳梁梗塞を起こすということですよ」

「ある特定の時期とは」

藍子ははっと思い当たった。

「生理のときですね」

丸岡があの事件から四週間後、わざわざ藍子の生理を待って和田法を実施した理由が、今初めて分かる。警察の事情聴取や、脇腹《わきばら》の傷に遠慮していたわけではないのだ。

丸岡は厳粛な顔でうなずいた。

「そうだ。女性によっては生理が始まる直前、エストロゲンとプロゲステロンのバランスが大きく崩れることがある。そこからある種の精神症状を起こす場合も少なくない。そういう症状をなんと言うかね。これはきみの専門だと思うが」

エストロゲンとプロゲステロン。

二つとも主要な性ホルモンの名称で、避妊用ピルの原料としても使われる。この二つのバランスが崩れたときに起きる症状は何か。

藍子は両手を握り合わせた。

「月経前緊張症候群です」

海藤が乗り出した。

「おれにも分かるように説明してくれ」

「女性のほぼ四割がそうだというけれど、生理の前から最中にかけて精神の働きが不安定になる病気なの。抑鬱《よくうつ》状態になったり、粗暴になったり、ひどい場合には反社会的な行動に出たり。自殺願望が現れることもあるわ」

「きみがそいつにかかってるというのか」

丸岡が割ってはいる。

「けさのホルモン検査で分かった。バランスが相当崩れている」

海藤はなおも藍子に問いかけた。

「きみはそれを自覚してるのか」

「気分が重くなったり、体調が悪くなったりすることはあるけれど、それほどひどいという感じはなかったわ」

丸岡があとを引き取る。

「南川君の場合、この症候群が現れてホルモンのバランスが崩れると、脳梁周囲の脳組織が腫脹《しゅちょう》して神経線維を圧迫する。一種の脳梁梗塞状態になるわけだ。その結果二つの半球の連絡が断たれてしまう。おそらく同時にアンドロゲンの分泌《ぶんぴつ》もふえ、男性的要素が頭をもたげてくる。アンドロゲンはそういう働きを持つ性ホルモンだからね。これらの症状が重なると、ふだんは隠れている右脳の意識が、何かの拍子に独立した男性人格となって発現するのだと思う」

海藤は額の汗をふいた。

「要するに彼女は、生理になると脳が二つに分裂してしまう、ということですか」

「そういうことです」

「彼女の中にも、二つの人格が存在しているというんですか——わたしと同じように」

「たぶんね」

海藤はぽかんとして藍子を見た。

藍子は唇を噛《か》んだ。目の前が暗くなる。自分もまた海藤のように、二つの意識を持つ人間だったとは。しかもそれが生理によって左右されていたとは、夢にも思わなかった。どうして今まで、そのことに気がつかなかったのだろう。いったいいつ右脳の自分が、この体を支配したというのだろう。

海藤が丸岡に聞く。

「しかし左脳はともかく、右脳まであんなにしゃべれるということがあるんですか」

「男性の場合は、どちらに言語機能があるにせよ、比較的はっきりと左右の機能が分化している。ところが女性の場合、とくに最近の研究によると、男性ほどには機能が分化していないといわれる。つまり女性は、二つの半球がいずれも言語、視空間の両機能を兼ね備えている率が高いということだ。これが男女の脳の著しい違いで、どうやら生まれつきのものらしい。もっとも南川君のように、あれだけ完璧《かんぺき》に兼備しているケースは珍しいが」

「先生はそれを予測してたんですか」

「ある程度はね。彼女の場合、利《き》き手は一見右のようにみえるが、実際は潜在的な左利きだと思う」

藍子は自分の手を見た。

「どうして左利きと分かるのですか」

丸岡は手首を捻《ひね》った。

「たとえば字を書くとき、きみはこうして右手を内側に曲げ、変則的な書き方をする。これは統計的に、潜在的左利きの指標になるといわれている」

藍子は字を書く格好をした。確かに手首が内側に返る。

丸岡が続けた。

「腕を組んでみたまえ」

言われたようにする。

「左腕が上にきているのが分かるだろう」

そのとおりだった。

「両手の指を組み合わせて」

組み合わせる。

「どちらの親指が上にきているかね」

「左です」

丸岡は満足そうにうなずいた。

「すべては潜在的左利きであることを物語る証拠だ。それはまた、きみが右脳にも言語機能を持つ可能性を示唆《しさ》している。事実はまったくそのとおりだった」

海藤が口をはさんだ。

「それにしても、どうして右脳でしゃべると、男の人格になってしまうんですか」

藍子は唇を引き締めた。

海藤から例の屋上でのやりとりを聞かされたとき、藍子には思い当たるふしがないでもなかった。自分が無意識に男言葉をしゃべったことは、右脳にもう一つの人格があると指摘された今、それなりの説明ができそうな気がした。

しかし丸岡の解釈を聞いてみたかった。

丸岡はちらりと藍子を見た。

「これも南川君の専門になるが、彼女にはトランスセクシュアリズムの傾向があるように思う」

海藤が瞬《まばた》きする。

「トランス――なんですって」

「トランスセクシュアリズム。異性化願望症というのかな。生物学的には完全な女性なのに、そのことに激しい嫌悪感を抱いていて、男として生きたいと願う症状です」

海藤は藍子を見返った。

「きみが男になりたいって。そんなばかな。ほんとにそう思うのか」

藍子は目を落とし、しばらく考えた。丸岡の解釈はおそらく正しいと思う。

今まで真剣に考えようとしなかったことがある。頭の隅《すみ》でいつも意識しながら、直面するのを避けてきたのだ。ここまで来れば、もはやその問題を回避することはできない。

目を上げて言う。

「潜在的にそう思っているのかもしれないわ。わたしは一人っ子だけど、母はわたしを生んだとき、男の子でなかったことでひどく失望したらしいの。女に生まれると損だと信じていたのね。母の実家は静岡の旧家で、典型的な家父長制の家だったの。小さいときから、男上位の家族に押さえつけられて、勉強ができたのに上の学校にも行かせてもらえなかった。そのことがずっとしこりになって残っていたのでしょう。小さいときからわたしに、男のように生きろと口を酸っぱくして言ったわ。自分の中の女を殺せとも。わたしはそれがつらかったけれど、なんとか母の期待に応《こた》えようとした」

少し休み、また続ける。

「母はふだんはわたしをかわいがってくれたけど、ときどきひどく怒ってぶつことがあったの。わたしが思いどおりにならないときとかね。そういうとき口では、おまえが好きだからこうするのよ、と言いながらぶつの。ところが顔には、男だったらよかったのに、男に生まれなかったのが憎らしい、とはっきり書いてあったわ」

涙が込み上げてきて、藍子は顔をおおった。

丸岡も海藤も黙っていた。そのまましばらく泣くにまかせる。

やがて藍子は気持ちをやりすごし、口を開いた。

「だからわたしは、男に負けないくらい勉強して、医者になったわ。気持ちの上では男と同じようにやってきたつもりよ。今まで独身でいたのも、そのことと関係あるかもしれない。わたしは——わたしの左脳は、男嫌いではないけれど、男にのめり込むことを無意識に避けてきたの。のめり込むと女になってしまうから。アスレチックで筋肉作りに励むのも、ある意味では女らしさを殺そうという気持ちの表れかもしれない」

医長室に沈黙が流れた。

やがて丸岡が言う。

「母親というのはいつの時代も、よかれあしかれ子供に大きな影響を与えるものだね。口では好きだと言い、顔では憎らしいと告げる。この矛盾する態度に直面した場合、子供の心は複雑な葛藤《かっとう》にさらされるだろう。言語機能を受け持つ脳は、母親の《好きだから》という言葉を聞いて、愛情を感じる。一方視空間機能を受け持つ脳は、母親の《憎らしい》という表情を見て、憎悪《ぞうお》を覚える。そのとき子供の心はアンビバレント、つまり両価的な感情で葛藤する。ひどい場合は、精神分裂病と同じ症状を引き起こしかねない」

海藤は肩を揺すった。

「彼女が精神分裂病だというんですか」

「分裂気質であることは確かだ。南川君の右脳は、左脳の人格を敵視している。さっきのテストで分かったように、右脳にとって左脳は抹殺《まっさつ》すべき女、つまり南川藍子なんだ。しかし同時に母親でもある。愛する母親ではあるが、自分を支配しているという意味では、憎むべき母親でもある。右脳はもう一人の自分を殺すことによって、母親の支配から逃れようとしている。それは鏡を見たときの反応で分かる。生理のときに人格が入れ代わるのは、鏡やガラスに映る自分の姿を見たときに起こりやすいと思われる。おそらく彼女はそのとき、もう一人の自分を見ているに違いない。一種の幻視のような感じでね」

藍子は丸岡に言った。

「そうした症状を自分なりに分析してみると、解離ヒステリーという可能性もあるような気がします」

海藤が顔をしかめる。

「頼むからおれにも分かる言葉を使ってくれないか」

「解決できない心の葛藤を、精神の一部から切り離して防衛しようとする神経症のことよ。心因性健忘とか二重人格、夢中遊行などいろいろな形があるの。わたしの場合はたぶん二重人格といえるわね。右脳のわたしが、左脳のわたしを殺そうとして、自殺を強要するのだと思うわ」

「するとこの間、大学の屋上でおれを罵《ののし》ったのは、右脳のきみが左脳のきみを殺しそこねたからか」

藍子は肩を落とした。

「たぶんそうだわ。覚えてないけれど」

丸岡はソファを立ち、窓際《まどぎわ》へ行った。裸になった銀杏《いちょう》の木を見ながら言う。

「きみの右脳の中では、まだ母親は死んでいないようだ。いまだに生き続けて、左脳のきみを殺すように命令している。それは本来象徴的な意味しか持っていなかったが、きみは具体的な行動に置き換えようとした。かりにそれを実行した場合、周囲の人間には動機不明の自殺としかみえないだろうがね」

　海藤は丸岡の背に問いかけた。

「いつからその症状が始まったか知らないが、これまでそうした異常に気がつく人間はいなかったんですかね。とくに男言葉をしゃべったりすれば、すぐに分かると思うんだが」

　丸岡は向き直り、藍子に尋ねた。

「お父さんは健在かね」

「いいえ、十二年前に死にました」

「お母さんが亡くなったのはいつだね」

「三年ほど前です」

「ショックだっただろうね」

　藍子はそのときのことを思い出し、目を伏せた。

「自分の手で精神安定剤を処方しなければなりませんでした」

　丸岡は少し間をおいた。

「きみは一人暮らしが長いのか」

「はい。大学のころからずっと」

　丸岡は海藤を見た。

「人格の交代症状が始まったのは、おそらくお母さんが亡くなったあとだろう。少なくともそれほど昔のことではない。子供のときからそうであれば、親が気づくはずだからね」

「それにしても、だれも気がつかないというのは、納得できませんね」

「生理のときにいつもそうなるとはかぎらないし、なったとしても人格の入れ代わる時間が短ければ、周囲の人間には分からないだろう。ぼんやりしているように見えるだけでね。男言葉をしゃべっても、冗談を言ってるように思われたり、変な女だな、ぐらいですんでしまう。南川君が一人暮らしでなく、年がら年中一緒にいる人間がいれば別だが」

藍子は海藤を見た。

「あなたといるとき、そうなったことはないかしら」

海藤は申し訳なさそうな顔をした。

「なったとしても気がつかなかった。おれは鈍感だからな」

丸岡が向き直る。

「わたしも気がつかなかった。きみの右脳はたぶん、用心深い性格なのだろう」

藍子は力なく笑った。

海藤が真剣な口調で丸岡に聞く。

「ところで先生、その一時的脳梁梗塞《のうりょうこうそく》というのは、治療法があるんでしょうかね」

「あなたの場合と違って、脳梁が断裂しているわけじゃないから、ホルモンのバランスさえ崩れなければ問題はない。ホルモン療法で十分改善されると思う。ただしピルを飲むと悪化する恐れがある」

丸岡はにやりと笑って続けた。

「ということは、妊娠した場合も要注意ということだ。ピルというのは、一時的妊娠状態を作る薬だからね」

藍子はわけもなく赤くなった。

丸岡はソファにもどった。

「二人とも、自分の中に二つの人格があるからといって、気に病むことはない。確かにわたしたちはふだん、左脳だけで生きているようにみえる。しかしそれは単に、左脳が言語機能を持っているからにすぎない。左脳の陰にはつねに、右脳というもう一人の自分が隠れている」

藍子はまたミルグラムの実験のことを思い出した。自分の中に残酷さが潜んでいるとすれば、それは右脳に潜んでいるに違いなかった。

丸岡が一息ついてつけ加える。

「わたしたちはある意味では、だれもが脳梁を分断された存在なのさ」

45

海藤兼作は裸の腕を伸ばし、サイド・テーブルの灰皿にたばこを捨てた。

「本間は裁判になったら、極刑を免《まぬか》れないだろうな」

南川藍子はシーツを胸まで引き上げた。

「さあ、どうかしら。どっちにしても弁護士は、精神鑑定を申請すると思うけど」

「また心神喪失か」

「心神喪失ということはないでしょうね。少なくともわたしなら、そうは鑑定しないわ」

「万が一無罪になったら、世論が許さないだろう。少なくともおれは許すつもりはない」

「無罪ということは考えられないわ。どうがんばっても、心神耗弱《しんしんこうじゃく》がいいところね。そのときはいくらか罪が軽減されるけど」

海藤は不満そうに言った。

「しかし追分の場合は、また心神喪失で無罪になっただろう。措置入院ということで、どこかの病院に強制入院させられたらしいが」

「ええ。あの人の場合は、無罪もやむをえないでしょうね。本間と違って、正常な判断力がなくなってしまうのだから。刑務所へはいるより、病院で治療する方が妥当だわ」

「ということは、いずれ娑婆《しゃば》に舞いもどる可能性もあるわけだ」

「完全に治癒《ちゆ》すればね」

「だれがそれを保証するんだ」

藍子は天井を見つめた。

「だれにもできないわ」

海藤は首を振った。

「やつから身を守るには、きみが改名するしかないようだな。藍子をやめて、花子かなんかにすればいい」

追分の目を思い出して、藍子は身震いした。

「やめてよ、縁起でもない」

海藤はベッドを抜け出し、冷蔵庫から缶ビールを取り出した。

「そういえば、カリガリ博士だかメンゲレ博士だかが病院をやめると聞いたが、ほんとうか」

藍子は溜《た》め息《いき》をついた。

「ええ」

「どうしてかな。おれはあの先生が気に入り始めてたんだ。面白い男だったよ。やめてどうするんだろう」

「あれだけの腕を持っていれば、いくらでも仕事はあるわ」

「しかし今度の退職には、あまり芳《かんば》しくない噂《うわさ》があるらしいじゃないか。人体実験がどうのこうのと。何か聞いてないか」

藍子は顔をそむけた。

「聞いてないし、聞きたくもないわ」

実は院長から、その件について事情聴取を受けた。藍子は丸岡の口から聞かされたことを、正直に報告した。丸岡には負い目こそあれ、含むところは何もなかった。しかし院長に嘘《うそ》をつくことはできない。それに心のどこかで、自分にとって丸岡が遠くへ行ってしまうことが必要だ、という気がしたのだ。

海藤はビールを一息に飲み干した。

「そうかしら」

「あの先生、きみにだいぶ興味を感じてたようだな」

「目つきや言葉遣いで分かるさ。やっこさんがきみにキスしようとしたとしても、おれは少しも驚かないね」

ちくりと胸が痛む。

「そうね。驚かないでほしいわね」

海藤は藍子の顔を見た。

「そりゃどういう意味だ」

藍子は答えなかった。

海藤は空き缶をくずかごに投げ入れ、ベッドにもぐり込んだ。

しばらくして、ぽつりと言う。

「警察をやめるよ」

「やめてどうするの」

「興信所でも始めるさ」

「資金はあるの」

「資金なんかいらない。机と電話があればいいんだ。それに美人の秘書と」

藍子が黙っていると、海藤は続けた。

「きみが精神科を開業するという手もある。こぢんまりしたクリニックなら、二人でなんとかやっていけるだろう」

藍子は体を固くした。

「結婚しようというの」

「悪くない考えだと思わないか。おれたちが結婚したら、一度に左右二組の新郎新婦が誕生するんだからな」

「趣味の悪い考えだわ。わたしのヒモにはなりたくないと言ったくせに」

「おれにも看護士ぐらいは務まるはずだ」

「さぞかしこわもての看護士になるでしょうね」

海藤は口をつぐんだ。

「そろそろ行きましょうよ」

「何を急いでるんだ。まだ日が暮れたばかりだぞ」

「一汗流したいの」

海藤は藍子の乳房をつかんだ。

「もう一度やればいいじゃないか」

その手を払いのける。

「ばかね。アスレチックへ行きたいのよ」

海藤は顔を起こした。

「また始めるつもりか」

「ええ。生理が来ないうちにね」

「ホルモンの薬を飲んでないのか」

「飲んでるけど。ちょっとどいてくれない、重いから」

「どうするんだ」

「シャワーを浴びるのよ」

藍子は浴衣《ゆかた》を羽織り、バスルームへ行った。

ドアをロックし、便器にすわる。バスタブのカーテンが閉じている。

股間《こかん》に異常を感じて、藍子は目を落とした。白い便器が赤く染まっていた。ひやりとして唾《つば》を飲む。出血している。予定より早く生理が来たらしい。

とりあえずトイレットペーパーで始末し、立ち上がろうとしたとき、強いめまいを覚えた。洗面台につかまり、体を支える。

突然目の前のカーテンが開き、裁ちばさみを振りかざした本間保春が躍り出て来た。恐ろしい形相で飛びかかってくる。

藍子は悲鳴を上げ、ドアに体を張りつかせた。たちまち視野が暗くなる。喉《のど》もと目がけて、裁ちばさみが振り下ろされる。

海藤がドアを叩《たた》いた。

「どうしたんだ。あけろ」

取っ手が激しく揺すられる。

藍子はずるずるとタイルに崩れ落ちた。

ようやくめまいが治まる。恐るおそる目をあけた。

閉じたカーテンはそよとも動いていない。

藍子は壁につかまって立ち上がった。震える手でカーテンを引きあける。

空のバスタブがあるだけだった。

「どうしたんだ。ここをあけろ」

なおもドアを叩きながら、海藤が怒鳴る。

藍子は大きく息をつき、レバーを捻《ひね》ってトイレの汚水を流した。

「なんでもないの。ちょっと足が滑っただけ。心配しないで」

海藤はドアを叩くのをやめた。

「ほんとうか。怪我《けが》をしなかったか」

「大丈夫。すぐ行くから」

「分かった。気をつけるんだぞ」

海藤がドアを離れる気配がする。

藍子は洗面台にかがみ、水で顔を洗った。ぼやけていた意識が、少しずつはっきりしてくる。体を起こし、後ろ手にタオルを探った。

ふと鏡に映る自分の顔を見る。視線が凍りついた。

そこに藍子がいる。

藍子は藍子を睨《にら》みつけた。


あきらめたと思ったら大間違いだ。まだまだチャンスはある。あの男ともども、いつかきっとおまえを始末してやる。

覚悟しておけ。

解説

末國善己

脳科学や心理学は、ミステリーと強い類縁関係にある。

例えば、江戸川乱歩『心理試験』（一九二五）には、ミュンスターバーグ（作中では「ミュンスターベルヒ」と表記）が考案した心理試験によって容疑者を尋問する場面が登場する。フロイトの精神分析が本格的に紹介されるようになってからは、フロイトの象徴分析を用いて事件を解決する水上呂理《みなかみろり》『精神分析』（一九二八）や、時計を止めたり、扉を半開きにしたりしないと眠れない女性の深層心理を、精神病学にも精通している大心地《おおこころち》先生が解き明かす木々高太郎『就眠儀式』（一九三五）などが登場する。そして何より、脳や心理学に関する膨大な情報を使って、迷宮的な世界を構築した夢野久作『ドグラ・マグラ』（一九三五）も忘れることができない。この系譜が、現代まで途切れることなく受け継がれていることは、島田荘司が生み出した名探偵・御手洗潔《みたらいきよし》が、脳科学に深い造詣を持っているという設定を見ても明らかであろう。

世界で最もフロイトの精神分析が受容されているアメリカでも、状況はそれほど変わらない。それは、ヴァン・ダイン『僧正殺人事件』（一九二九）などに登場するファイロ・バンスが、「内的分析法」を用いて数多くの難事件を解決したことからも分かる。こうした流れが、一つの潮流になったのが、ニューロティック・サスペンスである。

ニューロティック・サスペンスは、第二次大戦後にアメリカで製作された異常心理を題材にした映画の総称で、アルコール中毒の患者が見る幻覚の恐怖と、そこからの再生を描いたビリー・ワイルダー監督の『失われた週末』（一九四五）が、その先がけになったとされる。白い平行線を見るとパニックを起こす記憶喪失の男と、彼を救おうとする女性精神科医の関係を描き、男が見る悪夢のシーンは、シュールレアリズムの巨匠サルバドール・ダリがセットのデザインを担当したことでも知られるアルフレッド・ヒッチコック監督の『白い恐怖』（一九四五）は、その代表作である。

そして、エドワード（エド）・ゲインが起こした大量殺人事件をモデルにしたロバート・ブロックの小説『サイコ』（一九五九）と、ヒッチコック監督による同名映画（一九六〇）が、作品の完成度と後世への影響も含め、異常心理スリラーの一つの到達点を示したことは間違いない。

『サイコ』以降も、特にアメリカでは、実際に多くの大量殺人事件が起きたこともあり、異常心理を題材にした作品は書き継がれていた。その中でも、女性の皮膚を剝《は》いで殺す猟奇殺人犯バッファロー・ビルを、ＦＢＩ候補生クラリス・スターリングが、（実在の凶悪犯ヘンリー・ルーカスをモデルにした）元精神科医ハンニバル・レクター博士の協力を得ながら追い詰めていくトマス・ハリス『羊たちの沈黙』（一九八八）は、ジョナサン・デミ監督による映画化（一九九三）との相乗効果もあり、一大ブームを巻き起こしたことは記憶に新しい。それだけではなく、一九九〇年代のミステリー・シーンに、サイコ・サスペンスというムーブメントを作った意味でも、エポックメーキングな作品となったのである。

逢坂剛の『さまよえる脳髄』は、完全試合を目前にラッキーなヒットを許してしまった直後、リリーフ・カーを運転するマスコット・ガールの首を絞めたプロ野球選手・追分知之《おいわけともゆき》、元アイドル歌手を名乗り、制服姿の女性を裁ちばさみで切り裂いて殺す連続殺人犯、麻薬密売犯逮捕の時、犯人にビリヤードの玉で頭部を殴打されたため、ボールへの恐怖心を抱く刑事・海藤兼作《かいどうけんさく》という精神に傷を負った三人に、精神科医の南川藍子《みなみかわらんこ》、さらに脳神経科の権威・丸岡庸三《まるおかようぞう》が深く関わっていくことで物語が進んでいく。

精神科医が、主に深層心理の分析によって、猟奇的な犯行を繰り返す殺人犯に近づいていくという設定は、『羊たちの沈黙』から始まるサイコ・サスペンスの型と見事なまでに重なっている。だが『さまよえる脳髄』を、サイコ・サスペンスの流行に乗って書かれた作品と見るのは早計に過ぎる。なぜなら『さまよえる脳髄』が発表されたのは、一九八八年。アメリカで『羊たちの沈黙』が発表されたのは、同じ一九八八年だからである。

本書の中に、「いかなる偶然の一致も、それができすぎていればいるほど、強い因果関係で結ばれている」とするユングの《シンクロニシティ》の解説が出てくるが、『さまよえる脳髄』と『羊たちの沈黙』が、日米で同じ年に刊行されたのは、まさにこの《シンクロニシティ》以外の何ものでもない。さらにいえば、脳の先端研究を分かりやすく解説し、脳のブームを巻き起こした養老孟司『唯脳論』の刊行が一九八九年。このことからも、逢坂剛の試みが、いかに先駆的だったかが分かるはずだ。

ただ、他の作家よりも一歩先を行った作品が、必ずしも優れた作品であるという保証はない。その先駆性だけが歴史に刻まれ、時代の波によって風化してしまった作品も、決して少なくはないのだ。そのことは、先に挙げた水上呂理が、フロイトの理論を用いたミステリーを、かなり早い時期に書いたものの、現在ではマイナーポエットの作家の一人くらいにしか評価されていないことでも明らかであろう。

しかし『さまよえる脳髄』に限っては、このような心配はない。

本書は、発表から十五年が経っている。寡聞にして詳しく指摘することはできないが、作中に登場する心理学や大脳生理学の情報も、加速度的に進む医学研究の成果から見ると、既に古くなっている可能性も否定できない。それなのに作品を読むと、とても十五年も前に書かれた作品とは思えないほどにフレッシュなのだ。それは作中に横溢《おういつ》する脳と心理に関する情報を、単に興味深い話題として提示するのではなく、すべてミステリーのトリックと結びつけているからにほかならない。

サイコ・サスペンスは、『羊たちの沈黙』にも顕著なように、猟奇殺人犯の視点と、それを追う捜査官の視点、二つの場面をカットバックしながら展開することが多い。この方法は、追いつ追われつのサスペンスを盛り上げるには有効だが、一方で、犯人が誰かを推理する〈犯人当て《フーダニット》〉の興味が薄れてしまうことは否めない。

もちろん、サイコ・サスペンスに〈犯人当て〉の要素は必要ない、という反論もありえよう。しかし追跡劇から生まれるサスペンスに、〈犯人当て〉が加われば、ミステリーとしての完成度が上がることも確かである。

『さまよえる脳髄』は、基本的にサイコ・サスペンスではお馴染《なじ》みになっている、いくつかの場面をカットバックさせながら物語を進める手法を採っている。その一つが、女性の制服に性的な興奮を覚え、制服といっしょに女性の肉体も切り裂く猟奇殺人犯が、犯行を重ねるパート。もう一つが、偶然知り合って交際を始めた南川藍子と海藤兼作が、心理的な分析から犯人を捜査するパートである。だが複数の視点を自在に使い分ける手法が、必ずしも犯人／捜査官の二項対立にはなっていないばかりか、事件をより複雑なものにしていく。

まず、南川藍子が精神鑑定をしたことで無罪となったプロ野球投手・追分の深層心理に、母親への屈折した愛憎があることが分かり、この追分が女性を誘う場面が挿入されることで、連続殺人犯＝追分という可能性も浮上してくる。さらに犯人を追う側の海藤には、麻薬犯と格闘した際に、心理的な傷だけでなく、脳に器質的な損傷を負ったことも分かってくる。海藤は左脳と右脳を繋《つな》ぐ脳梁《のうりょう》に損傷を受けており、左右の脳が互いに情報を交換できないため、一つの肉体に二つの意識と人格を持って生活していると指摘されてしまうのだ。

クリストファー・ノーラン監督の『メメント』（二〇〇〇）は、十分以上前の記憶を保持できない前向性健忘症となった男が、妻を殺した犯人を探すミステリー映画で、観客に前向性健忘症を追体験させるかのような斬新《ざんしん》な演出が話題になった。本書では、脳梁に損傷を受けた海藤が、その損傷ゆえに常態とは違ったモノを見ることによって、危機的な状況に追い込まれる場面が出てくる。脳の器質的な損傷を、ミステリーに用いた意味でも、『さまよえる脳髄』は、新たな分野を開拓していたのだ。

しかも、この障害が明らかになることによって、海藤の記憶や言動は信頼性の乏しいものになっていく。さらに物語の終盤では、南川藍子にも、脳の機能的な障害があることが判明し、探偵役として最も確実と思われた藍子の言動に対する信用も揺らいでくるのだ。

先端の心理学と脳科学の導入によって従来の常識を次々と覆し、その上に複雑かつ絶妙な場面構成を重ねることで、サスペンスだけでなく、〈犯人当て〉としての面白さも確保してみせたところに、『さまよえる脳髄』の独自性があるといえるだろう。

そして、次々と容疑者を増やすことは、ミステリー的な興味だけでなく、作品のテーマにも結び付いている。犯人／警察を対立させるタイプのサイコ・サスペンスでは、犯人の異常性だけが強調され、それが時に、社会防衛的な見地から、凶悪な事件を潜在的に起こす可能性のある人物の取り締りを望む欲望と結び付いてしまうことがある。だが『さまよえる脳髄』は、精神的な傷や障害を、誰もが経験しうることとして描いている。こうした問題に逢坂剛が意識的であったことは、冷徹な医師・丸岡を、海藤たちがナチ戦犯として手配された「メンゲレ博士」になぞらえていることからも明らかだろう。差別的な構造を生まないための細心の注意が払われていることも、忘れてはならない。

『さまよえる脳髄』は、日本人の手による最初期に書かれたサイコ・サスペンスであり、間違いなく最高傑作の一つに数えられる作品である。それだけでなく、海外の名作と比べても、何の遜色《そんしょく》もないことは、既に述べてきた通りである。その意味で、今後も長くミステリー史に屹立《きつりつ》し続けるといっても過言ではあるまい。

この作品は、一九九二年、新潮文庫より刊行されました。

集英社文庫　目録（日本文学）

内田康夫　名探偵浅見光彦のニッポン不思議《ミステリアス》紀行
内館牧子　恋愛レッスン
宇野千代　生きていく願望
宇野千代　普段着の生きて行く私
宇野千代　行動することが生きることである
宇野千代　恋愛作法
宇野千代　私の作ったお惣菜
宇野千代　私の幸福論
宇野千代　幸福は幸福を呼ぶ
宇野千代　私の長生き料理
宇野千代　私何だか死なないような気がするんですよ
宇野千代　薄墨の桜
梅原猛　神々の流《る》竄《ざん》
梅原猛　飛鳥とは何か
梅原猛　日常の思想
梅原猛　聖徳太子1・2・3・4

梅原猛　日本の深層
江川晴　救急外来
江川晴　産婦人科病棟
江川晴　企業病棟
江川晴　私の看護婦物語
江國香織　都の子
江國香織　なつのひかり
江國香織　いくつもの週末
江國香織　薔薇《ばら》の木 枇杷《びわ》の木 檸檬《れもん》の木
江國香織　ホテル カクタス
江國香織　モンテロッソのピンクの壁
江國香織　泳ぐのに、安全でも適切でもありません
江國香織　とるにたらないものもの
江國香織　日のあたる白い壁
江國香織　すきまのおともだちたち
江國香織　左岸（上）（下）

江角マキコ　もう迷わない生活
江原啓之　子どもが危ない！スピリチュアル・カウンセラーからの警鐘
江原啓之　いのちが危ない！スピリチュアル・カウンセラーからの提言
遠藤周作　愛情セミナー
遠藤周作　勇気ある言葉
遠藤周作　あべこべ人間
遠藤周作　よく学び、よく遊び
遠藤周作　ほんとうの私を求めて
遠藤周作　父親
遠藤周作　ぐうたら社会学
逢坂剛　裏切りの日日
逢坂剛　空白の研究
逢坂剛　情状鑑定人
逢坂剛　百舌《もず》の叫ぶ夜
逢坂剛　幻の翼
逢坂剛　砕かれた鍵

集英社文庫　目録（日本文学）

集英社文庫　目録（日本文学）

集英社文庫　目録（日本文学）

集英社文庫　目録（日本文学）

集英社文庫　目録（日本文学）

川端康成　伊豆の踊子
川端裕人　銀河のワールドカップ
川端裕人　今ここにいるぼくらは
川端裕人　風のダンデライオン　銀河のワールドカップ ガールズ
姜尚中　在日
姜尚中・森達也　戦争の世紀を超えて　その場所で語られるべき戦争の記憶がある
木内昇　新選組　幕末の青嵐
木内昇　新選組裏表録《うらおもて》　地虫鳴く
岸田秀・町沢静夫　自分のこころをどう探るか　自己分析と他者分析
北杜夫　船乗りクプクプの冒険
北方謙三　逃《の》がれの街
北方謙三　弔鐘《ちようしよう》はるかなり
北方謙三　第二誕生日
北方謙三　眠りなき夜
北方謙三　逢うには、遠すぎる
北方謙三　檻《おり》
北方謙三　あれは幻の旗だったのか
北方謙三　渇きの街
北方謙三　牙
北方謙三　危険な夏―挑戦Ⅰ
北方謙三　冬の狼―挑戦Ⅱ
北方謙三　風の聖衣―挑戦Ⅲ
北方謙三　風群の荒野―挑戦Ⅳ
北方謙三　いつか友よ―挑戦Ⅴ
北方謙三　愛《いと》しき女たちへ
北方謙三　傷痕　老犬シリーズⅠ
北方謙三　風葬　老犬シリーズⅡ
北方謙三　望郷　老犬シリーズⅢ
北方謙三　破軍の星
北方謙三　群青　神尾シリーズⅠ
北方謙三　灼光　神尾シリーズⅡ
北方謙三　炎天　神尾シリーズⅢ
北方謙三　流塵　神尾シリーズⅣ
北方謙三　林蔵の貌《かお》(上)(下)
北方謙三　そして彼が死んだ
北方謙三　波《は》王《おう》の秋《とき》
北方謙三　明るい街へ
北方謙三　彼が狼だった日
北方謙三　罅《ひび》・街の詩《うた》
北方謙三　皸《ひび》・別れの稼業
北方謙三　草《そう》莽《もう》枯れ行く
北方謙三　風裂　神尾シリーズⅤ
北方謙三　風待ちの港で
北方謙三　海嶺　神尾シリーズⅥ
北方謙三　雨は心だけ濡らす
北方謙三　風の中の女
北方謙三　コースアゲイン
北方謙三　水滸伝一～十九

集英社文庫　目録（日本文学）

北方謙三・編著　替天行道　—北方水滸伝読本
北方謙三　魂の岸辺
北方謙三　棒の哀しみ
北方謙三　君に訣別の時を
北方謙三　楊令伝　一　玄旗の章
北方謙三　楊令伝　二　辺烽の章
北方謙三　楊令伝　三　盤紆の章
北方謙三　楊令伝　四　雷霆の章
北方謙三　楊令伝　五　猩紅の章
北方謙三　楊令伝　六　徂征の章
北方謙三　楊令伝　七　驍騰の章
北方謙三　楊令伝　八　箭激の章
北方謙三　楊令伝　九　遥光の章
北方謙三　楊令伝　十　坡陀の章
北方謙三　楊令伝　十一　傾暉の章
北方謙三　楊令伝　十二　九天の章

北方謙三　楊令伝　十三　青冥の章
北方謙三　楊令伝　十四　星歳の章
北方謙三　楊令伝　十五　天穹の章
北方謙三・編著　吹毛剣　楊令伝読本
北川歩実　金のゆりかご
北川歩実　もう一人の私
北川歩実　硝子のドレス
北村薫　元気でいてよ、R2-D2。
北森鴻　メイン・ディッシュ
北森鴻　孔雀狂想曲
城戸真亜子　ほんわか介護
木村元彦　誇り　ドラガン・ストイコビッチの軌跡
木村元彦　悪者見参
木村元彦　オシムの言葉
京極夏彦　どすこい。
京極夏彦　南極。

桐野夏生　リアルワールド
桐野夏生　I'm sorry, mama.
桐野夏生　I N
草薙渉　草小路弥生子の西遊記
草薙渉　第8の予言
工藤直子　象のブランコ　—とうちゃんと
邦光史郎　坂本龍馬
邦光史郎　利休と秀吉
熊谷達也　ウエンカムイの爪
熊谷達也　漂泊の牙
熊谷達也　まほろばの疾風《かぜ》
熊谷達也　山背郷
熊谷達也　相剋の森
熊谷達也　荒《あら》蝦夷《えみし》
熊谷達也　モビィ・ドール
熊谷達也　氷結の森

S 集英社文庫

さまよえる脳髄《のうずい》

2003年 9 月25日　第 1 刷
2013年 1 月20日　第 4 刷

定価はカバーに表示してあります。

著　者　逢坂《おうさか》　剛《ごう》

発行者　加藤　潤

発行所　株式会社　集英社
東京都千代田区一ツ橋2-5-10　〒101-8050
電話　03-3230-6095（編集）
03-3230-6393（販売）
03-3230-6080（読者係）

印　刷　中央精版印刷株式会社　株式会社美松堂

製　本　中央精版印刷株式会社

フォーマットデザイン　アリヤマデザインストア　　マークデザイン　居山浩二

ISBN978-4-08-747619-4 C0193